U0032399

告別的年代

黎紫書

你記得513曾經是一組禁忌的數字，
也知道它可能蘊含的涵義與暗示。
一九六九年國家大選，
一向執政的國陣聯盟失去了三分之二議席的優勢。

序／艱難的告別

黃錦樹

在文學條件異常貧瘠的馬華文壇，不管從什麼角度看，黎紫書都是個奇蹟。在馬華文壇，她之崛起是因爲她以二十餘歲之齡、在短時間內連續獲得國內外（尤其是馬來西亞與台灣）的文學大獎（尤其是花蹤文學獎與聯合報文學獎）。而她既不是本地大學生、留台生；她的學歷並不高，沒有大學學歷，很長的一段時間她的本職是記者，卻能在兩地頻頻得獎。黎紫書的傳奇性，〈黎紫書現象〉有淋漓盡致的表達：

> 經過結算，由第三至第七屆花蹤，黎紫書摘走的獎項計有：三屆馬華小說首獎、四屆小說推薦獎、一屆世華小說首獎、一屆散文首獎，以及一屆散文佳作獎，而且連續五屆從不落空。
>
> ……
>
> 由初試啼聲一鳴驚人，到連中三元，到三連冠，到四連霸，到衝出馬華奪得世華小說首獎，花蹤似乎爲她準備了一層一層的石階，還給鋪上紅地氈，幾乎足於（以）將黎紫書襯托得像一

個傳奇。[1]

這種傳奇性是確實的，可能也是自有馬華文學以來最大的傳奇。顯然她在文學上具有非凡的天分，也許曾在創作上下了不少功夫。從她已發表的作品來看，她對當代中文小說（不論是中國大陸、台灣、香港、留台）的技術與風格是嫻熟的、對人性的曲折隱微，也有相當深入的洞察。整理花蹤早期歷史、寫這篇文章的黎紫書得意之情溢於言表。她當然也有權力得意，那畢竟是她的盛年，那些年她是馬華本土文壇唯一的明星，幾乎無人可敵。此後她的作品得到國內外評論界相當高的肯定，雖然馬華文學在中文文學場域裡只能是邊緣。王德威說她現有的成績已足以和早逝的商晚筠（黃綠綠，一九五二—一九九五）相抗衡，[2]這判斷並不誇張。迄今爲止，她的幾個馬共題材短篇已可被列爲馬華文學的經典之作。

但黎紫書也許會問，爲什麼要把她與商晚筠相提並論？自有馬華文學以來，傑出的女作家並不多見。甚至可以說，沒有大家、少見名家的馬華文壇，名氣可以跨出國土邊界的並不多見，而商晚筠是第一個在台灣得文學獎的旅台人，是極少數憑實力而有知名度在外的馬華女作家（另兩個舉得出來的名字是方娥眞和鍾怡雯，擅長的文類都是散文）。在馬華，幾乎所有的寫作人都是業餘寫作，泰半棲身華文媒體或華文教育界（少部分是商人、工人），寫作生涯要嘛集中於青年時代（中年以後專注於「正業」）；要嘛斷斷續續的寫了一輩子，卻難見突破。因此黎紫書三十歲前的文學成就，在文學精品不多的馬華文壇，其實可說已超越了大部分的馬華寫作人。但黎的名聲，除了憑藉自身小說的品質之外，也拜當代媒體之賜，花蹤是大馬九〇年代方創立的最大的華文文學獎，也是最注重包裝和行銷者，[3]而聯合報文學獎則讓她得以如旅台人一般進入台灣文學場域。就後者而言，她應是溫任平之後最重要的「在地的旅台」作家。

出道十多年，除了較不重要的極短篇、散文之外，她目前只出版了兩個短篇集子（《天國之門》、《山瘟》），作品不算多，確實近於「業餘寫手」，但那也是馬華文壇的常態。物以稀而貴，少而精，勝於多而濫。但就一個作家而言，如果眞的以創作爲畢生志業，眞正的考驗也許還在後頭。

經過多年努力，她最新交出長篇《告別的年代》，是她的第一個長篇。這似乎是部費解的小說，作者顯然不甘於只講述一個首尾一貫的故事，而布設了相當比重的後設裝置。由於程序裸露，「爲什麼要借用後設裝置」成了首要的問題；同樣令人納悶的是，爲什麼書名是個歷史敘述、論文、報導文學似的標題？

小說分三層敘事，「杜麗安」（小說人物）的故事、住在五月花301號房的「你」（小說人物，也是第一層敘事的讀者）的故事、作者—評論者的敘事。前者作爲小說人物被後者閱讀，但後者也

1　黎紫書編著，《花海無涯》（吉隆坡：有人，二〇〇四），頁九八、九九—一〇〇。
2　王德威，〈黑暗之心的探索者——試論黎紫書〉，收入黎紫書，《山瘟》（台北：麥田，二〇〇一），頁八。
3　關於花蹤的「奧斯卡」特性，詳林春美，〈如何塑造奧斯卡：馬華文學與花蹤〉，《性別與本土：在地的馬華文學論述》（吉隆坡：大將，二〇〇九），頁四六—五九。

被我們閱讀。然而小說裡的第一個杜麗安和「你」一開始都在讀一本書，讀《告別的年代》。那他們豈不都是在讀自己的故事？還是說，那不過是「角色的人生不過是被寫下的故事」的委婉說法而已。況且，第一個杜麗安實際上並不讀書，小說一開始時的《告別的年代》似乎是她讀的唯一的一本書。因此，「杜麗安讀著《告別的年代》」不過是「杜麗安的故事開始了」的另一種說法而已？另一方面，小說中被閱讀的《告別的年代》開始於513頁，我們讀到的這本可沒那麼多頁。小說開始時一再強調513，且明確是那標示大馬當代政治史上的分水嶺、發生於一九六九年五月十三日因國陣選舉失利引爆的種族衝突的513事件；小說中杜麗安生命的轉折正始於五・一三當日，因瘋漢持腳踏車襲擊爲黑道角頭鋼波所救，而下嫁爲繼室。如此說來，這是個國族寓言，寓意華人經過513後「委身下嫁黑道」、爲繼室，而輾轉掌握經濟？看來也不太通，這513符號大概也是個假靶，誤導刻意求深的讀者而已。

小說中篇幅最多、刻畫最完整的確是這個「杜麗安」的故事，寫一個小女人從底層往上爬，從戲院的售票小姐一躍而爲酒樓的女掌櫃。寫她的婚姻、她與丈夫、繼子繼女的互動，她的偷情、她的經營才能等，都可圈可點。這部分確可以看到黎紫書老練的說故事技巧，也寫活了一個舊時代，那因錫礦開採而繁榮起來的華人市鎮「錫埠」（應係怡保）。箇中風土人情，市街景觀，人的欲望流布，愛恨情仇。小說中的語言接近於黎二〇〇〇年的短篇〈州府紀略〉，既反映了中馬（雪蘭莪州、霹靂州）一帶華人以粵語爲口頭語的言語事實（這迥異於南馬的閩南方言優勢），也再現了中馬華人與香港通俗文化（諸如電影、戲劇）間的深刻關聯。另一層敘事中出現的「你」作爲「杜麗安故事」的讀者，住在廉價賓館五月花301號房，這故事的現場曾出現於黎一九九六年的傳奇故事〈推開閣樓之窗〉。那是另一個底層的家庭故事，另一段愛情故事。此外，就在第一章的末尾，小說展現它的第三層敘事，這部分設計了它的作者，另一個杜麗安，化名韶子；及評論者第四人的評論與敘事參與。這後設裝置的使用到底有什麼功能？極少部分影射了黎紫書的崛起、文壇的恩怨，但虛多實少。其餘更多的部分是不是企圖讓「杜麗安的故事」複雜化、藉以縫合兩層不同的敘事？就小說而言，可能不見得是利多。除非小說能眞正的匿名出版，否則不免予人「此地無銀三百兩」之感。況且作爲程序裸露的技藝，後設手法本身的變化有限，很容易陷入自身的套套邏輯裡。

小說難得的加了個後記〈想像中的想像之書〉，解說何以要寫這部長篇小說——這一代華文小說寫作者普遍的長篇焦慮——商晚筠不也寫了個未終篇的《跳蚤》？然而縱使不寫長篇，其實也於黎紫書無損。馬華文學史可沒什麼長篇經典。但黎在後記中可沒有說明「告別的年代」究竟何以告別、向誰告別、告別什麼。如果從小說中難以找到線索，理由可能就在小說之外、私人領域內吧。不管是怎麼一回事，告別總是艱難的。

希臘導演Penny Panayotopoulou的片子*Hard Goodbyes: My Father*（台灣中譯：《童年舊事》，直譯：《艱難的告別》）是個告別的故事。很黏父親的小男孩與常出門在外、任旅行推銷員的父親相約看美國人登陸月球的轉播。當父親因車禍猝逝之後他無法接受，拒絕參加葬禮，既扮演父親給不受家人歡迎的奶奶寫信，努力保留父親的遺物，儀式性的重建他的在場、扮演他與「我」對話。一直到登陸月球轉播的那天，他仍苦苦等待父親的電話，直到那個歷史時刻，幼小的心靈方勉強接受父親其實早已「登月」去了。電影片尾出現導演傳記性的獻詞，獻給他的父母，「他們教會我如何去愛，但沒教我如何告別。」

希望黎紫書藉由這部小說成功的告別想告別的與該告別的。畢竟那是一種哀悼的工作。

黃錦樹，國立暨南國際大學中國語言文學系教授。曾獲台灣、馬來西亞等各大文學獎。著有短篇小說集《夢與豬與黎明》、《烏暗暝》、《由島至島Dari Pulau Ke Pulau》、《土與火》，散文集《焚燒》，論文集《馬華文學：內在中國、語言與文學史》、《馬華文學與中國性》、《謊言或眞理的技藝：當代中文小說論集》、《文與魂與體：論現代中國性》。

目次

告別的年代

你在讀這本書。這是一部小說，長篇。作者在後記中提到「寫這樣一本大書」，「大書」是值得斟酌的字眼，你極少看見任何小說作者如此形容自己的作品，那該是評論家的用詞，它應該出現在「前言」或「序」的部分，而由作者本人道來便予人不太謙遜的印象，是有點失禮的。

於是你猜想這書的作者若非一個不知天高地厚的小寫手，便是一個頗有成就的老學究。他們都有點自許過高，有點自戀，或起碼相當地自以為是。

但你不曉得該怎樣去印證自己的揣測。因為這是一本殘缺的書。或許它也是一部殘缺的小說。當你無意中發現它的時候，它已經是那樣了——精裝本，外表看來完整無缺，鏽綠色的外皮上只有幾個燙金楷體字《告別的年代》。它看起來很古老，書頁已經受潮發黃，但幾乎找不到被翻動過的痕跡，而且打開後還有一股油墨味道撲鼻而來。好像它自印好以後便熱烘烘地被擱在那裡，因為從未被人翻動過，便封存了那一股只有剛出爐的新書才會有的味道。

這書沒有扉頁。你有點不相信自己的眼睛，於是翻來覆去地找。可它真的沒有，甚至也沒有版權頁，沒有書名頁；既沒有標明出版者，也找不到作者的姓名。更奇怪的是它的頁碼居然從513開始，似乎這書的第一頁其實是小說的第513頁……

這很怪異，你被吸引住了。一本從第513頁開始的書。你禁不住蹲在那裡開始讀了起來。

一九六九年陳金海觀看影片《蕩婦迷春》時心臟病猝發。時大華戲院雖全場爆滿，唯觀眾正專注觀賞影片，無人發現陳氏病發。最終陳氏因搶救不及而當場斃命，此事在埠內街知巷聞，轟動一時。

這是《告別的年代》全書的第一段文字。這些敘述看來很中性，你覺得它可以是一段開場白，也完全可以是一部長篇裡的某段文字。

那時候你甚至尙未意識到這是一部小說。這些該死的中性文字，它們讀起來更像是絕版了的《南國電影》裡某個小欄目的段落。你認得出來這種文體和讀感，那語言有股舊時代的陳腐味，蘸飽了南洋的蕉風椰雨和僑民們的風流韻事。這類文字現在還會在某些週刊小報裡出現，它們特別適用於講說埠城舊事，或追念已故的社會賢達，或懷想當年埠間的奇聞軼事，或曖昧地指涉坊間的舊風月老相好。

你一直以爲這是一種正在消失中的歷史語言，一種適合爲祖父輩撰寫傳記的文字。所以在初看這段似是而非的「引言」時，你很自然地把這書劃爲「史冊／傳記」類，以爲它是多年前某鄉團（也許是陳氏鄉會，或是客家會館）自資出版的刊物。很可能是爲紀念某屆會長顯赫的家族，由會內某個戴著黑框眼鏡，文采較好（並且在報社內當資深記者）的祕書負責撰文，由「陳金海，廣東大埔人，一九〇三年生，卒年一九六九……」開始，煞有介事地寫了個洋洋灑灑。

倘若眞是那樣的一本紀念刊，那麼這書的作者是誰，似乎便沒有追究的價值了。你可以想像那人如今已七老八十，假如沒有患上老人痴呆症，則目前很可能仍在給某風月小報當通訊員，或認領了一個專欄，負責撰寫昔日州府的獵豔趣談或伶人往事。

然而不管怎麼說，一本從513頁開始的書，仍然讓你感到怪異。那是編版裝訂上的技術錯誤嗎？你忍不住翻開書的最後一頁。

……杜麗安幾番周旋，終於成功將酒樓盤下。重新裝潢後的新酒樓於中秋節後開張。杜麗安之弟媳翌年誕下長女艾蜜莉，彌月時亦在該酒樓擺酒喜慶，當晚宴開八十八席，高朋滿座，名流雲集。

如此結束一本書，眞讓人納悶。這段敘述依然中性，既可以結尾也還有延續的餘地。「長女艾蜜莉」這稱謂的出現有一種「未完，待續」的效果。你覺得這像是作者在書寫時突然對這漫無止境的敘述感到厭煩和倦怠。於是他突然擲筆，讓一個家族世世代代的故事戛然而止，卻又用「長女艾蜜莉」暗示了以後仍無窮盡的人物關係與情節發展。

這是你在圖書館裡找到的一本書。它像磚頭一樣厚重，被擱在圖書館某犄角的書架上。那書架緊挨著「歷史／傳記」類書籍的專櫃，上面標明的類別是「其他」。

圖書館裡的書籍類別劃分得很細，加上管理員們的細心與執著，幾乎每一本書都可以找到它們適當的位置。在那裡，被歸類爲「其他」意味著被放逐。你相信那書架上的書籍必定都經歷過許多管理員的輪番鑑別，或者他們也曾開會討論，卻都認爲這些書的內容模稜兩可，定位含糊不清，才一致同意讓它們流落到這五層高的鐵製書架上。

可這分明是一本未被翻閱過的書。印刷用的油墨幾乎把書頁都黏合起來，那是封存的憑證，它未被打開便已被決定了流放。

收藏「其他」類書籍的書架，被置於圖書館盡處最僻靜的一個小房間。小房間是破舊書籍的收容所，裡面也放置了不少多年來乏人問津的藏書，而放在「其他」類架子上的書本並不多。你手上這一本《告別的年代》被放在最低層，而且是最靠牆的一本，彷彿停放在時光的深處。蜘蛛在那上面一代一代地交媾，繁衍和死去；一隻黃蜂抱劍死守在那裡，屍體已被蛀空。那角落最惹塵，也最容易被遺留或忽略。

可是現在你覺得它一直沉默地佇候在自己的位置，爲的也許是有一天被你發現。

第一章

1.

杜麗安早已知道這是一部小說。是小說，而不是史冊。因此她不像你讀得那麼認真。再說她拿到這書的時候，這書似乎尚不至於那麼厚重。她在第513頁第三段裡放下手中的書本，對喋喋不休抱怨著熱帶天氣的母親說「好啦別吵，我在讀小說呢。」這句話裡指的正是這本書，《告別的年代》。

這是小說裡出現的第一個杜麗安。這麼說也許並不正確，畢竟你拿到的是一本從513頁開始說起的書。儘管我們知道佚名的作者對「杜麗安」這名字情有獨鍾，在這書裡創造了好幾個不同年代不同版本的杜麗安，以及其他意義近似的名字。但我們實在無從考究在前面遺失的五百一十二頁裡，是否也曾經出現過其他的，我們所不知道的杜麗安。

實在說，我們無法印證那五百一十二頁的存在。

如果這眞是一部小說，那麼以「513」作爲編排頁碼的起始頁，很可能是一種古怪的表現手法。作爲土生土長的本地人，你雖然年輕，卻也略懂513這數字可能蘊含的涵義與暗示。那年國家大選，一向執政的國陣聯盟失去了三分之二議席的優勢。五月十三日那天反對黨在都城遊行慶祝，沒想到引起暴亂、失火和流血。政府宣布緊急狀態，在全國實施戒嚴四天。

你記得513曾經是一組禁忌的數字。即使在事件過去好些年後，人們在提起這串數字時，仍然習慣壓低嗓門，用一種悶在咽喉，或頂多到達鼻子的聲音，把它「說」出來。人們神祕兮兮的眼神和閃縮其詞的表現一直令你不安，以致你每次打開這書，看見第一頁右下方的頁碼時，都感到觸目驚心，覺得那五百一十二張缺頁暗示著空白與忌諱，有一種挑釁，質問，或不可告人的意思。

而五・一三那天，杜麗安坐在她母親的炒粉檔那裡讀小說。她的母親姓名不詳，祖籍廣西桂林，鄰里街坊都喊她蘇記，或炒粉婆。

陽光在給排列在赤道上的樹木燙頭髮，柏油路上熱氣蒸騰。一隻昨晚被汽車輪胎輾過的狗，烙餅似的，在路上乾煎自己。

陳金海前天才死去。那是《蕩婦迷春》在這錫埠上映的第三天，戲院裡便鬧出了人命。人們站在貼滿競選海報的電線杆下散播這新聞。而陳金海就在電線杆上的海報裡微笑，像在熟練地否認一項不利於他的小道消息。

就在大選前夕，金海五金店的老闆死在戲院樓上的前排座位上。那可是個好位置。金髮蕩婦的紅唇豐乳盈滿雙目，讓人看得喘不過氣來。陳金海或許就是那樣窒息死的。前幾日還萬人空巷的《蕩婦迷春》馬上成了殺人戲碼。戲院經理不識好歹，找了個黃袍道師，到戲院裡喃嘸喃嘸，搖鈴舞劍打齋作法。於是乎，戲院鬧鬼的傳說不脛而走，以後大華戲院的售票員有好長一段日子都在櫃檯上拍烏蠅。

杜麗安每天下午在大華戲院上班，賣五點、七點、九點和週末半夜場的票。白天她得幫忙蘇記把炒粉、糖水，芋頭糕、炸芋角和鹹煎餅等糕點一一準備好，放到三輪腳踏車加篷改裝的攤子上。中午十二點前她們得把三輪車蹬到大街那頭，等待路旁兩排店鋪的員工午飯時出來幫襯。

身材瘦小的蘇記會弓起背來用力蹬她的三輪車，沿街按響裝置在車把上的小喇叭，砵砵，砵砵，她配合那節奏一路叫喊「炒粉——，糖水——」。她的聲音大家耳熟能詳。縱然搬到埠內已經很多年了，蘇記的廣東話仍然有一種與生俱來的廣西調調，一種來自橡膠林的鄉土味。那就像她的齙牙，已成了她的記號，一直在提示你她寒微的出身。

人們會很快忘記蘇記。畢竟那年頭滿街都是像她那樣的婦人——身穿花布媽仔衫褲，頭戴寬檐草帽，洗衣板胸腔掃把棍腰桿，全身硬梆梆；口操不同口味的廣府話，並總是一邊幹活一邊抱怨偏激的天氣，好賭的丈夫，嫁不出去的女兒或不學無術的兒子。

小說作者顯然也很快把蘇記拋諸腦後。他不期然盯著正值大好年華的杜麗安在看。杜麗安自然是察覺的。她眉角飛揚，對著意識中的鏡頭笑了笑。這不得了，簡直像影畫書裡的李麗華一樣攝魄勾魂。你就愣吧，獃子。杜麗安笑得更嫵媚了些，小說作者忍不住將之形容爲「妖嬈」。可惜啊，蘇記發牢騷的聲音可眞干擾，那嘮叨沒完沒了，像芋頭糕上貪婪的蒼蠅，又像文章中氾濫的標點符號，於字裡行間盤桓不去。

「好啦別吵，我在讀小說呢。」她放下手中的書本，沒好氣地說。

那是杜麗安有生以來讀的第一本小說。書很重，書上的字密密麻麻，像百萬隻整齊列隊的螞蟻。過去她只看明星畫報和說中國民間故事的公仔書，讀這本「大書」讓她感到十分吃力。她把書闔上，抬起頭來凝視貼在某根電線杆上的競選海報。陳金海在對她笑呢。他的遺照印在「爲民服務」幾個魏碑字體上，就像在禮貌地否認自己的死訊。杜麗安倒覺得這人眼睛很不老實，彷彿死了也還盯著人家的胸脯在看。死相。

陳金海這人，頭髮一小撮，年紀一大把。大概是每個晚上喝補酒養生，野味也吃得不少吧，臉上便總是溢彩流光。他可是最愛用一種似笑非笑，半醉似的眼神看人。杜麗安被他盯得毛骨悚然，但以前在戲院門口賣零食荷蘭水的娟好姊卻被他盯得肚子拱了起來，最終被安排住進密山新村云云房舍之中，暫別了她拋頭露臉的前半生。

話說前幾天陳金海被抬上黑箱車的時候，杜麗安正坐在她居高臨下的櫃檯裡俯瞰。戲院廳堂被兩場《蕩婦迷春》的觀眾堵得水洩不通，人們都在大嚷小叫，啊是他，是陳金海。

「都什麼日子了？他不是州議員候選人嗎？怎麼不去拉票，竟然跑到這裡來看電影。」

你別管，你們懂什麼？躺在擔架上的陳金海雙眼半瞇，嘴角微翹，依然維持他慣有的一副似笑非笑，高深莫測的表情。彷彿他對明日的競選勝券在握，又彷彿在大選前夕來看《蕩婦迷春》並且暴斃在座位上，其實都是他的競選策略，或者那是他們黨指派下來的一項行動，一種民意調查。

杜麗安眞不敢相信，這人在一個小時前，還曾經笑咭咭對她說，阿麗你眞靚，比范麗還漂亮。范麗？哚！杜麗安下意識地看看自己的胸脯，看是不是崩了顆鈕扣。男人，臭男人！他們就喜歡去捧肉彈的場。她記得《催命符》和《金菩薩》公映時，戲院裡烏煙瘴氣，做礦工的，做泥水的，車伕，廚子，棺材佬，還有各行各業的頭家與政客們濟濟一堂，就連老爸也託她留了幾張票，大模大樣地領著幾個賭友來湊熱鬧。

范麗有什麼好呢？不就是胸前的肉多一點，身上的布料少一點。男人看見她肉體橫陳便把持不住，像上了發條似的不發不行。記得老爸看完半夜場便急急跑回家裡抱老婆。杜麗安和弟弟在隔壁房裡感受到地板的震動，聽到蘇記嘟嘟嚷嚷，發出一陣恨得牙癢癢似的咒罵。

作死啊你，作死咩。

月亮黯淡，如一盞燈罩被燻黑了的火水燈垂吊在錫埠的天空。藉著窗外透進的微光，杜麗安看一眼躺在地板上的弟弟。空氣中縈繞著蚊香的味道，蘇記在磨牙齒，地板在顫慄，街上有人推著賣冬粉湯的三輪車轂轆轂轆走過。

杜麗安的弟弟是個十四五歲的少年，因爲書沒念好，很早便輟了學，在華仔大炒那裡做雜工，不久前才升了做打荷。《告別的年代》一書完全沒有提到這後生的名字，杜麗安與父母都管他叫「阿細」。

後來經你的查究，在小埠自行演化的廣東話語系裡，「阿細」這稱謂來到二十一世紀末最後幾年，已經發展出全新的含義。它在錫埠詞典裡指的是「老闆」，並且只在當面稱呼時使用。而且在這個時候，過去在小埠盛行的其他相等的稱呼，譬如「老闆」，「老細」或「頭家」，幾乎已完全被「阿細」取代。因此人們後來會在大街小巷，特別是在茶室裡，到處聽到有人在喊「阿細」。

五・一三那天，杜麗安看見阿細被別人用腳踏車載著，行經老街橋頭。弟弟向她揮了揮手。看他的一身輕裝和掛在背上的球拍，杜麗安知道他又要去打羽毛球了。當一名羽球國手一直是阿細的心願，但他其實並不清楚國手是怎樣當成的，他和杜麗安都以爲只要天天到球場打球，總有一天會像那些未出道的明星一樣，被「星探」發掘。

眼看弟弟被陽光模糊了的身影消失在橋頭上，杜麗安並未意識到那日子有多麼不尋常。過去幾天，小埠街上熱鬧得節慶似的。大選剛過，埠裡的男人仍然沉浸在大選結果，候選人陳金海之猝死，以及電影《蕩婦迷春》停映後仍然高漲的激情和亢奮中。他們都咧著嘴坐在茶室裡，說話的聲音特別響亮，動作特別誇張。人們互遞香菸，爭著給對方斟茶，不時哄堂大笑，或者口吐髒話卻態度友善。

後來杜麗安不斷回想那一天，才覺得當時的情景歡樂得像隨時要蹦出一個卓別林式的彼・南利來。那畫面充滿電影感，其實有一種不祥的味道。

在大街停留了兩個小時以後，杜麗安幫忙蘇記趕在三點三下午茶時間之前，把攤子推到舊街場一條有很多乾貨鋪的老街上。那裡是埠內許多金漆招牌和老字號雲集的地方。街上終日飄盪著蝦米的鹹香和咖啡甜膩的芬芳。陳金海那打通三間店面的五金店就在街角。這天那五金店拉上鐵閘，已故陳金海的競選海報在那鐵閘上排成一列，大部分業已殘破，其上的每一個陳金海都焦頭爛額，而隔壁洋貨鋪裡的播音箱卻不識相地傳送著歡快的淫靡之曲。

哥仔靚靚得妙，哥仔靚咯引動我思潮……

眞夠妙，眞夠俏……

三魂都被你勾了咯……

街上人來人往，大卡車停在小巷裡卸貨，搬運工們微紅的汗水如蠟染般印在那些脹鼓鼓的麻包袋上。點貨的人站在五腳基那裡吆喝，三輪車伕露出滿口煙屎牙在吃力地蹬踏板。車子行得很慢，灰黑色車篷裡有一隻富態的手在搖摺扇。

像平日一樣，高溫的空氣裡隱約有一股煎烤動物屍體的味道。

老街背後有一間培華小學。下午三四點之間，要是班上沒課，學校的老師都會穿過一排店鋪中間的防火巷，出來吃一盤炒粉或一碗紅豆沙。杜麗安一直觀望著從學校那裡走出來的人。每看見有穿襯衫長褲的瘦高身影出現，她便緊張地轉過身去幹點什麼，或趕緊打開那一本大書，假裝認眞在檢閱書上的螞蟻大隊。

等了好久，那個叫葉蓮生的高個子終於穿過傾斜的陰影，從小巷裡走出來。杜麗安內心一喜，心房裡養的鼠鹿禁不住噗噗噗亂跳，讓人六神無主。不知怎地，杜麗安最怕面對讀書人了，這些戴眼鏡的斯文人說話像播音箱裡的主持人，每一句話都文縐縐，加上臉上一副很誠懇的表情，叫人明明聽不明白卻仍覺得有紋有路。杜麗安平日接觸的人不少，她也算口齒伶俐，就連陳金海那種油腔滑調的人來吃豆腐，她也可以從容應付。可每次看見葉蓮生，她卻不知怎地總會舌頭打結，老半天想不出該說的話來。

你在筆記簿裡抄下「葉蓮生」這名字。小說中，他祖籍廣東番禺，從石象鎮調到錫米埠培華小學才大半年。皮膚有點黑，卻有一口好牙齒。雖然是教書先生，可他沒近視眼，而且眼神眞摯，看人時總像在看著孩子；兩道眉特別醒目，像兩把刀。難怪杜麗安會鍾情此人，你也對他有好感。葉蓮生，這名字怪好的。他的孿生哥哥後來才出場，叫葉望生，你也喜歡。

2.

你把那大書抱在懷裡，帶回五月花。上樓時碰上正要出門的細叔，他一邊點菸一邊說有朋友死了，今晚要去守夜，應該會晚歸。你含混地應了一聲便側著身子從他身邊鑽過去，也沒聽眞切去世的是誰。五月花三層樓全是菸味，每一間房都像盤繞著陰魂似的，充滿了不屬於人間的雜音和氣味。梯階像通了靈，腳還沒眞踏上去就聽見木板的呻吟；每一扇門的關節都生鏽，推也好拉也好，都響。廁所的水龍頭總是旋不緊的，滴答滴答，彷彿時間無休止的舞步；空氣都濕涤涤，衣服要拿到天台上才能晾乾。

你到301號房，拴上門後，依稀還聽到細叔的腳步聲。他走到底樓推開鐵閘門，又拉上。你亮了燈，坐在書桌那裡打開你的大書。日光燈管裡像養了一隻孤獨的蟬，因爲你回來它便開始鼓譟；很單調，像是怨訴，像一支無窮盡的大悲咒。自從母親死後，這支日光燈便開始出狀況，但你已經習慣了，以致你並不察覺那燈長久以來對蟬的想像。

燈光冷而蒼白，你把書攤開，細心地閱讀和做筆記。書裡的油墨味道濃郁而新鮮，它慢慢擴散在301號房間裡。你覺得那真像鴉片或某種其他麻醉藥的味道。它婉媚如蛇，緩緩鑽進你的鼻腔，透入你的血管，讓你產生幻象。你看見書頁上的螞蟻在移動，它們在改變隊形，也許是在偷偷調換位置。你感到眼皮愈來愈沉重，而在你終於伏倒在書本上的一刻，你幾乎已經看見杜麗安，阿細和葉蓮生。

醒來時你躺在床上。那裡是母親嚥下最後一口氣的地方。儘管你已經換了全新的床褥，但你仍然感覺到下面的床板凹陷了母親彌留時的形狀。你躺臥在死亡的凹痕裡，像躺在一個曾經煮死人的大鑊。母親，她死前唸著說很想吃肉，於是你到街尾的印度飯店買了咖哩羊肉。那味道還在房裡。她吃得狼吞虎嚥，不斷有咖哩汁從嘴角淌下，落到她的大腿上。飽足後她坐在床上，腿伸直了，兩眼有點翻白，但你知道她在看著你，就像陰魂附在問覡者身上，溫柔地凝視你。你看不見她眼睛裡的眼睛，但你感知那裡面有一種告別的意味。我在這人世已經飽足，我再無所求。你呢？呃，你今天到圖書館去了嗎？你找到了你的父親嗎？

那味道還在。一種調侃的意思。「找到了你的父親嗎？」彷彿她把父親藏起來了，而這不過是她在張腿分娩時設計好的一場惡作劇。你生下來就注定要參與這場遊戲。母親總愛誘惑你，要你把她買給你卻馬上藏起來的玩具一一找出來。但你童年時就隱約明白了其中的蹊蹺，有時候母親所說的玩具並不存在。她說你別煩我，我今早給你買了一支電光槍，你去把它找出來。

「怎樣的電光槍？」你放手，不再揪住她的袖子。

「一支藍色的槍，會發出紅色閃光。」

「會響嗎？」

「會的。有像機關槍那樣打打打的聲音。」

那是你一直找不到的物件之一。你把五月花三層樓都找遍了。底層的廚房和櫃檯，包括那上了鎖的抽屜，小廳裡的籐椅，腳墊；二樓的五個房間和盥洗室；三樓的301號房至305號房。你移開牆上的月曆和掛畫，打開那些有一股霉味的衣櫃，也趴在地板上窺探床底。你打開母親放在床底的行李箱，把裡面的東西全掏出來。那裡面有一襲水藍色發亮的長裙和你贏得的破獎盃，卻沒有電光槍的蹤影。以後一整個星期你都在尋找母親口述的那一支電光槍，直至你不得不懷疑它的存在。你去向母親求證，她昂臉，揚起兩筆紋上去的眉毛，用勝利者的表情睥睨你。啊哈哈，你找不到。

你找不到的不僅僅是那一支電光槍。以後母親還會不斷描述許多你未曾得見的東西。一只圓形面板，上面有羅馬數字環繞的手表；一雙有銀色鞋帶的球鞋；一本老師說「最好每個人都有」的英漢辭典。要不是你經常也真的找到了她告訴你的禮物：一整盒的玻璃彈珠，一個印了金剛戰士圖像的鉛筆盒，一雙新的帆布鞋加兩對白襪子，一個魔術方塊，一盒兩千小塊的拼圖，一個新書包，一個手機……你或許早厭棄了這種尋寶遊戲。五月花已經被你裡裡外外地翻了無數遍。你熟悉那裡的每一個角落，也比任何人都更清楚所有物件的擺放。母親也很聰明，從來不重複她安藏物事的地方，你甚至發現了她喜歡悄悄更動物件的位置，譬如把原來放在左邊床頭櫃裡的指甲剪，放到右邊的櫃子裡；或者把第一格抽屜裡的袖珍型收音機，放到下一格抽屜。

你懷疑母親那樣做，純粹是爲了擾亂你的心志，混淆你的記憶，以加大尋找的難度。五月花本來就有十個擺飾極度相似的房間。房客離去後留下混雜度相近的各種味道，尼古丁，汗，避孕套上的潤滑劑，偶爾也有酒精或嘔吐物。這些氣味使得每個房間都如出一轍，像十個老殘的妓女，她們出奇地相似，讓人難以辨識。你見過這些妓女了。她們浮腫的眼袋裡裝著茫然的雙目；兩頰嚴重下垂，把嘴角往下拽。你走近她們，可以聞到她們因陰道腐敗而發出一股由內至外的霉味。

但母親不會對自己的行爲有所解釋。她死了也就死了，最後只對天花板唸了一句「一生一世，直到永遠」，聽起來像某首歌裡的歌詞。她在人世留下許多似有還無的東西。她收藏物事和偷換環境的把戲，讓五月花這所小旅館始終撲朔迷離。及至她離開很久以後，你仍然懷疑五月花還在細碎地變更各種物件的方位。彷彿母親還活著，也回來過的，或者她這回把自己藏起來了，跟你玩另一種捉迷藏。

母親當然不會讓這種遊戲停下來。她樂此不疲，讓你在尋覓中無可避免地想起她，甚至也詛咒她，媽媽。臨死前她向你描述了她生命中收藏最久的一件「物事」，她知道你知其存在卻不敢討要。

「你不是一直想知道你的父親嗎？」

你回過身看她。她躺在床上，得意地晃一晃她的腳掌，就像她正翹著腿說出了一個新的謎題。父親。她能把父親藏在哪裡？你們都明白那是最後一次角力了。你盯著她良久，想看到那沉落在眼睛裡的眼睛，如落到濁水深處的玻璃珠。唉，母親你如此處心積慮。她把搜索的範圍擴大，指引你到圖書館去找。你有點不能相信母親會說出「圖書館」這個詞。她說你得先找到這城裡最古老的圖書館，它就在這城中某個隱蔽的角落。

「他那時整天窩在那裡，一邊翻資料，一邊寫書。」

「寫什麼書？」

「不知道，」母親閉上眼，似乎在回憶，又像在絞盡腦汁要好好撒一個謊。「他說是一本很了不起的，偉大的書。」

「他是作家？」你覺得「作家」這個辭很彆扭，要把它說出口了你才感覺這像一種根本不存在的職業。也可能是因爲它很像被淘汰了的過時的書面語。正如「父親」一詞，只有說出來了才發覺是個禁忌。

母親當時沒有回答。你也就沒有追問。你必須小心翼翼地保護這脆弱得像蛛絲一樣的談興。她極容易敗興，卻很容易滿足；喜歡撩人，卻似乎害怕被纏住。她要走便走了，你記得她最後只打了一個飽嗝，回饋這世界一室咖哩羊肉的味道。

她已達成夙願。人生漫長，能在飽足而無求，甚至有點得意的一刻死去。像她平日睡覺一樣，雙眼不全闔上，彷彿她於戲謔後偷窺你的反應。嘿，我死了，怎麼樣？你爲此表現得十分平靜，乃徐徐回身，繼續埋首把當天的作業做完。傍晚時細叔從外面帶回了晚飯。你停筆聆聽。樓下有人推開鐵閘門，拉上。腳步聲十分可靠，由淺而深。你在心裡計算，大概四十三步，他就會來到301號房門前了。叩叩。

細叔這點讓你很欣賞，他懂得敲門聲隱含的某種得體的距離。母親向來是不敲門的，偶爾她敲門也只是為了模仿細叔去混淆你的知覺。這把戲自然騙不過你，她不曉得在兩下叩門聲之前，還有四十三響男人的腳步。即便她知道吧，那也不是她能模仿得了的。

你打開門，對細叔說母親「似乎」死了。他竟不十分驚訝，從容地把手中的飯盒遞給你。「那你看能不能把兩包飯都吃完吧。」說完他才走到床畔，兩手叉在後腰，始終沒有伸手去碰她，彷彿他正站在展覽廳裡看一具不准碰觸的木乃伊。他喊她，喊她的名字，然後靜默地等了一陣，像在等待自己的聲音從陰世迴盪過來。「嗯，你媽死了。」他點點頭，語氣很確定。你留意到他說「你媽」而不是「她」死了，那像是在撇清關係；這不再是你們共有的女人，他把她還給你了。

細叔躡手躡腳地走出去，像是擔心會把母親吵醒。他在房門外掏出手機來打了幾個電話。當他在與電話裡的人討價還價時，你坐下來開始吃晚飯。幾乎就在你吃完自己那一份時，細叔轉過頭來對你說，行了，五千五百塊錢；他們明天早上來。

母親在殯儀館停棺一晚。既沒打齋，也無人哭泣。細叔找了佛教會的一夥人來草草唸經，還有經常在五月花出入的幾個老妓女也來坐了一會兒。你聽從細叔的指揮，耐心地把手上的紙錢一張一張扔到火盆裡。殯儀館的人問你們有沒有要給死者陪葬的物事，你搖搖頭，細叔則從衣襟的袋子裡拿出一盒未曾拆封的香菸。「這個給她。」

那人把香菸放到母親手中，在場的幾個老妓女看見了，便也紛紛從身上掏出香菸來，或半包或幾支，都扔到棺木裡。

你有事可做，時間眨眼便過去了。直至一大摞紙錢都燒成灰燼，來坐喪的人也都去了吃宵夜，夜靜更闌，你才漸漸滑落到孤絕之境。母親走了，也就走了。你走到棺柩旁，在打開的小窗口裡看她斂色屏氣的樣子。眼睛始終微啓，像在說，噓，別告訴別人我在這裡。

去去去，去把電光槍找出來。

這是一個奇怪的母親，她一直把自己當成你的玩伴。你以爲是因爲她自己拒絕老去，便刻意忽視你的成長。媽。你想觸撫她，碰到的卻是鑲在那裡的一片玻璃。因爲那鏡花水月的咫尺，母親的臉上恍惚浮起笑影。依然洋洋得意，神祕不可言傳，如同撲克牌上的女皇。

翌日所有儀式都完畢後，你乘兩趟車到城市另一頭去了一趟。你像幾年前那樣，到站後步行一小段路到那所男英校，站在一個不起眼的角落等待放學的人群湧出大門。陽光猛烈，鐘聲不響，學校外面許多等著接孩子的家長都頻頻看表。你卻有無比的耐性，再也不像當初站在童年與少年的交界時那樣焦躁。好長時間未見，你仍然相信只憑一眼你就能把他認出來。他，你的J。事實上，你已經先看到他的母親了，那豐腴富態的女人坐在一輛嶄新的，像才剛從車廠開出來的車子裡。在聽音樂吧。臉色溫柔，淺淺印著微笑的暗花。

3.

小說的後半部出現另一個杜麗安。你隨意翻了翻，感覺到作者的意思是——此杜麗安正是《告別的年代》一書的作者。這讓你感到迷糊了。那感覺像是沿著迂迴的走廊打開一道一道外觀各異的門，而最終竟通向原處，或至少是一個與「原處」極其相似的地方。

也許是為了將自己與前面的杜麗安區別開來，後面的杜麗安給自己取了個筆名，叫「韶子」。在書裡，韶子是個業餘小說家；一生都在書寫女性神話[1]。有關這個杜麗安的生平，作者一反之前的筆調和風格，從小說敘述轉換成人物傳記混合論述，又夾雜了敘事文章的寫法，而且筆鋒古怪，半文半白，幾乎讓你懷疑它出自另一人的手筆。

儘管只是隨手翻閱，但這一部分的文字畢竟帶給你很大的震撼。你覺得這書若非胡亂拼湊，則很可能是一本深奧，晦澀，龐雜；你或許永遠也讀不懂的大書。可這樣你也多少明白了這書何以會流落到圖書館的「其他」類書架上。它確實難以界定。它邏輯混亂，自相矛盾。或者就像書中的評論家「第四人」所說的，它根本就是一本「傾軋之書」[2]。

1 摘自〈不死的杜麗安——韶子編織的女人神話〉（作者署名為「第四人」），二〇〇三年《同根生》月刊。

2 見〈多重人格分裂者——剖析韶子的《告別的年代》〉——「《告別的年代》以歷史書寫為名目，實則揭露的卻是作者本人的記憶創傷以及久治不癒的心理病態，即她乃一名多重人格分裂者之事實。也因此《告別的年代》主要為其病狀之投射，是一部傾軋之書。」

第二章

1.

第四人說，《告別的年代》嚴格上不能算是一部小說。這第四人顯然是位嚴謹的評論家，並且因為一輩子都專注研究韶子的作品，因此對書中的歷史背景，甚至於地理環境，都做過深入的考查。據他指出，韶子筆下的錫埠並非虛構，就連書中的某些事件和人物也都頗有根據。唯小說家學識淺薄，加上文學功底不足，處理歷史大題材便顯得力不從心，反而把眞實寫得像道聽途說。他甚至質疑韶子對待歷史的態度，認為她不過是坐在老街茶室裡，聽過一些老人口述舊埠軼聞。

這些老人對她所打聽的人物印象不淺。那裡的老街坊把那人稱作「鋼波」，並說他過去是私會黨的小頭目，頂頭老闆莊爺則是顯赫一時的私會黨主帥。當時以舊街場老河為界，北岸由老街至火車站一帶，前有華人商街後有印度市集，油水最多。那裡由大伯公會的莊爺打骰。鋼波曾經是莊爺的心腹，當時他正值壯年，長得彪壯，脖子比大腿粗，上面掛的足金項鍊粗若尾指，好不意氣風發，人稱「建德堂波哥」。

根據第四人的考察，當你在讀這小說時，建德堂已經名存實亡。但老河畔大伯公廟猶在，仍然與培華小學為鄰。第四人曾親身到那裡，看到的是一座被百餘年香火燻黑了的小廟，像個忍者，正緩慢而悄無聲息地融入到自身的背景裡。廟門前一對石獅子長了一口煙屎牙，嘴裡還叨著大把陳年香骨。

鋼波在那廟裡見證過許多事。他少年時在古廟義校讀了幾年書，閒時閒日都在那周郊蹓躂。後來拜了莊爺做誼父，自己打出名堂來，當了建德堂堂主，便常常陪莊爺到廟裡主事。那裡三天兩頭都有人斬雞頭發毒誓，好些兄弟結婚娶妾也在那兒行禮，後來莊爺還險些在大伯公眼皮底下斷送性命。鋼波行婚自然也在大伯公廟。彼時賞臉來的人可眞多。兄弟們都起鬨說，波哥你走運了娶這麼個靚老婆。

靚老婆確實長得俏麗，身裁比那明星范麗更惹火。范麗？新娘子禁不住蹙了蹙眉。她偷眼看了一下，滿堂男人誰不在擠眉弄眼，一臉淫笑？她下意識地看了看自己的胸脯。難道崩了顆鈕扣？她一陣羞臊，耳根先發燙，臉蛋馬上燒起來似的。待別過臉去，看見蘇記一張欲哭無淚的苦瓜臉，弟弟阿細則由始至終盯著自己的鞋尖，還把臉繃得像電視裡痛心疾首的黃飛鴻，杜麗安突然感到心酸極了。

爲了杜麗安要嫁給鋼波的事，阿細已經兩個月沒怎麼跟家裡人說話。杜麗安知道弟弟氣那鋼波的年紀比她大了二十年，而且財大氣粗，雙臂盤龍寬背踞虎，全是鬼畫符。再說這人生活荒唐，除了在漁村老家有妻有兒，在這小埠也終日桃紅柳綠，眞眞假假，不知傳說過多少鶯鶯燕燕。

以前在戲院門口賣荷蘭水的娟好也來勸。「我就是個版啊，你看。」娟好姊擺正姿態，她懷中那三歲幼女也配合著轉過頭來，母女倆同一張可憐兮兮的臉。杜麗安看她也著實淒涼。小女孩那略微長歪了的矮瓜臉上全是隔夜涕淚的殘痕，嘴角有敗糊，日子可想而知。據說陳金海死後，娟好姊只分得密山新村的一間小排屋。眼看要坐吃山空了，她只有抱著女兒四處求人。再開個檔口吧，要不就去給大排檔洗碗了。

娟好姊沒說幾句話，自己就感懷身世，哭了起來。來勸人者反要被人勸。杜麗安手忙腳亂，倒是那小女孩一直伸出骯髒的小手替母親拭淚。這一幕以後經常出現在杜麗安的腦海，它就像個漂浮在水上的軟木塞子，不管杜麗安怎麼用力，總無法讓它沉到水底。也因爲這畫面，杜麗安對那矮瓜臉小女孩生了莫名的好感。記得阿細小時候也曾經那樣替她擦淚，誰想到有一晚他會將杜麗安給他的抱枕踹開，轉過身去，從此背向她。

那一夜可真熱，腋窩不斷泌汗。蚊子也特別飢渴，都無視蚊香的諄諄善誘，反而像赴一個闔府統請的飲宴，把姊弟倆當成兩支特大號的紅色荷蘭水，拚命往他們身上插吸管。

杜麗安徹夜都在噼噼啪啪地打蚊子，拭汗，搔癢，以及翻來覆去地想著白天無暇去想的事。蚊子轟炸一輪後稍作休息，黎明時乘著回教堂的頌經聲浪再一次來襲。其時杜麗安已困乏得無力反抗。她朦朦朧朧地看見阿細起來擦亮一根火柴，蹲在牆角點燃了新一卷蚊香。她和蚊子都被那催眠的味道薰著了，意識逐漸飄浮，她聽見自己喃喃地向弟弟解釋她和鋼波之間的事，但阿細蹲在牆角不作反應。杜麗安艱難地嚥下一口唾液，還想再說什麼，卻緩緩陷落到河流那樣綿長不絕的可蘭經裡。

那一夜過後不久，杜麗安因爲感染熱症被送進醫院。蘇記要開檔，便每天準備好飯食，叫阿細給姊姊送過去。阿細也沒推搪，但去到醫院後姊弟倆總覺得無言以對。阿細也嫌病房裡全是女人，因而放下飯盒後便轉身到外面的露台去等候。有一回阿細遲到，碰見鋼波正在給姊姊泡燕麥片。鋼波渾身肌肉，手背青筋賁張，手上還戴著笨重的金表金戒指，拿著小茶匙幹活特別顯得笨手拙腳。細路看見他的後腦勺有點禿的跡象了，額線又那麼高，偏還用大半罐蠟油梳了個飛機頭，怎麼看怎麼像奸賊。

以後蘇記只要想起來了就會對人說，命啊，都是整好的。「千挑萬揀，選著個爛燈盞。不由你不信。」她大半生都這麼說。阿細留意著鋼波。這爛燈盞只比蘇記小了幾歲，而那時他已跟著姊姊把蘇記喊作「媽」。

媽，這是海味，這是點心。

這幾個可是最好的榴槤。這是阿麗給你選的兩塊布料；這是兩條小金鏈，一對玉鐲。給阿細的皮帶和長褲，給爸的金表。

一點小意思，別跟我客氣。

我們是自己人了。

你放心，媽。

我會好好待阿麗。

爛燈盞捧著大杯子到處去找熱開水。他逮住一個路過的印度清潔女工，扯開大嗓門用蹩腳的馬來話問她。哎，水呢？熱水？四樓病房裡所有人都被他那充滿雜質的聲音震得耳朵嗡嗡響。杜麗安略微不安地垂下頭，又忍不住抬眼偷看。

爛燈盞，響著破銅鑼之聲。水呢？熱水呢？

翌日阿細再來，看見姊姊床邊多了一個特大號的暖水瓶。杜麗安吃飯時總是在偷瞄那不鏽鋼做的瓶子，眼神複雜得很。阿細何嘗不是百感交集。他們都想起多年前老爸賭錢欠債，屢次把家裡的東西拿去典當。每一回蘇記都循例頑抗，嘴裡吱吱嘎嘎，像隻獼猴似的飛撲到老爸身上，又搥又打，誓要奪回她的金鏈，玉墜，收音機，電風扇，暖水瓶。那些物事在當鋪多次轉手，其中金鏈和玉墜最是身經百役，最先殉難的則恐怕是暖水瓶了。

當時率人上門來討債的不正是鋼波嗎？姊弟倆都記得家門被踹壞了，幾個人把老爸按倒在地板上，噼哩啪啦，老爸哇哇怪叫，當場被打掉一個門牙。鋼波拿起桌上的暖水瓶，對準老爸的左手背重重一戳。那暖水瓶的蓋子沒旋緊，熱水四濺，把老爸的手燙得冒煙。

阿細記得很清楚。他那時被蘇記攬在懷中。蘇記瘦得胸腔凹進去了，彷彿那裡有一個窟窿，剛好可以讓他容身。姊姊杜麗安瑟縮在蘇記背後，不住扯蘇記的衣襬。他們都聽到蘇記咬牙切齒地重複嚷嚷：

冇陰功囉，打死人咩。

那時候鋼波尚無禿頂之虞，身形硬朗精瘦，臂上只刺了一隻青色的長尾怪鳥，想起來有點像

《精武門》裡的李小龍。他把暖水瓶狠狠擲到牆上，那水瓶哐噹震破膽，熱水灑了一地。鋼波在老爸的汗衫上擦手，又朝地板吐了口唾沫。阿細記得他離開前回身看了一眼，窮凶極惡，像要殺人全家。

而今鋼波卻說要娶杜麗安，還說放心，我會好好待她。阿細打死不相信這種承諾。但姊姊滿懷心事，說自願嘛她在鋼波身邊總有點不自在，說不願嘛她又顯然欲拒還迎。阿細覺得鋼波一波一波的銀彈攻勢讓姊姊變得蒙昧，就連蘇記的態度也變得模糊，他逐漸看不透。

那個黎明時分他爬起來點蚊香，聽到姊姊在睡夢中嘟嘟噥噥。阿細我都廿六歲了，你別管姊姊怎麼選擇吧，我決定的我就不怨人。他貓在那裡很久，遲疑著該說什麼，也不確定自己能不能把回答傳入姊姊的夢裡。

杜麗安出嫁的前一日，姓葉的那個教師倒是出現了。阿細透過百葉窗看出去，看見他在樓下徘徊。以前阿細是見過他的，杜麗安還曾經安排他跟阿細一起去打羽毛球。所以僅僅看那瘦高的身影，阿細也認得這人。葉老師。他推開窗門。

葉蓮生抬起頭。那角度看來，阿細還真和培華小學裡的高年級生沒兩樣。他舉起手掌擋了擋上午時分乾淨的陽光。阿細很快走下樓來，兩手捧著一本沉甸甸的書。葉蓮生約略明白那是怎麼回事，他把書接過來。

「你姊姊不在？」

「她交代了，如果你來，還你這個。」

葉蓮生點頭。「她沒有話要說？」

阿細撓一撓後頸，右腳使勁地拿他的日本拖鞋刨掘地上的沙土。「她說這書她讀不懂，也沒讀完。」

葉蓮生再點點頭，然後等了一陣，像注視一個孩子似的直視阿細。阿細以為他是在等待自己把話說完。於是他撓一撓耳背，說：「姊姊說謝謝你。」

這一回葉蓮生總算聽明白那告別的意思。他苦笑，看了一眼懷中的書本。硬皮封面上的燙金字體在陽光下閃閃發亮。「叫你姊姊好好保重。你說，我希望她過得好。」說完他伸手在阿細的頭頂撥了一下。

「你也是，頭髮該剪了。」

在那手掌之下，阿細像個孩子似的抬起頭來。那天葉蓮生才剛從拘留所裡出來。在裡面過了整個月，他自己看來也不修邊幅，神情憔悴，鬍子都參參差差地撐出來了。阿細還記得他在街上被警察拖走的情景。那些穿制服戴頭盔的警察從裝甲車裡衝出來，像玩老鷹抓小雞，很快把他們整個列隊擊潰。人群向四處散開，有幾個比較強悍的反而衝向警車，揮動手上的橫幅棍子，跟武警周旋起來。葉老師算一個吧。可人家一手持厚盾，一手執短棒，沒幾下便把他打倒，硬將他拖上車。

杜麗安那次沒衝前去搶人，她還攔住阿細，對他說，沒用的。「讓他關幾天吧，該放的時候自會放出來。」阿細也沒眞想衝出去。他回頭看看被檐影吞沒的姊姊，再看看那在裝甲車前頑抗的葉老師。真高，真瘦，柳枝似的扭扭擺擺；手上的長棍被奪走了，那寫著經濟政策什麼的布條卻纏在他的腰上。

葉蓮生走的時候，老爸正好哼著小調走下樓。他抬眼看了看那瘦長的背影，問阿細，又是那個牛頭黨嗎？阿細沒回答，直至葉蓮生的背影消失在街角後，他昂首看看樓上的窗口。姊姊的臉像一張詭異的面具懸掛在那裡，沒有表情，也不知道眼睛在注視著什麼方向。快正午了嗎？阿細伸手攔了攔陽光，陽光便靜靜地停在他的手背上。

2.

你去見了J。仍然像過去那樣，維持一種可望不可及的距離。可你終究一眼把他認出來了。當放學的人潮排山倒海，你比他的母親更早在那一大片白衣白褲的學生中發現他。他看來沒怎麼變化，幾乎就像你每天看到的鏡中影像。儘管他一身雪白的站在陽光下，璀璨得像一顆明珠；而你在戴孝，身上披著一襲蝕人的暗影，但你覺得自己可以把他看透。他的偏瘦，他的纖弱，他的陰柔，他消化不良的胃腸，他青春期的躁動；今晨的空茫，昨夜的自瀆。

他帶著笑坐上那一輛新車子，有同學經過時向他揮別，也有人朝他比了個通電話的手勢。他的母親一直在對他說話，並給他遞了兩張紙巾。他拿那紙巾擦了擦臉，以一種誇張的表情回答了母親的一些話。車子緩緩開動，慢慢穿過人潮，你看到他們母子倆微笑的側臉。撲克牌上的王子與女皇。車鏡反光，人面消沉。

J尙在。你於焉滿足。回去的路上，你在車上斷斷續續地入眠。每次醒來身邊坐的是不一樣的人。印度女孩，馬來孕婦，華裔老媼。這讓你感到時光在車廂裡來回施法。以前你也坐這車子回去，臉上帶著勝利的笑容，把書包緊緊攬在懷中，像小時候抱著剛尋得的新玩具。

那天下午你回到五月花，像此刻一樣，咿呀推開301號房門。母親不在，但你聽到她的呻吟從隔壁302號房傳來。你放下書包，從抽屜裡翻出那一台袖珍型收音機，扭開聲量，用暴躁的搖滾樂去反擊穿牆而來的聲浪。母親卻不隱忍，反而像作對似的大聲哼哼唧唧。你打開作業本開始做功課，數學最有效，追尋一個理論上已經存在的答案，一個藏在空無裡的眞相。於是你愈投入愈平靜。音樂在斜照的陽光中與塵埃一同沉沒，隔壁的淫聲浪語遂亦止息。後來母親哼著歌推門而入，你沒看一眼。

她問你晚上要吃什麼，你也沒有答覆。

她趨前來，把收音機放到你桌上，手指來來回回地轉動那調節音量的齒輪，又跟你說了些有的沒的。反正不讓你專致把作業做下去。你索性放下筆，袖著手。你想到了好主意。你關掉收音機。

「我找到了你找不到的東西。但我不會告訴你，它在哪裡。」

「什麼東西？」她會不過意。

「你失去的總有一天你會想起，但我不會告訴你。」你昂起下頷，微笑著緩緩重複一遍。我不會告訴你。

從此J被你收藏起來。偶爾你會乘兩趟車到那所男英校去守候。他無恙，依然在陽光充沛的地方生長，你就安心了。每一趟回去的路上你都想像著有一日母親會記起她所失去的；她會狡猾地誘你去尋覓她已忘記放在什麼地方的，你的J。她會翹著腿，搖晃那懸掛在腳趾上的人字拖，忽然對你說，哎，你知不知道你有個哥哥？

或者是弟弟。

蓮生，或是望生。你幾乎以為就是葉蓮生了。那人坐在母親描畫的圖景裡，從好幾摞書籍和文件中，抬起頭來看你一眼，鏽黃的時光便凝固在瞬間。他是最有可能坐在圖書館內寫「大書」的人。葉蓮生，生卒年未詳，祖籍廣東番禺，出生於銀州石象鎮；讀書人，左派，勞工黨。曾多次參與示威，無數遍出入於拘留所，教師飯碗自然是保不住的，後來也被內安法令請到北島木蔻山小住數載。

你在筆記簿裡寫下葉蓮生說的話，**我希望她過得好**。而鋼波說，**放心，我會好好待她**。

日光去巡視別的房間，301號房逐漸昏暗。你按鍵亮燈。你習慣了亮燈而不是去開窗，你習慣了燈裡的蟬囂和五月花的沉寂。這裡是你和母親住得最久的旅館了。你們在此城和彼鎮流離浪蕩，寄居過許多類似的小客棧。它們都得從側門上樓，房間裡擺設簡陋，桌上型風扇徐徐搖頭。每一層樓只有一個公共盥洗間，傍晚總有幾個穿拖鞋的妓女拿著面盆在走廊上聊天和抽菸。

如果你在那時間經過那狹窄的走廊，她們可能會相繼伸出手來亂撥你的頭髮。她們像在廟裡求財，或在什麼觀光地觸撫巨大的陽具形天然石一樣，爭相觸摸你的腦勺。她們喊你，但她們不知道你的名字。每一所旅館都只有母親一人知道你的姓名；她知道但她從不喊你的名字。她也像別人那樣把你叫做細路，再長大一些就改稱靚仔。似乎那麼做你便無法在眾多穿睡衣捧面盆的妓女之間將她指認出來。

那時候你年紀太小，那些寄居也都太短暫，你們沒有必要記住任何街道和旅館的名字。你知道不管去到哪裡，每個房間都只有一扇窗，每一扇窗外面都只有一條窮巷。五月花自也如此。只是母親住下來以後再沒離去。多少年了？養在燈管裡的蟑卵孤獨地孵化。301號房成了你們母子的住所，再也沒有各種各樣的男人進來，出去。進去，出來。

細叔給三樓的房間都裝了一台二手冷氣機，大多數沒用多久便發生各種故障。漏水最常見，三樓因而特別潮。房中水氣氤氳，夢生寒霧，母親便常嚷著關節疼痛。細叔帶過她去做針灸，也去找過別的中醫，用舂碎的濕藥草熱敷，以塑料布捆緊，外面再纏繃帶。母親的膝蓋被裹成粽子似的，出入常由細叔攙扶。你看到妓女們瞄著他們半掩著嘴竊笑，便約莫懂了母親何以不再遷徙，並且還開始設計了五月花裡層出不窮的尋寶遊戲。

十餘年過去，五月花殘破至此，裡面的妓女老的老了，死的死去。房間都裝了吊扇，所有的冷氣機都像古董，安靜地擺放在原處。來幫襯的嫖客日漸稀少。細叔僱了個老人照看，自己在外頭與人合夥搞些拉拉雜雜的生意，傍晚時帶著買來的晚飯走四十三步到你們的房門外。叩叩。

嫖客不來，細叔不在，偌大的五月花成了你的小世界。你走到每一層樓，打開每一扇門，發掘每一個大大小小的空間，再小心翼翼地逐一掩蓋。至今你仍然會習慣性地挪一挪牆上的掛畫，懷疑那裡也許是某個暗室的入口。也仍然猜度著廚房或櫃檯底下藏著你所不知道的地窖，那裡面堆放著你一直尋不著的物件。母親那膝蓋腫大的幽魂。虛妄中的眞相。

母親死後，五月花裡的空間逐漸失去意義。你對301號以外的房間再提不起興趣。但這舊樓房終究會製造聲音去凸顯它的空寂。或者空寂本身就是一面可以映照聲音的凸鏡。水滴。四十三步。每一扇門開關時的古怪聲響。床墊的壞彈簧。沖廁。拖鞋。擤鼻涕。細碎的人語。搓麻將。咳嗽。電視。蚊子。女人的呻吟。叩叩。202號房的壞風扇。吐痰。蟑螂碎步疾行。壁虎求歡。面盆打翻在地上。

細叔依然在給你買晚飯。每個週一早上，你也仍然可以在隔壁房的衣櫃頂上找到你的生活費。那些皺巴巴的紙鈔讓你感到母親回來過的，她拖著潰爛的瘸腿，把給你的東西都布置好，再把自己藏到五月花一個未知的空間裡。你去找啊。你去找。

3.

小說裡，韶子是個早慧的小說家。二十一歲那年發表了中篇小說《失去右腦的左撇子》，因在國外得獎而備受矚目。那時候在國外得獎是件大事，加上韶子本身只是個國中畢業生，學歷不高，得獎時她還是個在夜市場賣內衣褲的小攤主，而她的得獎作品《失去右腦的左撇子》寫的顯然是本國的歷史題材。由於內容可能觸及種族與政治等敏感課題，而其時茅草行動剛過，馬共投降在即，本地報館和出版社經過種種考慮，最終沒有讓這作品在其「出生地」出版和發表。

也因此，對於本地的絕大多數讀者而言，《失去右腦的左撇子》是一部僅聞其名而不知其方物的「空聞之書」。它得獎後的多年以來，由於出版界一直摸不準適當的出版時機，作者本人對於將作品付梓也沒有太強的意願，及至某天夜裡韶子的住所發生火災，手寫原稿付諸一炬，《失去右腦的左撇子》幾乎完全失落。後來韶子英年早逝，因而這部傳說中的作品，也即讓韶子一鳴驚人的處女作，從此變得更神祕，國內只有少數幾人聲言自己曾閱讀全文。

第四人自稱是這少數人之一。根據他的說法，那是韶子書寫的**「女人神話／杜麗安系列」之首卷**[1]。在第四人的研究中，他把韶子筆下的所有歷史書寫劃歸為「披著歷史外衣的女人神話」，並認為她**對杜撰史料與偽造歷史樂此不疲**[2]。就其論述中的措辭而言，顯而易見地，這位評論家對「名氣過大」的韶子頗有不屑之意。

撇開作品不談，韶子其人也許比她作品裡頭的任何一個神話女人都更具傳奇色彩。她早慧，早成名，早逝，而且在文壇上作風低調，絕少出席任何文化活動；偶爾露臉也必然遲到早退，獨來獨往，一生沒與幾個作家朋友往來，也不接受媒體採訪。然而當她以「杜麗安」的身分在坊間走動

---

1 見〈不死的杜麗安〉一文。

2 見〈歷史的偽造者——淺析韶子的小說創作〉，二〇〇三年發表於《同根生》月刊。

時，她卻活潑浪漫，作派豪爽，爲人正直果敢，英姿颯爽，且事母至孝，故年紀輕輕已被夜市場的其他攤販與江湖小弟尊稱「麗姊」。

麗姊三十五歲時，因遺傳性心疾發作，不治身亡。由於家中只得老母孤家寡人，當時城中的幾個小販公會遂聯合起來，代其母大事發喪。舉殯三日，城裡的商販多有弔唁，江湖上也有不少故人親去致哀。期間致祭者絡繹不絕，出殯時更是扶柩者衆，花圈無數，車成長龍，場面十分壯觀。當時各華文報地方版皆徵得數大版訃告與輓辭，故都派人採訪，那架勢一點不比死了個人民代議士遜色。

根據第四人後來翻查的報章資料，麗姊的靈堂上白菊成海，周圍垂下許多輓幛。中間一幅寫著「穠麗今何在，飄零事已空；沉沉無問處，千載謝東風。」

麗姊風光大葬，那在城中華社幾乎無人不曉。可是這些人當中沒幾個人知道麗姊的另一個身分。也因此「韶子已死」是杜麗安逝世半年後才被發現的事。當時她的短篇小說〈昨日遺書〉在報上的文藝副刊上發表，報章編輯在多次聯繫她不果以後，才終於追蹤出她的死訊。

相比當年的一舉成名，韶子後來的「默默死去」，在當時的文壇造成很大的衝擊。對於華文媒體的後知後覺，文化圈中多有譴責之聲，而小販「麗姊」之重於作家韶子，更被形容爲當代本土文學的哀歌。當時一般媒體多選擇「息事寧人」，盡量低調處理此事。那一年適逢執權多年的老首相卸位，以溫和見稱的新首相剛剛接任，民間對此觀望尤殷，而全球性紙價上漲的趨勢逼得報業不得不節約用紙，報章版位緊縮，因此韶子死了也就死了，再過些時日便無人聞問。

韶子死後，本地文壇陸續出現不少生力軍，且都紛紛在國外得獎，因此文壇生機勃勃，氣象大好。然而就在這期間，過去在文學評論界十分活躍的「第四人」卻日愈消沉，甚至淡出文化圈，以後幾乎再沒有發表任何文章。

在小說中，評論家「第四人」是在韶子得了兩個文學大獎後開始鋒芒大露時才出現的。他對韶子的第一篇評論可以追溯到一九九〇年一個本土文學研討會的論文集上。從那以後，他成爲韶子最忠實卻又充滿敵意的追隨者。他的教學生涯和學術研究自此以韶子爲中心，圍繞著她公轉自轉。他給韶子的每一篇作品開膛破肚，並曾在學生面前自許爲韶子的「附骨之蛆」。

《告別的年代》一書裡說，第四人後來提前退休，終日躲在他那堆滿書籍；書籍上厚積塵埃與暗影的書房裡，一遍遍地重讀韶子的著作，並且在他中風下肢癱瘓後，耗了幾年輪椅上的光陰去整理韶子的遺作。最後因對外徵求出版基金未遂，他自掏腰包將作品付梓。

他在書的跋文中提到，韶子之死讓他自覺「像一個影子忽然在光天白日下跟丟了它的實體，惶惶然不知所從。」

你感到奇怪的是，《告別的年代》的作者始終沒有給這評論家一個「人性化」的姓名，甚至也沒有認眞交代他的背景和出身。對比韶子擁有的諸多名字和稱呼，第四人不具姓名地在人世行走，如影子之無須實體，如魂之無著落處。書中的他後來還決心要整理一套六卷的韶子作品全集，唯多番遊說華社的儒商與鄉會資助不果，這計畫唯有不斷推延。直至八月八日晚上，當全世界都在觀看那一屆的奧運會開幕禮時，第四人心力交瘁地，如被風掀翻的一襲披肩，頹然倒在書房裡。

其家人將他斷氣時握在手上的一疊稿子取出，發現是他針對韶子遺作寫的一篇評論，即〈多重人格分裂者——剖析韶子的《告別的年代》〉。這篇遺稿後來與第四人生前所寫的大部分評述文章一起結集，成了研究韶子作品的學子們之必讀本。小說裡寫著，這些學生中有不少人其實並沒有閱讀韶子的作品，始終只讀了第四人的評論。

第三章

1.

阿細去了都門後便很少回錫埠來了。家裡人不外乎老樣子。有時候打電話回去，還得勞人走到他家樓下對著窗戶高喊蘇記，蘇記，炒粉婆。蘇記聽到後穿著木屐咯咯咯衝下樓。其實也沒什麼特別話要說，都是那些，最尋常不過的問候，吃飽飯啦？再說下去，便不外乎聽她重複埋怨丈夫，或搬弄杜麗安與鋼波家裡的事。

杜麗安家裡裝了電話，蘇記老慫恿阿細給姊姊打個電話吧，問候你姊夫啊。阿細卻總是不從。有一天倒是杜麗安把電話打到酒樓，把他從廚房叫出來，跟他說了蘇記的死訊。

都門酒樓的生意好得很，阿細站在櫃檯邊接那通電話。收銀機前的老闆娘問他出什麼事了，怎麼淨拿著話筒不出聲。他說我媽死了。芳姨，我媽死了。

芳姨給阿細批了七天假，還囑人代他買車票，讓他當天傍晚趕回錫埠去奔喪。阿細提著軟趴趴的行李袋上車，一路上闔不著眼，歪著頭枕在車窗上看巴士穿鄉過鎮，總思疑著那電話是個惡作劇。頭一次在話筒裡聽到姊姊的聲音，覺得有點陌生。她哽咽著說「阿媽沒了」，讓阿細想起以前看見過住在同一條街上的福建婆，某天上午去電髮鋪接聽電話以後，便穿著睡衣在街上奔跑哭喊，阿爸無了。她那瘦得竹竿似的女兒在後頭緊追著她，忽然也跟著喊起來，似是向一整條街宣告，阿爸無了。

回到小埠，蘇記已經入殮，躺在有點過大，也似乎過於奢華的棺柩裡。這使得棺內的蘇記看來有點拘謹，彷彿她坐上了一輛跟她不匹配的豪華汽車，便誠惶誠恐地怕自己弄壞了什麼。她羞紅著臉，努力合攏嘴巴，像以前鋼波來迎親，作揖喊她「岳母大人」時那樣地困窘。老爸倒是無所謂，不管喜事喪事他都只有翹著腿，與前來弔慰的人一起剝花生。

阿細在靈堂上首次與鋼波的一對兒女碰面。他們看著年齡與阿細相仿，卻因爲輩分不同，都把阿細喊作「細哥」。那兒子黑黑實實，也像鋼波那樣五短身材，一副蓄勢待發的神色；女兒卻瘦而白皙，一臉病容，彷彿很久未見天日。蘇記在電話裡提起過，你姊夫有一對兒女到這邊來住了，說要在這裡學點手藝。

杜麗安則比以前豐腴，膚色也變亮了。阿細和她坐著一起燒衣紙，覺得她就像換了個人，氣度大不相同，還會三不五時地盯著鋼波的兒女，偶爾昂起臉來吩咐他們做事。那對兄妹喊她「麗姨」，這讓阿細想起都門酒樓的老闆娘。是的，就像芳姨一樣，姊姊也漸漸有了老闆娘的氣質和架勢。

「他們兩兄妹都怪怪的，嘴巴像屎蚶一樣，撬不開。」杜麗安把兩人打發到一旁去摺元寶，還是不太放心，仍然不時擰過頭去看。「唉，我很難呢。」

阿細不著聲。

杜麗安斜睨了一眼，在弟弟的臉上看出一種僵硬的表情，似乎他不太能適應。她便轉了話題，說到這陣子的天氣，骨痛熱症又肆虐了，你住的地方有蚊香吧。舅公家裡要娶媳婦了老媽卻喝不了這喜酒。大選，今年要舉行大選了不是嗎？你說英女皇今年還會不會來？唉，又一屆了，這麼快。

這一聲嘆息，阿細懂得它的內容。他看了看姊姊，心裡柔軟了。上一屆大選不是有個候選人死在戲院嗎？姊姊那時還在大華戲院賣票，回來說戲院鬧鬼，那男人的鬼魂在女廁。後來《唐山大兄》公映，姊姊說請他看電影，他去到後才發現姊姊身後有個梳了飛機頭的男人。

「你不認識波哥嗎？叫人啊。」杜麗安碰一碰他的手肘。

他不說話。兩眼直勾勾盯著那男人搭在姊姊肩上的手。杜麗安那時就別過臉，對那隻戴著兩枚金鑲玉的手說了，別管他，我弟弟的嘴巴，像屎蚶。

一整個下午，鋼波的兒女都坐在一隅摺元寶。男的一副心不在焉的樣子，若不是在伸懶腰便是在東張西望；女的卻出奇地安靜和專心，像是要把手上的紙元寶摺成藝術品。阿細觀察了一下午，他說這兩兄妹眞奇怪，好像都沒交談。說完了他自己不禁莞爾，和杜麗安相視一眼後，兩人一起抿嘴忍笑。

虧得鋼波那時在道上多的是朋友，一輩子活得毫不起眼的蘇記，死後竟堂皇了好幾日。大伯公會的莊爺也賞臉親臨，一衆弟兄隨行，在靈堂掀起不小的反應，算是舉殯期間的一個「高潮」。這讓老爸特別興奮，跑動勤了，莽撞的話卻也說多了。杜麗安倒是十分從容，莊爺離去的時候特地回過身來說，阿麗你打點得很好，辛苦了。

那晚杜麗安在靈堂後面的房間小憩，卻眼光光的躺在帆布床上不能入眠。鋼波和阿細隨後進去，都問她怎麼沒闔眼。她總不好說自己開心吧，便捏捏額頭佯稱頭痛。阿細說很痛嗎？不如給你找兩顆止痛藥。她正想說不要，鋼波卻已端著開水和頭痛藥推門進來。

出殯前一天，都門酒樓派了個坐櫃的老大叔坐長途車過來，送上老闆和同事湊的帛金。這不啻讓阿細感到意外，杜麗安更顯得比接待莊爺時還要高興。因那大叔堅持當天要走，她便極力留人吃了一頓晚飯，還讓鋼波差人去買了柚子和雞仔餅等土產，送到巴士站去，讓大叔帶回都門酒樓與同事共享。杜麗安親自揀了兩個大柚子，在塑料繩編成的網兜上做記號，請大叔一定要交給酒樓的老闆娘。

「老闆娘叫芳姨是吧？」杜麗安看一眼弟弟，沒等他應聲便已轉過臉去對那大叔說，「芳姨她這麼通情達理，我們實在很感激。以後還請她多多關照。」

那天和大叔同時間到來的，還有密山新村的娟好姊。她那時在別人家裡當幫傭，好不容易請了半天假，把女兒矮瓜臉也帶來了。矮瓜臉能跑能跳，卻不吵鬧，也不黏人，穿著掉了一個蝴蝶結，卻明顯有個蝴蝶印的鞋子在靈堂上走走停停，自得其樂。杜麗安也留她們一起吃飯。華仔大炒包辦的一桌子菜相當豐盛，然而娟好吃相不好，反倒是矮瓜臉十分自覺，從母親的衣袋裡掏出手帕，指一指自己的嘴巴，再擦一擦母親的嘴角。

因爲要送大叔離開，杜麗安顧不上娟好母女，只有吩咐鋼波的兒子陪她們走一段路去搭車。那瘦弱的妹妹也不打招呼，靜靜地尾隨哥哥。矮瓜臉回頭看了一眼，竟停下來等她，並主動伸出手來牽著她一起走。

說來也怪，蘇記之死雖叫人意外，可大家除了最初有點失措以外，很快也就接受了事實，靈堂上沒多少悼惜的氣氛。及至出殯當天，因爲來的人很不少，請來的客家道士又特別古靈精怪，事情多而繁瑣。碰巧那一天是跑馬日，杜麗安的老爸自然心猿意馬，總是托詞到外頭刨馬經，沒幫上什麼忙。大家忙碌起來更感覺像過節似的，誰也來不及哀悼，蘇記便已回歸塵土。阿細最後趕上一眼——不過數日，棺中的她看來又萎縮了不少。就這麼一個細微的人帶著她那不合身的豪華棺木，一路哀樂，葬到廣袤義山中的雲深不知處。

蘇記入土後，阿細在家裡待了兩天一夜。回去都門之前，杜麗安在百利來酒家安排了一桌飯菜。阿細和老爸去到後，看見鋼波的兒女也在席上。兒子依然心不在焉，頻繁地改換坐姿，一副百無聊賴的神色；女兒則沉靜得像個不存在的人。她大多時候都低著頭，小口扒飯，也不怎麼下箸。杜麗安挾了些肉到她碗裡，說多吃吧你這麼瘦。那女孩用旁人幾乎聽不到的聲音說，謝謝麗姨。

阿細看在眼裡，怪，這兄妹兩人還眞一席無話。老爸和鋼波卻忍不住開了三大瓶啤酒，拚命斟滿對方的酒杯。他們自有賭經與大選動向可談，而且有酒精助興，不自覺便提高了說話的聲量。鋼波一再搖頭糾正老爸說的話，有時候也左右瞥一眼，神祕兮兮地「洩露」一些從莊爺那裡聽來的內幕消息。男孩饒富興致地看著他們，女孩卻似乎把頭垂得更低了。

「你看她，」杜麗安用手肘輕輕碰一下阿細，目光斜斜地滑過桌上的杯盤，停在女孩放下的碗筷上。阿細看了一眼，碗中的飯已扒光，肉卻還在。「你看到了吧，我有多難。」杜麗安傾身靠近他，幾乎沒怎麼張嘴，用密謀似的聲音說話。

「你姊夫說莊爺快要讓他出來做生意了。」杜麗安把聲音壓低，「他要我幫他。」「你知道做生意當然要找自己信得過的人。」她頓一頓，神情十分認眞。「阿細，你是姊姊最信任的人。」

阿細沒有回話。杜麗安說「你姊夫」，這讓他憶起蘇記。那一刻他才深切地感受到這世上已經沒有蘇記了。以後他不會在電話裡聽蘇記囉囉唆唆地發各種牢騷，又勸他給姊姊打電話。爲什麼要打電話呢，沒什麼話要說的。

哎呀，問候你姊夫嘛。

想起蘇記讓阿細傷感。他忽然沉默下來，用杜麗安所不了解的眼神，憂傷地凝視她。杜麗安確實會不過意來。她愣了一下，說沒關係，你不回來也沒問題。我看你在那邊做得不錯，老闆待你很好。

「再說，那裡畢竟是大埠。多點見識。」她拍拍阿細的肩背，像在安慰一個跌倒了剛爬起來的孩子。

回去都門的路上，巴士似乎行駛得特別快。路有點崎嶇，司機開車像在馴龍。阿細坐在車尾，被那憤怒的巴士甩得差點沒把胃裡的七葷八素吐出來。他想起剛才飯飽後老爸說要去打牌，便逕自往會館那一頭走去。他和姊姊還有一對少年兄妹擠進鋼波的車子，拐了個彎，看見老爸正在五腳基上走得趔趔趄趄。杜麗安攪下窗玻璃，聽到老爸扯開嗓門唱他的粵曲。一啊葉輕舟去，人隔萬重山。

烏南飛，烏南返，烏兒比翼何日再歸還？

哀我何孤單。哀我何孤單！

2.

母親叫你喊他「細叔」。你覺得那似乎意味著有另一個輩分或年紀更大的人，需要被喊作「大叔」。但這麼多年了，「大叔」並未出現。有時候你會在五月花的梯階上被人攔住，問你有見到你的細叔嗎，他到哪裡去了。於是你才微薄地意識到他是「你的」細叔。細細咀嚼，像是有一層親人的含義。

母親叫你喊他。你喊了。細叔從一團背光的身影中走出來，咧嘴露出一口參差不齊的，發黃的牙齒。他說這孩子很乖很聽話，你轉過身去踩那些嘎吱嘎吱作響的地板。

母親叫你喊。你站在三樓的梯階上，扶著欄杆朝樓下大喊。細叔。細叔。你那迅速發育的聲帶抖出了你不熟悉的聲音，它粗糙低沉，繞著樓梯迴旋到底。要再等一陣才能聽到他的回應。什麼事？

我媽找你。你與你投射到牆上的影子，對著龐然的空洞說話。

母親叫你。你回過身去。那時母親兩腿浮腫，青筋像一叢綠色蚯蚓要鑽出她的皮層。你看著那膨脹得像籃球那樣大的左膝蓋，隱約有點預感，母親支撐不住了。而她果然神智不清，兩眼翻白，開始說很多叫人茫無頭緒的話。她問你記不記得你們以前住過一條有很多壽板店的街。她說她昨晚又回到那裡了，看到有個老頭在拉二胡，還有人把紙紮車和紙人投進烈火裡。

細叔說那是死的前奏。這種事你也曾聽說。以前住在那一條有很多壽板店的街，那些坐在店前的老人便曾經對你的母親與其他妓女說過。他們說話的時候，你在門口張望。店裡一貫幽暗，地上塵灰積如薄霜。更深處必定有個神龕。看不見供奉的是什麼，只看見燭光或煤油杯裡一蕾一蕾靜止的火。

只是那死的前奏未免太拖沓。母親拖著腫大的瘸腿活了好久，忍受了許多你無法分擔的痛苦。直至她最後突然想起要吃肉，並且在吃了你買回來的咖哩羊肉以後，搗住飽脹的肚皮滿足地死去。你幾乎以爲那些羊肉有毒，但細叔說不是的，是迴光返照。他說時目無表情，似已對生死麻木，就像那些叨著餘生坐在壽板店門外的老人。

你卻想起死囚行刑之前必備的一頓美食。想起《告別的年代》中吃榴槤噎死的炒粉婆。想起人們夢寐以求，只願死在豐足的一刻。

母親叫。你從夢中醒來，發現她陷在另一床夢中。她在夢裡的喊叫聽來竟與她在隔壁房裡的仙死之聲相似。誰呢，哪個男人在裡面？她橫屍在房中，細叔叫你另外找個房間睡一晚吧。你搖頭，當晚一直坐在床邊陪伴你長眠的女皇。半夜時細叔來敲門，說你試試開那冷氣機，天氣熱，怕她會發臭。你去開了，那冷氣機發出劇烈咳嗽般的聲音，像要把老朽的臟腑全吐出來。

於是你把它關掉，繼續坐在床畔。事實上，你以爲她早已經由內而外地發臭了。你想起曾經在一家靠海的旅館住過一兩個星期，陽光裡也有這股鹹魚的味道。街上有兩家賣海產的小店，常常有打扮得很像遊客的男女胸前掛著相機走過。母親說走吧，在這裡我鬥不過那些小妹妹。於是你們離開那個聽得見海風的地方，去到喪葬之街。你記得那裡臨著陽間的世界，白日裡像個不為人知的異次元空間，只有待天黑了才向塵世敞開大門，饗以陰世的筵席。但各處的旅館總是一樣的。反覆汗濕後的床墊，乾癟的枕頭，像隨時會塌下的欄杆與黏黏的樓梯扶手。

母親說，不管去到何處，蝸牛背著的總是自己的殼。

天亮之前你夢見迷宮，無數的門與無盡處的迴廊，也有一些門被打開了一道罅隙，門關節咿呀作響，有人往那門隙湊上一隻冷冽而陰性的眼睛，十分逼真。然後天就亮了。你揉一揉眼睛，天光如一絹薄紗柔軟地鋪在母親僵冷的臉上，幾乎讓你以為她會醒來。

他們來了。細叔後來結算，說帛金收了兩千多塊錢。你很想說欠他的以後一定會還，但你躊躇很久卻一直說不出來。

＊

會考完畢你再沒有到學校去。你找到母親說的城中最古老的圖書館，在那裡，你把手探向時光忘卻了的深處，找到你想像中的書。一切都比你設想的順利，而非母親之前所警告的那樣飄渺不可得。她去過那圖書館的，可是以後再去便不復得路。但你對尋找遠比母親在行，她忘了她擅長的是藏匿與遺忘。

她最後想起來的是喪葬之街與羊肉的美味。她甚至記不起J。你追問她，她用昏沉之眼裡澄澈的眼睛，望向天花板；望向你看不見的，歲月中的深洞。她說沒有，你哪來的孿生兄弟。

細叔也沒聽母親說過這事。他站在母親的棺柩前，揚手彈掉菸灰。他說如果有吧，這種事她總不可能忘掉，總不可能臨死了也不跟你說。

這讓你沮喪。她失去的她不一定會想起。

日間五月花無人。老妓女坐在外頭的樹蔭下抽菸，負責照管旅舍的老人坐在櫃檯前的破籐椅上想事情。大家都那麼有氣沒力，像神龕上快要燃盡的燭火，純粹在消耗殘生。五月花像一所療養院了。在這裡等待終老的妓女們，不管落腳多少年，都只把自己當過客，誰也不知道彼此的往事。也許是彼此的經歷多有雷同，而且乏善可陳，她們對細叔的過往反而知道得更多。

「你的細叔有點故事。」老妓女噴了一口煙。你在煙霧中看她那告密者似的嘴臉，但她說的你可想而知。你看到的，你喊了他以後，就會從背光的身影中走出來一個瘦削矮小的男人。他的左臂上繡著一條怪蟲，像粗陋的青花圖紋。他用滿口亂牙對母親說你的兒子很聽話。

「你的細叔年輕時混黑社會，後來吸毒，好不容易才走上正路。」

她說完又朝你吹了一口煙。你抬頭看看樹穹，覺得像個巨人在你頭上撐開一把千瘡百孔的大傘。陽光很耀眼，你只想打個哈欠，卻居然醒來了，發現自己正蝸蜷在死亡留下的形狀裡。已經很晚了，細叔在給朋友守喪。你起來胡亂翻一下攤在桌上的大書，隨手抄下這一行字：

他包娼庇賭，與往來的老鴇廝混。

母親死後不久，她們告訴你五月花住進了一個很年輕的泰國女孩。「眞的，」妓女們衆口齊聲。「她住進來時，你媽還沒死。」她們說她很瘦，臀窄，銅色的巴掌臉；嘴巴很大，牙齒很白。她們說她的名字叫瑪納。對，瑪納，我們偷偷把她叫著「金籐條」。難道你沒見過她？

瑪納也許是個妓女，也許是細叔的另一個姘頭，甚至很可能是一縷幽魂。她住在五月花裡而你毫無所覺。在這幢舊樓裡，連樓下廚房的水龍頭擠落一顆水珠，都會驚動三樓。滴篤。難道瑪納是隻躡足行走的暹羅貓？你覺得這很不可思議，所有人都見過瑪納了，唯獨你絲毫未感應到她的存在。她們說你的細叔把她藏起來了；他不想讓你和你媽看見她。

去去去，去把瑪納找出來。

你想起曾經遙想的地窖和暗室。五月花的未知。寶藏所在。母親在那裡面守護著給你的手表和電光槍。而瑪納，瑪納是一個長相猶如暹羅貓的洋娃娃，瘦骨嶙峋，有著淡綠色的杏仁形眼睛。

會考後等待放榜的長假裡，你打開記事本，在待完成事項中加上「尋找瑪納」。

3.

因爲小說後半部風格突轉的寫法，你不禁懷疑《告別的年代》其實是一部寫得不倫不類的傳記。於是你上網，在搜索器上鍵入「韶子」與《失去右腦的左撇子》，卻始終沒找到相符的內容或信息。至此你唯有相信那果然是一部虛構的作品。**它若不是一部小說，便只能是一部虛構的傳記**[1]。

「虛構的傳記」也是第四人的用語。以後的學生在引用他這番見解時，經常會因爲粗心而犯下一個相同的錯誤。他們總會想當然耳地寫「它若不是一部**眞實的小說**，便只能是一部虛構的傳記。」第四人倘若健在，自然要爲這種有缺嚴謹的治學態度而大發雷霆。他自己是那麼一絲不苟的人！他最後爲韶子整理與付印的遺作經過許多遍的反覆校訂，據說三十萬字裡沒有一個白字。反之韶子因未受過嚴格正規的語言訓練，因此文采雖佳，唯語病難免，文章中的別字問題也宛如犬隻身上除不盡的虱子，常叫編輯頭痛。縱觀韶子之前所出版的十二部著作，「一本沒有錯別字的書」確實是前所未有的事。

不管怎樣，韶子對這些評論從不聞問。事實上，相比第四人對其人與作品投注的巨大熱忱，韶子的反應和態度卻冷淡得令人費解。她仍然以「麗姊」的身分去經營廉價內衣褲的生意和幾個賣盜版光碟的夜市檔口，平日也賭球也豪飲；一生未婚，卻傳說曾換了好幾個情人。她的情人無非市井之徒，或是些黑道白道上的小兵小卒，故伊人的情人名單遠不及韶子的著作列表輝煌[2]。

在《告別的年代》裡，作者用了非常奇異的二分法處理韶子與第四人的關係。在書裡，兩人似無交鋒，韶子像是從未知道世上有第四人。她與第四人就像活在同一時空中的兩個重疊的次元，或隔著一面單向鏡的兩個平行的世界。第四人透過玻璃注視韶子以及他自己映在其上的淺薄的身影。而韶子在另一邊，絲毫未察覺鏡子後面的世界。

你甚至認爲，連「麗姊」也並未察知「韶子」的存在。

你到網上的論壇上稍微提出了這書中的情況，網友們有的說他們想起希臘神話中的納西瑟斯，他愛上自己水中的倒影。另一些網友則想起雕刻家賽浦路斯王皮格馬利恩，他愛上自己雕刻的石像。這些意見毋寧都是憑空想像，它們似是而非，都有點不合邏輯。但後面一種「雕刻家愛上石像」的想法，在小說中也有提及。那是在第四人死去後不久的事。他的辭世多少刺激了韶子遺作的銷量，藏書家們無不明白韶子的著作必須與第四人的評論配套，才能算是「完整」的收藏。尤其是當第四人投入了無數心血，並自資讓《告別的年代》面世後，大家聽說他猝死時手中抓住的竟是對《告別的年代》之評論。這比任何宣傳都更駭人，也因此《告別的年代》與後來趕著出版的第四人評論集《形影不離》（共五冊），在冷淡的文學書市掀起十分罕見的熱潮。《形影不離》後來更不斷再版，且多番校訂，終於在第三版時完全改正了當初因趕版付印而出現的許多錯誤。

或許是因爲《形影不離》作爲冷門書類而在書市中創造的不凡成績，就在第三版推出以後，有人提出了一種質疑的聲音——《告別的年代》眞爲韶子遺作嗎？

這疑問最初只在文壇小圈子的茶敘或酒會中作爲談資，爾後不知怎麼流傳開來，並且一發不可收拾，不只成爲文人們茶餘飯後的熱門話題，甚至在當時的文化圈中形成討論的風氣。其引起的廣泛關注，就文壇效應而論，一點不比之前由留台作家與學者掀動的「燒芭」熱潮遜色。至於後來有多名作家學者就此課題相繼發表與出版專論，以及第四人的家人爲此興起訴訟；種種是非，也就不

1 見〈歷史的僞造者〉。

2 除《告別的年代》以外，韶子一生總共出版了十二部著作，包括短篇小說集八部，中篇小說三部，以及散文集一部。

在話下。

在當時的一片討論聲浪中，確實有人提起過皮格馬利恩。在希臘神話中，這位賽浦路斯王傾盡自己的熱情與精力完成一座少女雕像，爲之取名加拉泰亞，並且深深愛上了她。那些深諳或略懂心理學的文化人，在研究了第四人後半生對韶子那極不尋常的態度，也參考了《告別的年代》與《形影不離》特殊的生成情況，以及兩書之間複雜的參照關係以後，都不排除第四人懷有「皮格馬利恩情結」的可能性。

事實上，在《告別的年代》全稿被挖掘出來以前，韶子確無任何長篇小說面世，也沒有任何紀錄顯示她有過創作長篇小說的意願。另一方面，以第四人多年來對韶子作品的深入研究，一般人也相信他或有能耐模擬韶子的筆調，構建一部他所想像的「韶子寫的長篇小說」。

儘管疑竇已生，而絕大多數本土的有識之士也或多或少地參與了這場爭論，然而兩書的作者畢竟都已作古，所謂「死無對證」，加上韶子一生過得十分神祕，其母親作爲唯一的親人，也因爲年紀老邁，在爭論引發後不久即與世長辭，因此這場論爭雖如火如荼，卻注定只能以「無頭公案」收場。此後縱有零星散火，其味已如軼事趣聞，再也無人較眞。

無論如何，那一次質詢雖多少使第四人的名聲受損，卻也使得《告》與《形》兩書再一次反彈，躍上書市的銷售排行榜。以後回顧，即使那是兩書在本土文學史上的最後一抹餘暉，可對於向來冷寂的文壇而言，卻未嘗不是佳話。只是《告別的年代》因作者的眞實性存疑，以後研究韶子的中文系師生，因謹愼故，一般不把它當作韶子的作品看待。

第四章

1.

那一年，石鼓仔說要去都門看拳王阿里與歐洲冠軍的比賽，杜麗安特意訂了些密山新村的炭燒香餅，託他帶給阿細。那時她可沒想過，這小子膽敢賴在那裡，說不回來了。阿細代他打來的電話。香餅是拿到了，但石鼓仔向他借了三百元，說要留在都門找工作。「麻煩你跟我爸說一聲。」說完他便轉身走了。

杜麗安接那電話時，忍不住即時咒罵起來。阿細聽出來那裡面也有點責怪他的意思。怎麼你就那樣讓他走了。雖說關係有點曲折，但他在名義上也算是石鼓仔的「舅父」，便也有了長輩的義務。「你說呢，怎麼向你姊夫交代？」

鋼波對這事的反應卻出乎杜麗安的意料。他點點頭，晚飯還是一碗接一碗的盛，肉是大啖大啖地吃，沒多說什麼。彷彿他早知道時候到了鳥兒自會離巢，而那大概就是時候了——當拳王阿里在一場據說沉悶無比的比賽中，把歐洲冠軍擊敗。就連那做妹妹的劉蓮也平靜得叫人難以理解。她依然吃得極少，偶爾放下碗筷去給父親盛飯，回來再堅持把自己的一小碗飯吃完。只是杜麗安再沒挾肉到她碗裡了，自從上一回鋼波突然發火，大聲喝令她把留在碗底的肉都吃掉。

「你以爲我沒看到？你給我吃乾淨！」那時劉蓮剛站起來收拾碗筷，鋼波兀地伸出巨掌在桌子上猛拍，哐哐啷啷的，飯桌上的碗盤都彈起來。

杜麗安和劉蓮被這突如其來的一著嚇愣了，一時沒明白他的意思。石鼓仔則敏捷得像隻猴子，捧著飯碗閃到一邊去。大家看著鋼波。他睜大著眼睛，像個惡狠狠的金剛力士。「你，劉蓮，坐下來把那些肉都吃了！」劉蓮這才知道父親說的是她。她緩緩坐下，蒼白的臉開始發青，卻也不吃，只是低下頭盯著碗中的幾塊肉。鋼波等了一陣，他說好啊你不吃就永遠別站起來，你敢站起來看我不打斷你的腿。

鋼波說完便繼續扒他的飯，石鼓仔左右看看事不關己，遂也坐下大啖吃食。杜麗安卻是心驚肉跳。以她了解的鋼波，風風雨雨經歷多了，這兩年人也漸而變得陰沉，愈是表現得沉靜則愈凶險，那正是個一觸即發的時刻，她咬著唇，大氣也不敢喘一下，只有斜著眼睛盯緊動也不動的劉蓮。看她咬著牙齦，眼睛微凸，像要擠出強大的意志力讓碗裡的肉塊消失。她還眞怕這女孩一時氣血上沖，眞會站起來。

石鼓仔吃好後，碗筷一推人就走了。鋼波卻吃完了還坐在那裡，翹起腿，叫杜麗安去給他拿牙籤。杜麗安轉了個身回來，聽到石鼓仔在廳裡扭開電視，劉蓮聽到電視的聲音，不知怎地眼眶就紅了，大顆大顆的淚珠迸落到碗裡。杜麗安留意到鋼波皺了皺眉，呼吸逐漸變粗，像是喉裡正醞釀著一場天雷地火。她緊張得不行，便清了清喉嚨，盡量把聲音放柔。

「阿蓮，你吃吧。」

她說了劉蓮似乎哭得更厲害些，卻終於抬起手來把肉塊挾進嘴巴。杜麗安看她的手在發顫；一邊抽泣，一邊把涕淚和肉一起吞進肚子裡，她便在內心說了一聲罪過。可鋼波還眞耐性地等著劉蓮把那幾塊肉都吃光了，他才站起來。

「看你以後還敢不敢。」他叼著牙籤。杜麗安想起多年前她躲在蘇記身後，曾經探出頭來看見過。這神情，凶神惡煞，像要殺人。

這一次石鼓仔「離家出走」，杜麗安有點拿不准鋼波的泰然是否也意味著一場眉睫上的暴雨急風。晚上她上床之前，提醒鋼波明天該給漁村老家那邊打個電話。「你要把事情說清楚，免得人家以爲是我把她兒子趕走了。」沒想到床上的鋼波攬住抱枕翻了個身，說石鼓仔早給他母親打過電話。那邊今天一大早聯絡上他，通知了這事。

「難怪你這麼鎭定，原來早已經知道了。」杜麗安忽然發現自己才是唯一不知情的人，心裡有點不悅。她熄了燈，臉色沉沒在黑暗中。她摸索著爬上床，在鋼波身邊躺下。

「那邊還說了什麼？沒訓他一頓嗎？」

「沒用的。翅膀都長硬了。」鋼波背對著她，沒回過身來。說話的聲音像咕噥，似乎馬上要睡著。杜麗安側過身子靠近他，一隻手搭上他的手臂。她說你一點都不緊張，是因爲那邊還有兩個兒子吧。

鋼波咕咕噥噥回了些話，這回卻像囈語了。杜麗安也沒想要聽眞切。她說你陪我去看看醫生吧。說著微微推了推鋼波。鋼波反射性地挪一挪手臂，把抱枕擁得更緊些，隨之鼾聲滾滾。杜麗安有點懷疑那是佯裝出來的鼾聲，卻也無可奈何。她嘆了口氣，低吟似地說，你總是這樣。鋼波動也不動，窗外的蟲鳴與他的鼾聲呼應。雖然在黑暗中，杜麗安仍然感覺到鋼波的背像一堵厚牆。它堅實，寬大，會吸食聲音。

*

那一年莊爺總算兌現諾言，以大伯公會的名義撥了些錢給鋼波做生意。那時鋼波已五十歲了，漁村那邊的長子次子都已成家，兩個媳婦還都同年生下小孩，讓他當了爺爺。杜麗安察覺自從那以後，鋼波性情改變，特別喜歡回老家了。以前他每個月也就回去一次兩次，大多是擲下伙食費，吃過午飯閒話家常，下午便拎著剛下貨的新鮮海產走人。自從兩個孫子出生以後，他回漁村的次數頻繁了，常常帶著新買的玩具回去，偶爾還會留在那邊過夜，且往往十分「即興」，不就一通電話嗎，說今晚不回來就不回來了。

杜麗安自然不太高興，也爲此說了些挑茶斡刺的冷言冷語，與鋼波有過幾次齟齬。她和鋼波都以爲那純粹是因爲嫉妒，卻沒發覺那一片酸味的冷火底下埋藏的是滾燙的熱流。焦慮，是的，焦慮。夾雜著像沙石那樣的不安與恐懼。娟好姊上次替她把訂好的炭燒香餅送過來，便說了，沒想到波哥有那麼喜歡小孩，眞看不出來。

娟好陪著杜麗安去看了婦科醫生。那醫生卻說這種事得夫婦兩人一起檢驗，再說嘛，你丈夫都五十了。可鋼波對這建議十分忌諱，每次提起他總會壓著嗓子發脾氣。吵了幾回，他後來索性裝聾扮啞。杜麗安想吵架也無處著力，再說她也不想惹惱鋼波，免得他更想往「那邊」跑。於是她表面裝作無事，心裡卻更焦躁。好在這時候大伯公會說要撥下錢來，鋼波對做生意興致不高，不僅讓她作主，更說好讓她全權操辦。「你是老闆娘，你不做誰來做？」這多少撫平了杜麗安的不安，再說有事可忙也可分散她在這事情上的焦慮，因此她興奮地籌畫，早早在物色地點，還找了相士看風水取名，盤算著要開一家酒樓。

只是事情的進行沒想像中的順利，最大的打擊莫過於錢不夠！杜麗安從鋼波手上拿到的，遠非莊爺原先承諾的數目。那像當頭澆下一大盆冷水，杜麗安目瞪口呆，過了一會才想起該追問。這一問不得了。她原以爲是莊爺食言，臨時改了數額，沒想到卻是鋼波把錢「抽調」到漁村那邊了。

「兩個兒子說要搞養魚場，我覺得好啊。」他故意說得輕描淡寫，說完還攤開兩臂，扎穩馬步，嘎嘞嘎嘞地扭動脖子伸了個懶腰。

杜麗安怔怔地站在那裡，良久無語。她知道自己的臉轉成鐵青色了，像有人往她的脊椎注入冰水。她開始顫抖，呼吸變得急促，胸脯不住起伏，這樣支持了一陣，她終於張開嘴，發出乾啞的哭聲。那哭聲像一長柱擠得不均勻的牙膏，似乎斷斷續續，卻愈來愈響，變成了呼天搶地的哭號。鋼波雖早已預料杜麗安不會輕易干休，卻還是被這驚心動魄的哀號嚇得慌張起來。「你幹什麼呢別這樣，你發神經了。」但杜麗安扶著牆蹲下，哭聲抖抖，久久未竭。奇怪的是她始終沒掉淚，哭得十分乾旱，以致那哭號聽來讓人倍覺荒涼。

那是個下午，劉蓮還在廠裡車衫。屋子兩旁的鄰居聽到杜麗安的哭聲，分別走出一個懷裡抱著孩子，身邊還拽著其他孩童的婦人。她們靠在鐵絲網圍成的籬笆上，探頭往杜麗安的家裡張望。鋼波的冷臉出現在窗櫺間，他左右瞪了一眼，「啪」的一聲闔上百葉窗，但杜麗安的哭聲仍隱隱約約從房裡洩漏。

那一場無淚的風暴使得鋼波奪門而去，三天三夜沒有回來。杜麗安蹲著抽泣，腿都麻了。直至想起劉蓮即將放工回來，她才慢慢起身，扶著牆走到梳妝檯那裡。牆上橢圓形的梳妝鏡像個透明容器，把她和她那逐漸昏暗的世界，連著房間裡的孤寂一起裝進去。她看著被裝在鏡中的自己，臉上也沒淚痕，卻那麼憔悴，像突然老了，讓她自己看著不忍。

鋼波三天沒回來，杜麗安想了很多事。只是鋼波不在，房子裡的氣氛有異，劉蓮自然有所察覺。晚餐桌上就剩下她們兩個人了，但杜麗安仍然每天準備鋼波的一份；三菜一湯，一大鍋的飯，兩對筷子；一桌子無法戳穿的緘默。第三天杜麗安主動找了些話題跟劉蓮聊起來，才知道石鼓仔已經找到工作，在都門一家輪胎店裡幫工。她說你轉告你哥吧，他生活上如果有什麼需要幫忙，一定要去找阿細舅父。

劉蓮看了她一眼。杜麗安直視她，堂堂正正地迎接了那眼神。「我跟你一樣，也希望自己的家人在外頭有人照應。」劉蓮想了想，輕輕點了點頭。

「你爸今晚大概不回來了，你盡量多吃吧。」杜麗安挾了一塊石斑魚肉，朝劉蓮遞去。劉蓮遲疑了一下，只一下，便也伸出手臂，拿手中的飯碗接過去。杜麗安後來斜眼偷看，見她把那魚肉放進嘴裡，細細咀嚼後也就嚥下了。

翌日鋼波回來時，杜麗安正在廚房裡洗切。鋼波聽到廚房裡的聲音，卻沒走入廚房，而是在廳裡扭開電視看了一陣子。鋼波的汽車開到門前時，杜麗安也聽到那熟悉的引擎聲，她用濕手理了理髮鬢，挺胸吸了一口氣，繼續洗米做飯。鋼波卻沒進來，她用眼角窺看客廳牆上晃動的灰色人影。電視正在播馬來片，她依稀聽到一男一女的對話，以及有點慘情的馬來音樂。鋼波不耐煩，轉了第二台，不也還是馬來節目嗎。他等了一會，再轉回之前的那一台，聽那蛇舞般婉孌的音樂與忸忸怩怩的情愛。後來音樂停了，電視裡連著換了幾個場面。再那麼等下去，耗下去，杜麗安的心也冷了。

她在擇蕹菜時，鋼波走進來了。杜麗安感知他在身後，聽到他提起水壺往杯子裡斟水，又咕嘟咕嘟地喝下去，然後有點誇張地呼了口大氣。

「晚上吃蕹菜嗎？其他的還有什麼？」他總是這樣，假裝什麼事情都沒發生，也就什麼事情都一筆勾銷了。

杜麗安咬了咬牙。「豉油雞，芋頭扣肉，藥材湯。」她冷冷地說。「還有昨晚剩下的乾煎蝦。」

鋼波沒說話了。那全是他愛吃的菜餚。廚房裡忽然很靜，靜得放大了電視的聲音，配樂裡的貢邦鼓，人們的對白；就連屋子外面各種瑣碎的聲音也鑽了進來。隔壁人家已經開始熱鍋炒菜了，屋前走過放學後結伴歸家的小孩，騎腳車賣冰棍的小販在更遠處，也許在另一條路上搖動他的鈴鐺。

杜麗安折斷菜梗時響起細微而空洞的聲音。

鋼波長嘆一聲，隱隱有百事休矣的意思。「阿麗，」他頓了一頓，「是我不好。」

杜麗安依然垂著頭擇菜，她說你去沖涼吧，阿蓮回來就可以開飯了。鋼波沒應聲，他走前去，從背後輕輕抓住杜麗安的兩臂。他說阿麗，對不起。

他們結婚才幾年呢？那一刻杜麗安卻覺得他們像一對老夫老妻。鋼波這幾日不在，她把許多事情反反覆覆地想過，甚至連「離婚」這念頭都蹦出來好幾次了。可現在聽到嘴上從來不肯認錯的鋼波親口說了「對不起」，她心裡怦然一動，也沒什麼準備，兩顆大大的淚珠像在眼角隱忍了很久，突然落下來了。

她抽了抽鼻子。自己想得那麼複雜，其實要的不就是這一句話嗎。鋼波在背後環臂將她抱住，她用涼涼的，透著一股菜葉清香的手回應那一雙壯碩的手臂。而此刻，那些鑽進廚房裡的雜音，像不意闖進來的各種飛蟲，嗡嗡轉了一圈，又一一振翼退去。

2.

再讀下去，小說裡有不少人物都讓你感到似曾相識。你覺得他們從文字裡浮起來了。書裡的螞蟻大隊在你倦極而眠的時候，悄悄改變牠們的位置，讓人物變成紙面上的浮雕。你忍不住回頭重讀前面的部分，奇怪的是那些敘述看來竟有點陌生，彷彿你並未認真讀過。譬如出現在第一章裡的那個瘋漢，之前你讀，只覺得草書似的幾筆帶過，如今重讀卻發現他的形象生動而深刻，作者甚至在這瘋子出場之前，這麼說了——「也許是命運的安排」。

書裡說，那是小埠裡最廣爲人知的瘋子。回想起來，你覺得自己似乎也曾在這年代這城中見過那樣的人。他衣衫襤褸，身上披搭著無數的灰色層。這人赤足推著一輛掉了鏈子的腳車，車子把手掛滿了裝著小半包尿色液體的塑料袋。在那一頭亂髮和滿臉鬍鬚之下，沒有人能看出裡面埋藏了多少歲月。他的一身赤褐色皮膚與被積垢模糊掉的輪廓，甚至掩蓋了他的種性。

他爲什麼不說話呢？他只會放聲喊叫，像森林裡的泰山。在你童年時，似乎也曾看見類似的一個瘋子站在城中某個十字路口吼叫。那是個沉默精瘦的男人，眼神深邃得像個印度苦行僧。他偶爾會突兀地扔下全副家當，站在車輛來往不絕的街道上，握緊兩拳，身子後仰，面朝街上那些店屋樓上的窗戶，陽台或房頂，引聲長嘯。有時候像在怒吼，有時候像在呼喚住在雲層上的人。

哦——

啊——

你和母親都被他嚇了一跳。母親馬上把你挪到她身後。你們順著瘋子的目光抬起頭看，那些缺頁的木製百葉窗裡閃動著蛛絲的銀色光芒，幾乎像許多白髮老媼躲在窗後觀望。

這個彷彿不久前還見得著的瘋子，突然闖入五月花301號房，那攤開在桌上的大書中，一部來歷不明的小說裡。他在五．一三那天突然狂性大發，揮舞他的腳車鏈子襲擊正在往戲院上班的杜麗安。鋼波正好經過，一把將杜麗安拉進汽車裡，也就有了後來的追求與婚事。杜麗安和鋼波當然也像你曾經見過的某些人，你想起母親和細叔，有點不確定自己的記憶深層是否也存留著那樣的一對人影。你閉上眼睛，靜待這對人影自漾漾的黑暗中顯現。他們終於出現，卻像站在磨砂玻璃窗的另一面。男的從背後伸臂抱住垂首的女人，兩團色彩頃刻融入彼此。他們靜佇不動，那影像愈來愈模糊，宛如一潑彩墨在紙上渙散。

那想必是夢。你睡得極不安穩，樓下響起一點輕微的聲音，把你從愈陷愈深的夢中打撈起來。你睜開眼，看見天花板上有兩條壁虎正繞著圈子相互追逐，發出求歡的叫聲。但樓下確實有你不熟悉的聲音，很輕盈的腳步，只能是女子，也不能是老人。你從睡床上彈起，離開那一個想把你泡在夢裡煮死的大鑊。

瑪納？莫非是瑪納？

你衝出301號房，在樓梯口佇足，屏息傾聽那聲音。它在二樓。你聽到那裡有某扇門被闔上，門鎖把鎖舌吐入洞口，咔嚓一響。乍聽之下，那真像是來自細叔的房間。你緩緩走下樓梯，但一踏上二樓，那裡的地板便像驟然見光的老鼠，競相發出警示的叫聲。如此那本來已細不可聞的「另一人」存在的聲音，也忽然消失了。你提起腳跟慢慢走到203號房門外，把臉貼近門板，屏住呼吸去聆聽門板後面的動靜。這樣維持了一陣，房裡寂靜得讓你懷疑房間並不存在，門縫和鑰匙孔內一片漆黑；那門板更像是掛在厚牆上的一幅木雕或畫作。

你耐心等了一會，直至你開始懷疑二樓的五個房間都徒剩下一扇門。它們變成了月曆和掛畫那樣的東西。你往回走上三樓時，忍不住搖下某扇可疑之門的門把。那門應聲開啓，房裡的窗簾沒拉上，裡面正在儲存月光；靠近窗口的家具都泛著一抹銀灰色光華。房間還在，你感到寬心了些。你拉上房門，悄悄退出這神祕的經驗。

你回到301號房裡，繼續讀《告別的年代》。但你試了一陣，發覺自己已無法專注。你分明還在留意著樓下的聲息，無法抑制地想像著瑪納故意在跟你玩躲貓貓的遊戲。人們都鑽進各自的空間裡，好像都只爲了躲開你。這種莫名奇妙的傷感突然從大腦洩漏，你心裡的味蕾馬上感應到一股酸楚。這時候你聽到底樓的閘門發出聲響。是細叔回來了。一，二，三，四……你數算他趿著拖鞋的腳步。回到203號房要走三十七步。但他在二樓與三樓之間的拐角處停下來，有五秒吧？你想像那五秒鐘的內容。他想起什麼呢？也許有些事情讓他遲疑。所以他頓了一頓，終究還是踱步上來，走到第四十三步。

你知道他已經站在房門外。這不是送晚飯的時候，他有什麼話要對你說嗎？你把翻書頁的手停在半空，等待叩門的聲音。但他卻在外面佇立，大概一直在凝視著釘在門上的號碼，或許也把敲門的手舉在半空。他必然知道你還沒上床休息，他要是聽不到燈光裡的蟬聲，也必定看見從門縫溢出去的薄光。可他靜候一會，忽然掉頭走了。你聽到他走下樓時比較輕快的步履，猜想或許有些事情他還在琢磨，並且決定了暫時不告訴你。

自從母親死去，剩下來的兩個老妓女相繼問起你以後的意向。她們半開玩笑地建議要把你認作乾兒子，起碼得讓你有個身分在五月花待下去。你注視她們愈蒼老愈和藹的臉，想像這個母親死去以後，你將逐次流浪到另一個母親的房中。每一個極其相似的母親，有著近似的命運和體味，如同此城彼鎮許多記不起名字的小客棧。你避諱這些建議，但你明白她們的好意。她們的感官雖逐漸遲鈍，卻仍然比你更敏感於人際間的風吹草動。大概是細叔那裡放出了什麼風聲，也可能僅僅是因爲瑪納的出現。

五月花已經久未有年輕的女人入住，而那傳聞中的瑪納，在「背著一個小行囊和提著個大行李袋」住進來後，人們都只見過她一面；最近更是蹤影全無，連櫃檯的老人也說不准她是否已經離開。

儘管沒再見過她，五月花裡的人卻不約而同地相信瑪納還在。沒有人可以舉出什麼證據，但大家都和你一樣固執地相信那泰國女孩「只是躲起來了」。他們揣測她也許是從邊界攀越過來的非法入境者，更有人說她可能是你細叔以前在那邊播下的種。後面這種說法讓你了解到自己的處境十分複雜。如果瑪納是細叔的女兒，你又是誰呢？

不管怎樣，你確信瑪納仍然藏身在五月花。她來過了。當你不在的時候，她推開房門，進入301號房，小心翼翼地打開房間裡的某些抽屜。她拿走了指甲剪，後來又潛進房裡放回去。但她搞不清楚指甲剪原來的位置，那應該在同一個抽屜左邊的月餅盒子裡，而不是右邊的。這消失後重新出現的指甲剪令你驚喜。瑪納一定對這房間感到好奇，它畢竟不同於五月花的其他房間。這裡有人氣，有生活的跡象，有咖哩羊肉的騷味，有年輕男子的用品和衣物。她還翻動過你放在桌上的書和筆記，它們都稍微偏離了原來的位置；《告別的年代》攤開的也非原來的頁數。

你想像瑪納曾經站在這裡，此刻這個位置，像你一樣注視著稍微有點斑駁的鏡子。她曾經在那裡面，現在你也在那裡了。你一定可以逮住她，把她捉出來。

*

也許是夢。叩叩。你聽到時，以為是細叔在你的夢中敲門。但夢中那門一直打不開，你和門後面的人都抓住門把，奮力往前推，又使勁往後拉。你們隔著門呼叫彼此，但都不知道對方是誰，也不明白誰才是被這門關起來的人。你情急之下，提起腳往門上大力一踹，遂掙脫了那膠著的夢，霍然醒來。細叔已經站在床前，圓睜著眼，一臉關切。他問你做惡夢了嗎。你伸手抹去額頭和脖頸上的冷汗，心有餘悸地點了點頭。

細叔說今天是你母親七七之日，該去給她上香。你在和他一起去的路上，才知道他昨天夜裡走那四十三步，想跟你說的就是這件事。只是因為聽不見房裡有動靜，便以為你讀書累了，沒熄燈便已睡著。「平時我還沒走到門外，你已經急著要開門。」

母親的骨灰供在廟裡，廟在郊區一個寬敞而陰暗的大岩洞內。細叔在打點時，你一直盯著瓷照上的人像。她顯然過分年輕，目光柔美，一臉羞澀的嬌笑，而且五官和你印象中的母親並不十分相像，以致你感到狐疑。但那是母親自己挑的照片。她坐在床上養病的時候，最喜歡從一旁的抽屜裡拿出那僅有的兩本相冊。她左翻右翻，把裡面的幾張照片抽出來鋪排在床上，又進行了幾次比照，最後才把這照片交給你。她說我死了要用它做車頭照。你把照片接過去，舉起那4R大小的照片與眞人對比。那時母親的眼睛已經出狀況，眼球總是抽搐著往上翻。可是她知道你在幹什麼，於是她把身子坐直，眼睛裡的眼睛朝著你微笑，彷彿她在面對的是一台照相機。

你沒有對她說，照片裡的人不像她。儘管其他老妓女都認為她當時的眼睛不行了，連細叔也一再說那照片裡的人眞像他失散多年的妹妹。可你依然堅信母親用了另一雙隱藏的眼睛在看。然而在她死了七七四十九天以後，你站在她的塔位前燒香，忽然有點懷疑那是母親的詭計。她這一輩子總想躲藏。那照片或許是個掩護，她不想被過去認識她的某些人知道，「她」就在眼前的盒子裡面。而這一回，媽，你在躲避誰？

回去五月花時，細叔提議去吃早餐。他把車子開到舊城區，說要找一家老茶室。「你媽最喜歡那裡的白咖啡。」你知道他說的是哪一家，只是他如果不提起，你大概不會想起來了。那是剛搬到五月花不久後，一個開學前的星期六早晨，母親說你去年的鞋子不能穿了，要帶你去買兩雙新的。她用沾水的梳子替你把頭髮梳好。你們出門的時候，站在走廊上的妓女都回過身來對你笑，她們都很識趣，沒有伸出手來撥你的頭髮。走到底樓時，你才發現細叔和他的車子正等在路旁。

那次去買鞋子前，他們把你帶到老街場一家茶室吃早餐。你還記得茶室裡的咖啡杯子都是非常老式的瓷器，杯子外面畫著花卉或外國莊園的圖案。母親叫了白咖啡。她舉起杯來，把裡面的咖啡倒了一些在墊杯子的小碟子裡。她把那盛著咖啡的碟子端給你，她說小時候她的父親也這樣做。你覺得很奇怪，那並非你第一次和母親一起在外面吃早餐，可她以前從未如此，把飲料倒在碟子裡分給你。你低下頭去啜飲碟子裡的咖啡，不時抬眼盯著母親看。她那天的興致很好，話多，眼裡有神彩。細叔則像平日一樣寡言，就著斜斜穿過窗口的陽光在看週末的報紙。你注意到他那天也像你一樣把全部頭髮往後梳，因爲抹了些髮油，那頭髮便在晨曦中熠熠生輝，像他杯子裡那粼粼生光的咖啡烏。

上午的老街場很熱鬧，細叔開著車子在那幾條衢巷裡緩緩行駛，尋覓泊車的地方。你知道要是母親在車上，她也許會提出「等待」的方案，就是選擇停在一條街道中間，等候有人把車子退出來。而母親已經不在了。你看著車前的街景，看見兩排老店屋樓上搖搖欲墜的窗櫺。你問細叔可曾見過一個整日推著腳車，常常會在路上狂喊的瘋漢。他點點頭，說見過的。

「找到了！」細叔叫起來。你看了看，陽光忽然狂瀉，路上的人們融入太陽的光譜中。是的，不遠處果然有個空著的泊車位。

3.

關於那瘋子，韶子的一個短篇小說〈左岸人手記〉也出現過類似的人物。那是個終年推著腳車在街上流連的男人，偶爾他會在城中某個噴水池畔洗澡。那噴水池在交通圈中央，名爲「夜光杯」，其狀如爵，晚上亮了燈便金光閃閃，特別好看。也許因爲那樣，書中的瘋漢特別喜歡夜間在那兒洗澡。那小說以第一人稱書寫，裡面的「我」在下班後騎電單車回家時，經常看見瘋漢赤身裸體，爬進噴水池裡搓澡。

韶子寫的瘋子平日並不犯人，卻因爲對警笛聲「有過敏性反應」，但凡遇上響著警笛的警車，消防車或救護車，他便會病發失控，變得有一定的暴力傾向。書裡的敘述者便曾看過他因此衝出浴池，在大街上赤裸狂奔。

「我」住在城北，也就是河流的左岸，那是城中低收入者聚居的地方。我每天汲汲營營地生活，上班路上經常碰上噬人的狂犬，替大耳窿派發高利貸傳單的孩子，也曾遇過聞笛發狂的瘋漢。但我喜歡在下班時繞點遠路，爲的只是要經過夜光杯，看看瘋漢是否在那裡。瘋漢喜歡坐在池中拿破布給自己搓背。他閉上眼睛，嘴裡哼哼，像耳蝸裡塞進了別人聽不見的音樂。他那模樣讓我錯覺夜光杯下是個金碧輝煌的土耳其浴池。一輪滿月自杯中升起。我總覺得那光景像一幅似曾見過的畫作；我覺得整個左岸數十萬人口中，瘋漢是活得最快樂的人。

你自然未曾讀過〈左岸人手記〉。你只能通過《告別的年代》的側寫，在作者引用的一些零碎的第四人語中，把韶子的原文想像出來。第四人對韶子的作品一般不置好評，他更傾向於用歷史學家的角度，針對韶子小說中的歷史眞實吹毛求疵；或是以心理學家的位置，拿小說的故事，情節和人物去論證韶子心裡的暗室。他也常常會跳換到道學家的角色，對韶子的道德價值觀大肆鞭笞。但〈左岸人手記〉與歷史無關，第四人評論的語調也就相應軟化，他甚至在評論這作品時，罕見地談到他的現實生活，提起他自己所在的城鎮也曾出現過一個相似的瘋子[1]。

「每個人都曾經見過的瘋子」讓這部《告別的年代》充滿了魔幻的況味。他像一個穿梭在現實和虛構中的異能者，又像一個人的諸多分身。你想起法國畫家巴爾蒂斯的作品中經常出現的一隻貓或一個男性背影，人們說那是畫家本身。你不禁懷疑這推著無鏈腳車行走於大街上的異人，才是眞正的小說作者。他站在十字路口呼喊，他在夜光杯下，拿兩掌舀了盈著月光的池水洗澡，他像個牛仔似的抓起腳車鏈子在頭上甩圈；他認得你，他朝你笑，可你看不到。

這事情最弔詭的地方是——人們都「曾經」見過那樣的瘋漢，而如今說不上來有多久沒見過他了，卻又一致在心裡認定他早已「消失」。書裡的第四人對記憶中的瘋漢充滿緬懷之情，也因此他對〈左岸人手記〉的評論明顯少了批判的味道。他特別讚賞小說的結尾，認爲韶子沒有明確交代瘋漢的去向，**手法「機智」，也展現了作者人格中溫厚與寬容的一面**[2]。

可惜你終究不清楚那小說是如何結束的。但你明白，「我」終於再見不著左岸的瘋漢了。也許夜光杯噴水池被拆了，也許瘋漢被抓進精神病院，也許他或「我」搬到右岸，可能是更遠的地方。也許某一天他忽然清醒過來，融入到左岸的「正常生活」中了。

這時候你還眞有點恨起《告別的年代》的作者來。因著那瘋漢所隱喻的神祕聯繫，你對〈左岸人手記〉產生強烈的認同感與好奇心，極想一讀爲快。可你卻無法閱讀一篇從未存在的小說，而偏偏在你的意識深層，因爲讀過一個虛構人物所寫的評論片段，那小說竟然就有了一種「存在過」的意義。存在過，而消逝了。

還有更讓你大惑不解的是，《告別的年代》的作者怎麼選擇用這種敘述手法去處理韶子的存

---

1 「……我住的地方過去也有一個（可能不止一個）那樣的「狂人」。我每次看見他都隱約覺得他跟上次見到時有點不太一樣，因此我偶爾會突發奇想，懷疑那並非同一人。畢竟他已被那蓬頭垢面掩蓋了本來面目，我完全沒有把握自己是否眞把他「認出來」了。城裡會不會有好幾個相似的瘋子？這個想法後來被我自己否定，是因爲我確實從未見過「他們」同時出現。」——見〈在彼岸消失——淺析〈左岸人手記〉〉，二〇〇〇年發表於《同根生》月刊。

2 摘自〈在彼岸消失〉。

在？你愈讀下去，愈覺得韶子成了附帶於其作品之後的一個隱性的「人物」，而她的作品則不完整地分解到第四人的各篇論述中。這是個俄羅斯娃娃的結構，第四人在最外層，告示著層層「內核」的存在，而韶子被重重包裹，變得愈來愈模糊，愈來愈不重要。

至於韶子的「眞身」杜麗安，你覺得她獨立於這俄羅斯娃娃結構以外。她以「麗姊」的身分在市井寫意遊走，偶爾心情不好或受了情傷，便到山頂賭場去住一兩個晚上。要是心情好，她會買幾個飯盒到後巷去餵野狗。狗群在吃食的時候，她蹲在那兒，翹起鼻尖抽菸。不知情者或許會以爲她是娼妓，也有人因爲上前搭訕而被她以粗言穢語問候。你喜歡這個麗姊，她讓你想起母親的一個朋友。有好些年吧，不管母親帶著你在何處落腳，這位「阿姨」都可能會突然到訪，拎著大包小包的餅乾零食，烏雞白鳳丸，養命酒，水果籃，偶爾也給你帶了玩具和衣物。你見過她把捲起來的一小沓紙鈔塞到母親的掌心。這位喜歡穿夏威夷款恤衫配過膝短褲的男裝阿姨，總讓你覺得她興高采烈。她習慣一踏進房裡便去開窗。她有談不完的話，抽不完的菸，一條腿抬起來蹬在椅子上。看起來比你的母親有更重的風塵味。

但你記不起從什麼時候開始，這位嗓音沙啞的阿姨沒再出現。事實上，若非在《告別的年代》裡看到麗姊，你或許不會再想起她了。現在你記起來她靠窗抽菸時，那發亮的短髮和鍍上陽光的輪廓線。記得有一回母親與她談起往事，說到某人欠下賭債，被放高利貸的人押著到他父親那裡收帳。你那時坐在地上做功課，正聽得緊張時卻沒了聲音。

你抬起頭，看見母親有點無聊地搖晃掛在她腳趾上的拖鞋；男裝阿姨別過臉，靜默地看向窗外。她們被煙霧籠罩，心思寂寥，容顏如香火中的菩薩。你出神地注視著被母親夾在兩指間的香菸，不知有多久，那長長的菸灰終於掉落。

關於大耳窿押著兒子向父親討帳的事，給你十分深刻的印象。所以後來在《告別的年代》裡讀到相同的情節，你震驚得像大腦被轟炸似的，腦袋一直嗡嗡作響，覺得燈管裡的蟬鑽入你的耳蝸裡了。你發現這小說與你所在的眞實世界有著某種神祕的連結，它兜兜轉轉，引領你繞回現世，回到你所站立的原點上。你抽了一口涼氣，闔上書，覺得這書的鏽綠色外皮看來眞像一扇古老的鐵門。

但那所謂「相同的情節」並非由作者直敘，那是書中之書，韶子遺作《告別的年代》裡面的情節。第四人在其論文〈多重人格分裂者〉中提到這一段情節，並以偵探似的口吻挑出其中不合邏輯的地方[3]，以說明韶子缺乏生活觀察與縝密推理的能力，並進一步論證《告別的年代》爲一部失敗的寫實主義「鉅著」。

3「第九章中陳家長子因豪賭欠債，債主將他押到陳家工廠，威脅其父代子償債，卻因陳父拒絕開門，打手們當著監控攝像頭暴打其子，陳父最終狠心轉身不看。此情節雖令人動容，然而細究之下，卻未免流於煽情。這項小說情節不符合當時的社會實況，作者也忽視了當地華人家庭中牢固的傳統觀念。小說中的陳父多錢善賈，家中僅得二子，他斷不至於有此「滅親」之舉……」——見〈多重人格分裂者〉。

第五章

1.

茶室開在大街上，好啊，那裡的兩排店屋什麼生意都不缺，缺的就是讓人們走累了歇腳喝茶，還有讓附近員工解決兩餐的地方。杜麗安要了個角落間，打通一旁的牆壁，弄了幾道鐵閘和幾卷竹簾，大開方便之門，高峰時間還把桌椅擺到五腳基上。大街上白天總熙熙攘攘，拐角的小路又連著兩個德士車站，還眞的絡繹不絕。「平樂居」開張後一直生意興旺。店鋪的地理風水固然一絕，店裡的茶水食物口碑也不比舊街場那幾家老字號遜色。但說到底這些全由老闆娘一手操辦，就連跟在鋼波身邊的那些兄弟們，也都看出來了。這位「大嫂」既具慧眼，手腕也靈活，是個厲害的女當家。

杜麗安自然察覺了這些老老少少的男人喊這一聲「大嫂」，其意謂已經和六、七年前在婚禮上滿堂起鬨時大不相同。那裡面再無調笑的意思，也沒人再拿「范麗」或「狄娜」之名對她的大胸脯意淫一番。只是這兩年杜麗安實在長了不少肉，身裁遠不比以前玲瓏了。娟好知道她介懷這個，老安慰她說多長點肉才好看，富態，福相，旺夫呢。

杜麗安抬頭看看娟好，她倒是愈來愈瘦。過去幾年胼手胝足，熬出了金睛火眼，現在她的眼珠布滿血絲，而且有點凸了。女兒矮瓜臉去年上了小學以後，她的日子才算舒坦些。杜麗安在平樂居硬擠出一點位子，讓她擺張小方桌賣糕點炒粉和糯米飯，也幫忙端茶水收杯子，既當小攤主，又是平樂居夥計。她和矮瓜臉母女倆省吃儉用，似乎過得窮而不匱。自從阿細南去都門，蘇記又駕鶴西歸以後，杜麗安總感覺娘家沒人，心裡有事也無人可以訴說，於是便逐漸和娟好親近起來。

娟好說起來算是個孤女，因父母生育太多，她未足歲便讓他們送給一個老尼姑當養女，以後與生身父母再無往來。那老尼姑像披著樹皮，身上長滿大大小小的肉瘤，性情乖戾，對娟好的管教極爲嚴苛，幾乎沒強迫她也受戒了。她去世時娟好還只是個少女，以後親生父母那裡也沒來聯繫，她便拿尼姑留下來的一點積蓄，在大華戲院租了個擺檔賣零食荷蘭水，因而結識了杜麗安和後來那短命鬼陳金海。

過去被老尼姑養在膝下，娟好猶未信命，直到陳金海猝死以後，她才懷疑自己這命就和女兒的臉一樣，都長歪了。兒時被父母所棄，爾後又爲陳家所拒，她生下來就該是個無主孤魂，也只有老尼姑那樣的出家人能收留她了。所以這幾年她特別感念老尼姑的好，又有點懊悔自己不曾像對待母親那樣，誠心眞意地侍奉她。女兒矮瓜臉特別機靈懂事，她便覺得是老尼姑大慈大悲，在天上眷佑她。

至於杜麗安，娟好因爲年紀比她稍長，過去都把她當妹妹看待。杜麗安嫁了鋼波以後，因爲有同爲人妾的心理，彷彿兩人被貶到了同一個階層，心裡遂有了種說不明白的默契，娟好便自覺地與她頻密來往，從此成了閨中密友。可畢竟同人不同命，鋼波對杜麗安的疼惜，那是漁村的大老婆遠遠比不上的。後來給錢她，讓她開茶室當了平樂居老闆娘，一切順風順水，好不得意。她每日坐在櫃檯那裡支使人，已儼然有了正室派頭。娟好受她照顧，很快便察覺自己比人家矮了一大截。杜麗安待她不薄，但對她說話時常常流露出訓人的架勢，哪還像以前那樣交心？至於她給的「照顧」，與其說是姊妹之情，毋寧說是東家施恩。娟好心裡有這芥蒂，便覺得兩人已不如之前親暱。

這些女人家的心事，也只有杜麗安和娟好自己心裡知曉。在鋼波眼裡，這「姊妹倆」依然如膠似漆。那娟好仍然熱衷於打聽各種滋陰補陽的藥方，燉好後給杜麗安送過來，說常服有助生養。鋼波對一盅接一盅的湯藥本來就十分厭惡，卻因爲拗不過杜麗安，才服用了好幾回。有一次他剛喝下去便覺得喉嚨奇癢，終於狂咳不止；晚上氣理不順，那癢，從喉嚨蔓延到肺部，幾乎不能躺下來睡覺。如此折騰了一段日子，他才慢慢痊癒，從那時起，他總算可以理直氣壯地拒喝這些躁熱之至的大補湯藥。杜麗安見他受了幾個月的苦，心裡也懊惱得很。再說那藥從未見效，她不免意興闌珊，便叫娟好以後不必再替她燉藥了。

娟好接到杜麗安這「吩咐」時，覺得話裡隱約有埋怨她的意思，心裡很不是味道。再說她老覺得這些年來，替杜麗安分擔她那「不育」的焦慮，是她們之間最推心置腹的一回事。而今杜麗安似乎在暗示她少操心，娟好既感到委屈，又有點悵然。少了這一環，她與杜麗安還能是姊妹嗎？大概也就只剩下「主僕」那樣的情分了。

對於這事，杜麗安沒娟好那般多愁善感。平樂居老闆娘可不像外人想像的那麼好當。鋼波這大老粗對做生意的事一竅不通，鎮日只顧著爲莊爺和大伯公會的事務奔波，偶爾溜回漁村老家含飴弄孫，把平樂居「這點小生意」全留給她去煩心。杜麗安本來想著開酒樓夠體面，連名字都找人取好了，叫「匯海大酒家」，那氣勢！她以爲當了酒樓老闆後，鋼波便會安於營生，不至於整天往外面跑。不料這算盤終究沒打響。鋼波不把一間小茶室看在眼裡。想想看，坐在櫃檯收那一元幾角的帳，非但配不上他那一身穿金戴銀的行頭，也辱沒了建德堂堂主的名堂。

結果平樂居沒留住鋼波，倒是把杜麗安給絆住了，反而讓她分不了神再去管鋼波的行蹤。好在杜麗安把茶室經營得有聲有色，每天那麼多人喊她老闆娘；她嘴裡抱怨，心裡卻是歡喜的。她跟鋼波說好了，你兒子那邊的養魚場我不過問，但平樂居賺也好虧也好，都由不得別人插手。鋼波聽明白那意思，不就是河水不犯井水嗎？那正合他的心意。他深深打了個哈欠，再伸了個徹底的懶腰，全身筋骨嘎嘞嘞作響。「你們女人做生意沒虧本已經很了不起了。」他也樂得不去管平樂居那一大堆蠅頭小利的碎帳。

要說煩人，杜麗安最怕看見的人還是老爸。蘇記死後他可眞逍遙，賭癮愈來愈大，酒也喝得凶，總嫌她和阿細給的生活費不夠。阿細人在都門，遠水救不了近火，他便三天兩頭來打杜麗安的主意。杜麗安不怕他白吃白喝，最怕他裝病裝痛，或捏造各種理由來伸手要錢。幸好老爸再無賴，也不敢眞鬧出什麼丟臉丟到家的大事。杜麗安知道他最忌諱的是鋼波這女婿，也知道他怕鋼波眞發火了會不給他留情面。怎麼說老爸的左手背還留著當年鋼波戳下的印記，他押注時看見了便會有所警惕，不至於太過糊塗。

儘管如此，杜麗安知道老爸從來不是個檢點的人，以前蘇記活著尚且管不了他，蘇記死了以後，她便預料老爸遲早會在外頭弄出什麼事情來。即使杜麗安不主動打聽，平樂居人多口雜，人們的閒言閒語終於會流入她的耳朵。繼半年前傳說老爸經常去嫖娼，還鬧過「帶不夠錢」的笑話以後，這陣子說的是他跟一個印度寡婦舉止曖昧，還把人家帶回家裡過夜。雖說是流言，可杜麗安心裡清楚，沒人敢在建德堂波哥的老婆面前胡亂搬弄是非，所以能傳到她這裡來的，想必已八九不離十。只是啊，她想到老爸一輩子只懂得說粵語和客家話，難以相信他就憑那幾句成不了事的馬來語，竟然能勾搭上印度婆娘。

那天下午平樂居打烊後，杜麗安特地回老房子看看。大日頭，她打著傘走了快二十分鐘的路，居然有點氣喘。以前她幫蘇記推三輪車都沒覺得這麼累。到了樓下，她收起摺骨傘，掏出手巾來擦汗，一邊抬起頭看著那陰暗的樓道，才發現自己不知有多久沒回來這裡了。那樓梯看起來髒兮兮的。她曾經走上那梯階，回過身向蓮生招手。

「你過來，過來讓我看看，看你比我高出多少。」

他的個子真高啊。杜麗安再攀上一級。嗯，現在差不多了。當她攀上那高度以後，卻發現自己和他隔得有點遠了。蓮生。蓮生。樓道很暗，蓮生背光站在那兒，連面目都隱沒在他自己的影子裡。但她知道他正注視她，臉上帶著笑，像在看著那些小學生。

老爸不在。儘管有心理準備，杜麗安還是被房子裡一塌糊塗的情況嚇了一驚。地面全是灰塵，靠窗的牆角還掛著幾張破蛛網；神龕上的殘杯歪七倒八，觀音和祖先都灰頭土臉。暖水瓶是空的，那些穿了幾天沒洗的衣褲都扔到靠牆的椅子上。她拉開門簾，老爸的房間倒比她想像的整齊，只是那久未曬過的床鋪揮發著一股酸餿味，想來老爸夜裡總沒洗澡就爬上床。杜麗安站在房門口，想像老爸把那印度女人帶上這張床。

那床單是蘇記湊碎布託人縫製的呢，剛鋪上去時像洞房花燭般豔麗。現在那上面的花色全發白了，床中央還烏卒卒地閃著一大片黏膩的油光。

她想起印度女人黝黑發亮的皮膚。

作死啊你，作死咩。

杜麗安走到隔壁房。她和阿細的被鋪與枕頭都還在，而且齊齊整整的放在原處，像被時光凍結起來。那感覺就像她和弟弟今早才剛離開，而且再過一陣就會回來。這不免讓杜麗安一陣感懷，她把門簾放下。

她掃了地，煮了開水，把暖水瓶灌滿，再把神龕稍微清理一下；燒了香，合掌向菩薩及歷代祖先請罪。走之前，她把隨處散置的衣褲拿到沖涼房，放在大鐵盆裡浸泡。不是說那印度寡婦就是個洗衣工嗎？她上來看見這個總得幫著洗洗吧？

過了不久，人們說老爸算是和那印度寡婦同居了，杜麗安聽了也沒什麼反應。她對弟弟說起這事，阿細不過呆了三幾秒。「也好，有人給他洗衫煮飯。」杜麗安對著電話聽筒裡的弟弟苦笑。她說你多久沒回來了，下次你回來還住老爸那裡嗎？

阿細沉吟了好一會兒。他們之間忽然像多隔開了一個空間。杜麗安專注地聆聽電話另一頭的背景雜聲。她說你那邊很忙吧，你去忙你的。姊姊這兒有多餘的房間。就算石鼓仔回來了，你也可以將就一下，和他擠一擠。

提起石鼓仔，阿細咿咿哦哦，像有事情難以啓齒。要杜麗安用硬話逼他，他才說出來石鼓仔上個月剛丟了輪胎店的工作，前幾天才到都門酒樓來找他借錢，還問他酒樓那裡有沒有適合他們的工作。

「他們？你說『他們』？」杜麗安拔高聲音，揚起兩眉。

「有個年輕女孩跟他在一起。眼睛大大，皮膚有點黑，看著像馬來妹。」

「那你怎麼回答？」

「我，借了三百元給他。工作的事，我說會替他打聽一下。」

這事杜麗安自然是要對鋼波說的。她說你那個石鼓仔，不知是自己辭工抑或是被老闆炒了魷魚，都養活不了自己了，還學人家拍拖。這一回鋼波顯然尚未接到漁村那邊的通報。縱然有過一瞬的錯愕，他卻還是只聳了聳肩，眉心結了個「多大的事？」的問號。

「仔大仔世界，況且他還沒定性。」他說，「這兒子有點像舊時的我。」

杜麗安本想再數落幾句，但她聽到鋼波說「像舊時的我」，這話多少有點自豪的意思。舊時的鋼波？她抬起頭來看著梳妝鏡裡一前一後的兩個人影。她在上髮卷，鋼波在她身後，坐在床上剪腳趾甲。這男人腦殼中間的頭髮全掉光了，剩下的一圈也疏疏落落，半數是白髮。她回想起來，石鼓仔確實長得跟他有七分相似。皮厚肉韌；單眼皮，寬鼻翼。要是頭上再長一對彎角，便十足十的像頭蠻牛。

也許就為這個吧？杜麗安想，鋼波心裡最疼的恐怕還是這個小兒子。石鼓仔要幹什麼都由他。之前那小子住在這裡時，曾揚言要加入大伯公會莊爺麾下，鋼波馬上說好，還高興得像兒子中狀元似的；父子倆勾肩搭背，那幾天都在說著會裡的事。那態勢，就像鋼波恨不得將幾十年的功力和經驗都傳授給他。

但鋼波那時大概忽略了，石鼓仔還未定性。就連杜麗安的老爸也在暗地裡對她說，嘿，這後生還得磨一磨。果然他興致高昂地加入大伯公會後，因一時未受重用，沒多久便洩氣，很快也就「忘了」自己是建德堂一員，更別說入會前對鋼波許下的種種願景和承諾了。即便如此，鋼波僅僅是皺眉嘆息而已，杜麗安可沒見過他對石鼓仔拍桌子咆哮，動肝火。

既然如此，杜麗安也就識趣地不再說什麼。她自己對石鼓仔向來不存好感。老覺得他渾身一股狠勁，眼神陰鷙；好高騖遠而頭腦不怎麼靈活。反正就像電影裡那種愛惹事生非，偏偏成事不足敗事有餘的角色。

相比之下，漁村那邊的兩個哥哥大概都要比石鼓仔務實多了。妹妹劉蓮嘛，即便性格有點乖僻，卻總算安安靜靜的，連打噴嚏都沒有聲音。除了每天到工廠車衫，每兩週回漁村一趟以外，她最喜歡做的無非是定期去買《姊妹》和《香港電視》，偶爾帶娟好的女兒去吃一碗煎堆冰，或者到公園盪鞦韆。

矮瓜臉跟劉蓮倒是十分投緣，蓮姊姊蓮姊姊，扯她的衣袖揪她的裙襬，一聲一聲地喊，把劉蓮喊得融化了。這小矮瓜長得並不好看，但嘴巴伶俐得很，又似乎能洞察人心。她若是個男的，肯定能要了劉蓮的命。

杜麗安則忘不了好些年前，小小的矮瓜臉伸手替娟好拭淚的情景。她想啊，要是命裡注定無兒送終，能有個像矮瓜臉那樣的女兒作伴，也該滿足了。如此怔忡了一會兒，鋼波已然剪好趾甲，躺下來尋夢。杜麗安把頭上的髮卷都舞弄好，便熄燈上床。她依然很不習慣在暗中摸索，總覺得從這邊到那邊，區區十尺左右的一道直線，只要一熄燈，它在黑暗裡便有了生命，會悄悄延伸，悄悄轉彎，變得不可捉摸。

她上了床，蓋上毯子，不著邊際地胡亂想了些事，等待著夢鄉召喚她的名字。就在她慢慢滑入那柔軟的甬道時，依稀聽到身旁的枕頭傳來鋼波的聲音。他說那三百元，我會還給你弟弟。杜麗安悶聲說你是他老爸，當然該你還。

她不確定自己是否眞的那麼回應了。或者說，在說這些話的時候，她不確定自己是否已抵達夢裡。

2.

就像別人說的，她很瘦。但肩膀很寬，肩胛骨突出。你知道她是瑪納。這麼大清早的，日光還在慢慢滲透厚墩墩的雲層。誰會在這時間，在這路上，往這方向？

她迎面而來，肩上掛著一個豔麗的錦繡大布包。那布袋子先引起你的注意。黃褐色的布料讓你想起泰國的赤腳僧侶，上面繁複的金紅色花鳥刺繡看來像祭壇上的桌布。於是你的目光順著布袋溜上她的肩。一字領，向世人敞開那一副肩胛骨的曲線與弧度。那麼瘦削的女孩，好像那對寬大的肩胛骨就是她這身體全部的財產了，你只看了一眼便怦然心動，耳根熱起來，居然感到那也可以是一種裸露。

女孩瞄了你一眼，便與你擦肩而過。你在那一瞬間垂下頭，瞥見七分褲下細瘦而堅硬的小腿，以及她腳下的仿草織紋飾的鬆糕鞋。左腳的鞋子顯然掉了一朵盛放的向日葵，而右腳的鞋子出賣了它。女孩留意到你的目光，彷彿她看到了腳背上的紅點槍瞄。她回頭看你一眼，你假裝不在意似的加緊步伐離開，卻又忍不住在路口那裡回身看她。女孩彎下腰，有點狠，一把撕掉右腳上的太陽花。

她是瑪納。她一定是瑪納。你心跳加遽，在猶滲夜寒的晨曦中笑起來。你看了看時間，決定轉過身去追蹤那女孩，看她是否會走進五月花。於是你隔得遠遠地跟在她後頭走了一小段路，卻發現她只朝五月花側門的樓道看了一眼，並沒停步，就走過去了。這讓你好不失望，一整天都無法打起精神。你乘巴士去到城中心的肯德基店裡，填寫應徵表格，與其他應徵者擠在那裡等待面試。人很多，時間愈行愈遲滯，幾乎無法從人與人之間穿過去。你忽然感到十分倦怠。

想起那女孩的肩胛骨如一隻展翅的巨蝶。

下午你趕了另一場應徵後，買了個漢堡和一瓶礦泉水，在街上邊走邊吃。經過必勝客時，你透過窗玻璃，赫然看見自己坐在裡面。你穿白衣，和一群秀美的年輕男女坐在一起。你看見自己笑著在點餐，那笑臉潔淨得可以反射陽光。你怔忡了好一陣，才意會到那裡面的人不是你。是J。不知怎麼，你認定他是看不見你的，就像你每天在凝視鏡裡的自己時，總認爲「那邊」的人看不見這邊的你。你咬下最後一口漢堡，把那包裝紙揉成一團。陽光垂下它的簾子，把你和J的世界隔得更遠一些。你瞇起眼看那窗玻璃的浮光，看見自己的憂傷染在J的笑臉上。

你回到五月花，趁著隔壁的茶室還沒打烊，先去打包晚飯。你對細叔說了以後要自己打點晚餐，他點點頭就是了，可你卻過了一週還未適應這種調整。你也跟他說了正在找工作的事。嗯。「不等會考成績放榜了再說嗎？」你沒有回答。細叔也沒有追問。他從衣袋裡掏出老花眼鏡，稍微調整坐姿，把手中的報紙斜舉起來，好迎合窗口斜照的陽光。你低下頭攪拌杯裡的咖啡，一直想著該不該問瑪納的事。最後倒是細叔先開口。他挪下報紙，摘下眼鏡。

你媽有沒有給你托夢？

你茫然地搖搖頭。母親走了也就走了。你問細叔，你呢？你有沒有夢見她？這麼問了你馬上感到後悔，你並不眞想知道這些天母親躲進誰的夢裡。她鑽入了誰的被窩。向誰微笑著洞開她的身體。誰濺濕了她的靈魂。已經四十九天了，她都沒來看看你。

細叔聳聳肩。那以後是一大片空洞的沉默。你們攪拌各自的飲料，像兩個問卜者，專注地凝視那一朵屬於自己的漩渦。

你搖晃著裝了盒飯的塑料袋，一步一步走到301號房。沒錯，現在你也只需要四十三步。前幾年你發覺自己長高了，上樓時喜歡連跨兩級梯階，讓301號房變得更近一些。但那是母親還在世的時候，你故意要讓她聽到你那莽撞的歸來的腳步。即便那樣，她還是喜歡在你推門而入時，裝出一副介於沉睡與死亡之間模稜兩可的姿態。你不理她，她總會輕易失去耐性，改成以咳嗽或哼歌等別的方式去吸引你的注意。你再不理她，她只有趴在床上，睜開眼睛，安靜而痛苦地活下去。

媽。

你在夢裡呼喚她。夢裡空空如也，只得一片漆黑。你什麼也沒看見，卻感覺那裡有走不完的梯階，自己在裡面跌跌撞撞。夢如此崎嶇，夢如此局促。媽。你以爲自己一直在往前走，但那些梯階並不規則，它有時候向上，有時候朝下。你磕磕碰碰，無數次摔倒，最終從夢中的高處墜下，一直沒有落地。

你唯有睜開眼睛。原來天已經黑下來了。你不動。身體在等待夢中傳達過來的疼痛，腦袋在等待虛空。空氣裡有些不尋常的味道。你聞到了。它愈來愈濃稠，愈來愈靠近，愈來愈真實，幾乎像人間煙火。你掙扎著爬起來，坐在床沿又感受了一陣。那眞是榴槤的氣味，甜膩，媚俗，芬芳。

你走出301號房，循著飄流在鼻端的榴槤香味往樓下走。它愈漸濃烈，你覺得自己正在進入它的腹地。今日的五月花還有誰會把榴槤帶回來呢？細叔向來不好這個。他說自己的身體底子燥熱，內有乾金之氣，太陽之火，即使只吃一兩顆果肉也會得燥咳或咽痛耳鳴，最嚴重的一次甚至咯血。借宿在底樓的兩個妓女已經老得不該再吃榴槤了。那濃稠的果肉會黏住她們的口舌，果肉纖維會塞進假牙和眞牙之間的縫隙，還會使她們的糖尿病惡化。

你走到二樓，那裡香氣馥郁，以致瀰漫了一種類似椰花酒般發酵的味道。你按捺不住心裡的激動。吃榴槤的瑪納，偷腥的暹羅貓。

這一回你確定了，她在204號房，就在細叔的房間隔壁。你甚至可以聽到房裡有人正貪婪地吮吸果核上的剩餘。你站在門外竊聽，興奮得像個祈禱者似的緊扣住兩掌。現在你們很靠近了，你和你的獵物瑪納，只隔著204號房門，而那門板似乎變得像厚紙皮一樣脆弱和單薄。你直覺它沒有拴上，只要你拉下門把便即時可以把它推開。但你知道自己不該那麼做。你以爲自己或許應該敲門，可你無法想像她若開門了，你該對她說什麼。

嗨，瑪納。

你在門外又站了一陣，仍然拿不定主意該如何把瑪納「拽出來」。就在這時候，樓下傳來有人在推開閘門的聲音。你知道是細叔回來了。這讓你感到慌亂，彷彿螳螂捕蟬，黃雀在後。你想立即衝上三樓，卻明白那樣的速度需要太大的動作，這必然會讓舊樓裡的老骨頭反彈，反而驚動正在上樓的細叔和房裡的瑪納。情急之下，你打開對面205號房的房門，縱身閃入那咧開的黑洞，像跳進一張無牙的大嘴巴。

細叔走到203號房門前。你聽到他拿鑰匙開門的聲音。但他沒有馬上推開房門。你聽到一種遲疑的意味，他往前走了兩步，停在你的房門外。你屏住呼吸，手還握住門把，恨不得讓心跳也暫停下來。

叩叩。

你緩緩吁了一口氣。對面的房門咿呀被打開，你聽到細叔沉著嗓子囑她去開窗。瑪納，榴槤的味道太重了，聽到嗎。對方似乎應了一聲。細叔站在那兒，看著她旋身走去開窗。她必然赤足，她十分輕盈，腳步幾乎無聲。你們都聽到那久未被打開過的百葉窗「咯噔」一響，細叔又嘟嘟噥噥地不知說了什麼，才把門帶上，轉身走進他自己的房間。

空氣在慢慢流動，依然飄送著榴槤的濃情蜜意。你被205號房含在它黑暗的口腔內，不知何故感到安慰。你們很靠近了，三個人，被榴槤的味道擁入她豐腴的懷中。你竟然想到母親，懷疑這是她死後的安排，榴槤的氣息是她的體味。她知道你要的是什麼，她把瑪納留給你。你覺得她就在這暗中，她朝你的耳蝸細聲說話，你去找啊。她的聲音很近，如一隻振翼的飛蛾駐足在你的耳沿。就像她去世前的某一天，你背她下樓時她忽然輕聲笑起來。

「你長這麼大了，你居然可以背我了。」她笑，混濁的鼻息噴上你的耳廓。

你不曾對誰訴說過那一刻你的哀慟。把母親背到樓下時，你已抑制不住淚水。後來母親死去，你也沒有這般傷悲。

如今在這盈滿榴槤香的黑暗中，你才想起小時候背著你的小行囊跟著母親走。她提著碩大笨重的藍色行李箱，得歪著上半身抵抗箱子的重力，而且每走一小段路就得換另一隻手。不知怎麼，你喜歡走在沒有行李箱的那一邊，所以每一次她停下來換手，你自然而然地從她背後走到另一邊去。剛開始的時候，母親會以她空出來那隻手牽著你走，但那箱子會變得愈來愈沉重，她最終必須以雙手應付它。而即使那樣，她需要的停歇愈來愈頻密，停下來的時間也愈來愈長。你們站在灼人的赤道陽光下，腳下的影子不住往後躲，母親在喘息。汗珠濺碎在路上。

「還沒到嗎？」你抬起頭，陽光蒙上你的眼。

「快到了。」她總是這麼回答。

她說要進去店裡買一瓶礦泉水，叫你在外面看守行李。她進去後又即刻走出來，有點不放心地抱起你，讓你坐在行李箱上頭。「這樣我才可以看見你。」她笑，隨手亂撥你的頭髮。「誰讓你個頭這麼小？矮冬瓜。」

你撇著嘴撥開她的手，再看著她走進店裡。五腳基上來往的人不少，你背靠著牆，垂下頭，空茫地凝視地面，讓成雙成對的腳與鞋子穿過視界。

母親買了礦泉水走出店裡，陽光從斜角漫入，淹沒了地磚上的淺紋。你像一隻疲軟的玩具熊，與那行李箱安置在一塊兒。

3.

韶子的母親去逝以後，有些沾親帶故的好事之徒藉「協助處理後事」爲名，進入老人家與韶子共住過好幾年的屋子去探看。讓人們驚異的是，這幢四房一廳的雙層排屋，雖然布置整齊，卻不像大家之前想像的那樣，有一個像樣的書房或工作間。

人們找不到一個文人、一個作家存在的證據。他們以爲韶子必然喜歡閱讀，但屋子裡找到的讀物無非幾本八卦雜誌與一摞一摞堆疊好了，似乎隨時準備要賣出去的舊報紙。樓上的幾個房間都放置了睡床和妝台等家具；樓下的房間比較小，裡面堆滿雜物，卻是老人家的臥房。屋裡毫無「書房」的跡象，他們甚至找不到韶子自己的著作，也尋不著她生前得過的獎盃。那些獎盃大多是沉重的銅鑄品，也有兩個易碎的琉璃製作，韶子能把它們放到什麼地方呢？總不會都塞進銀行的保險箱裡吧？

這事何其神祕，就連第四人也無法理解。根據他對韶子那些作品的評論和分析，這位「善於模仿與互文」的小說家[1]，按理說應該接觸過不少其他小說家的作品了。可是別說她家裡無書，城中的圖書館也沒有她登記借書的紀錄。她家附近有個路邊書報攤，攤主只記得麗姊偶爾會去買報紙，順手拿一本八卦雜誌，有一陣還買過兩本「數獨」塡字遊戲集。還有與麗姊相熟的髮廊老闆也說，麗姊健談，特別愛撩人說話；茶喝得不少，卻極少翻閱手邊的雜誌。

這位娘娘腔的髮廊老闆回憶說，和麗姊聊天是件樂事。她的話題天南地北，偶爾也穿梭陰陽，連她未曾去過的東京紐約北愛爾蘭，她也能描述一番，且說得都像眞的一樣。所以後來聽說麗姊寫小說，他一點也不覺得驚訝。

除了髮廊老闆以外，有幾位小學時與麗姊同班的同學，也記得杜麗安是個講故事高手。那時候每天下課休息，必有一群拿著便當的小朋友圍著她，聽她即席編造前所未聞的鬼故事。那些故事太久遠了，人們只記得女同學的驚呼與尖叫，還有人爲此晚上做惡夢。

「不讀書的小說家」讓韶子更添一層神祕色彩。人們傾向於把韶子描述成能升天入地的奇人異士，文壇女巫[2]，據說還有些渴望得獎成名的年輕寫手，會在枕頭下放置韶子的著作（更有甚者，乾脆以書當枕），並視「夢見韶子」爲即將得獎的吉兆。久而久之，國內的中文系課堂與寫手的圈子發展出一套相當於蠱術的「夢的占卜術」來。譬如在兩年一度的花蹤頒獎禮前夢見韶子，或乳罩，或盜版光碟，俱爲得獎之預兆；夢見書本，高跟鞋，口紅，校服或紫色的頭髮，則預言各組比賽皆全軍覆沒。這套理論相當複雜，還得配合夢的時辰以及夢中其他具體的符號，像塔羅牌似的排列出一串預言來。

這當然只是年輕人的遊戲，所有成熟的文人和眞正的職業寫手，都把這視爲荒唐的迷信。他們寧願相信韶子是一個頗具天賦，源於生活而高於生活的「人生派作家」。也因爲如此，儘管韶子的作品本身大多介於寫實與非寫實之間，也往往都摻雜了現實，現代和後現代派；古典，科幻，意識流，歷史，魔幻，鄉土與城市等元素，但評論家與幾個編撰「本土作家群像」的史料整理者，都習慣把韶子界定爲「現實主義作家」[3]。當然也有個別人士別有創見，因韶子作品那不斷游移而難以界定的特質，而把她稱作「無主義作家」，「自由主義作家」以及「後後現代主義作家」等等[4]。

---

1 見〈不死的杜麗安——韶子編織的女人神話〉一文。

2 詩人刻舟在其得獎作品〈昨夜我與女巫對話〉中註明，詩中的「女巫」，指的是已故女作家韶子。

3 二〇〇〇年後出版的《300作家群像》，《你不可不知的108位本土作家》以及《最感動讀者的100篇本土小說》，都在韶子的簡介中，把她稱爲現實主義作家。

4 自從第四人的《形影不離》在書市狂銷後，有好幾位文人學者陸續發表談論韶子作品的文章，並試圖重新定位韶子，故而生出各種不同的稱謂。

雖衆說紛紜，第四人卻不爲所惑。他對於韶子的作品，乃至於「由作品本身所推算的作者其人」，一直保持堅定的立場。他至死仍然堅持韶子「善於模仿與互文」，唯他無法在韶子故居中搜獲證據，以印證其論點。這一點令他耿耿於懷，更有人戲曰，第四人爲此「含恨而終」。

第六章

1.

最初聽人們說劉蓮在外頭有了對象，杜麗安只是撇著嘴搖了搖頭，眼珠滴溜溜的，視線沒離開過她的帳本和計算器。她還不清楚嗎？劉蓮每天早上準時出門到成衣廠，傍晚準時回來。晚上要不是在房裡看瓊瑤亦舒，就是在廳裡看電視。那陣子家裡換了彩色電視機，鋼波也從外面拿回來一台錄影機。劉蓮爲了追看《上海灘》，有幾個週末寧願不回去漁村家裡。即便如此，她把錄影帶都刨過以後，也會主動到平樂居幫忙，或者帶娟好的女兒到附近逛街。這哪像個在拍拖的人？「哼，除非他們每晚在夢裡相會。」

後來人們說得更眞切了些。不知是眞是假，反正平添好多細節。杜麗安印象比較深刻的是，他們說那男的長得有點像明星周潤發。她噗嗤一笑。「你們啊，」杜麗安暫停按鍵，抬起頭來。「全都中了連續劇的毒！」

但以後這些信息仍零零散散地傳來，杜麗安便知道它不是空穴來風了。她把之前聽到的傳聞組合起來，憑直覺分析了一下。那「貌似周潤發的男子」是成衣廠裡新來的財副，年紀好像比劉蓮大挺多的；沒大上一圈，也有八、九年吧。人們還說他長得帥氣，笑容眞誠，嘴巴也甜，工廠裡的女工對他前仆後繼，沒有人不心儀他。

杜麗安闔上帳本，嘆了一口氣。

下午茶時間，平樂居忙得不可開交。娟好端著托盤無數次從櫃檯那裡經過，看見杜麗安難得地想事情想出了神，不像平日那楊戩似的一眼關七，八臂哪吒似的指手畫腳。她忍不住敲敲櫃面，說哎阿麗你靈魂出竅了呀？人家喊埋單呢。

茶室打烊後，杜麗安匆匆結了帳便等著教車師傅來載她。那天是她第三次上課，仍然笨手拙腳，而且也心神不定，幾次在路口換檔都出差遲，惹得教車師傅發毛了，便讓她在幽僻的小路上隨便開了一陣，草草結束當天的課程。師傅把她送回家，路經舊街場，穿過那一條有很多乾貨鋪的老街。杜麗安攬下車鏡。她喜歡聞空氣中那股蝦米的鹹香。好些年過去了，這裡還是老樣子，那條通往培華小學的小巷依然靜靜躺在原處，而巷口居然還停著一個三輪車加篷改裝的流動小食攤。景色依舊，只是攤主換了個中等個頭的女人，頭戴草帽，脖子上圈著毛巾，穿得像洗琉瑯的礦工。杜麗安看她正在收拾鍋盤餐具，一天的營生便到此爲止。

回到家裡，杜麗安沒顧得上休息便趕緊下廚。家裡僱了印度女人上門來洗衣服，娟好也替她找了個中年婦人每週上門來處理粗重家務。但做飯這事，杜麗安堅持不假手於人。蘇記傳下來的廣西釀豆腐和芋頭扣肉，經她加料「改良」後，鋼波可是吃得碗裡沒飯了，也要沾肉汁吮筷子的。她曉得鋼波喜歡吃客家菜，便也學做鹽焗雞和算盤子，油重味濃，吃過的人都讚不絕口。然而要靠這幾道板斧讓鋼波每天回來吃飯，終究是不可能的事。他雖然常說自己愛吃住家飯，但在外頭頂著莊爺的名頭奔忙，少不了吃吃喝喝。今天在這個小埠吃大蝦，明日在那個大鎮嚐野味喝小酒。他說他連熊掌猴腦老虎肉都吃過了。杜麗安啐他一口。鋼波便欺近來，滿臉堆笑，口腔裡的酒氣呵上她的脖頸。

「你不信？不信你可以自己來驗一下。」

杜麗安甩開他的手，他也就順勢撲倒在床上，連襪子都沒脫就躺在那裡，呼嚕嚕地打起鼾來。他偶爾會在夢中說些醉話或囈語，詞句像香口膠，都嚼成一團。杜麗安覺得像江湖切口，她怎麼聽也聽不明白。

但正如娟好姊說的，他沒在夢裡喊別的女人已經很不錯了。杜麗安未嘗不同意。她也不天眞。這男人的世界有菸有酒有鈔票，怎麼可能期望他嫖賭飲吹三缺一，獨少了女人？這麼想的時候，杜麗安也就對鋼波頻頻回漁村那邊感到釋懷了些。怎麼說回去抱孫兒總比在外面抱別的山雞和野花強。

「阿麗，女人之中，你很好命了。」娟好說時苦著臉，像是又要拿自己的遭遇去提醒杜麗安。你很好命了。他疼惜你。你有屋子，有平樂居，現在還學開車了，很快會有自己的汽車。這一整排房子就你一家先有彩色電視，電冰箱，現在也只得你們家有錄影機。你就看看吧，週末晚上有多少鄰居的孩子擠在窗外要分享你們的連續劇。

杜麗安苦笑。爲這個，她和鄰居都有點鬧得不愉快了。那些孩子像甘蔗水攤檔上的蒼蠅和蜜蜂，一窩一窩地出巢，把窗口都堵滿了，而且他們也吵，鬧得人心煩；看《京華春夢》那麼苦情的戲，大結局了劉松仁要死，她也煩得哭不出眼淚來。

所以那一陣杜麗安便盤算著要買新房子。附近有發展商要建十來幢半獨立式雙層洋房，她看了圖樣，比現在這排屋氣派多了。「院子裡放得下兩部汽車，襯得起你建德堂堂主的身分。」夜裡杜麗安伏在鋼波背上，把他的大耳垂含在嘴裡。鋼波禁不起這一著，他的耳垂與堂主的名頭，被杜麗安銜在唇間輕輕啃噬，令他渾身酥軟。他咬著牙忍了一會兒，終於禁不住翻過身來把杜麗安壓在胯下。杜麗安咬著下唇淺笑，臉上有一朵緋色的雲彩散開。那一晚她沒提起鋼波答應過酒後不碰她的承諾，鋼波也沒想起來。完事後他一頭栽在杜麗安身旁。杜麗安貼近他的身體，把頭枕上他的臂膀，聽到他迷迷糊糊地說了一句「女人眞厲害。」

杜麗安聽出來，這話裡的「女人」並非專指她一個，那裡面必然有其他人和事。也許身體太貼近彼此了，她頭一次聽眞切了鋼波的囈語，而這聽來竟不像是嘴裡說出來的話，卻像是從胸膛內發出的聲音。杜麗安微微感到悲涼，身體裡剛激發起來的熱情與甜蜜，迅速冷卻下來，剩下一股微涼留在腳掌。她聽到黑暗中有蚊蚋振翼，有一隻蚊子巡視後，如蜻蜓停落在她露在毯子外的腳趾上。那蚊子必然十分健碩，牠把粗大的吸管插入她的皮層。杜麗安感覺到螫痛，但她一動不動，而且也不想驅趕那細微但眞實的痛楚。那一刻她集中注意力幻想自己是一具屍體，因而顧不得再去分析鋼波那一句夢話的內容和含義。也因爲歡愛後的疲累，她很快便帶著隨血液傳遍全身的痕癢，以及那叮痕上的一點痛與麻木，沉沉滑落到菸與酒與汗味交織的夢中，等著爲明天醒來。

杜麗安從未過問鋼波從哪兒找來的錢，但他平日排場闊，開銷大，錢都左手來右手去；要一下子拿一萬多元付房子的頭期，肯定有難處。杜麗安適時適度地壓壓擠擠，總算讓他湊齊了這數目。鋼波平生不畏上警局和醫院，可最怕上辦公樓。因而銀行借貸與律師樓的手續，都得由杜麗安操辦簽字。

新房子的事，杜麗安雖興奮得很，卻按捺著沒告訴任何人。就連娟好這好姊妹也一概不知。杜麗安這幾年歷練過了，知道愈是不動聲色愈好辦事。而且人啊，活得愈占優勢便愈不該張揚。即便是情同姊妹的娟好吧，杜麗安也發現有好幾次跟她分享自己的樂事，她當時高興，接下去幾天卻總是態度有異，眉目間有一種故作冷淡，像要疏遠她的神色。至於家中的劉蓮，雖說石鼓仔離開後，她的態度逐漸軟化，沒再像一頭箭豬似的繃得緊緊，但鋼波爲這邊供應的東西，以及他與她的恩愛，要是讓劉蓮看在眼裡，難保不會當成是非，給搬弄到「那邊」去。所以杜麗安待劉蓮雖然周到，可那熱忱也就像人家說的君子之交，彼此都點到即止，不至於一廂情願地眞把對方當親人。

「不就只是背了個名分嗎？說穿了非親非故，用不著撲心撲命。」杜麗安是這麼對弟弟阿細說的。其時屋子裡沒其他人，她還是下意識地拿手擋住話筒，像是怕祕密洩露。石鼓仔在都門待不下去，三幾個月換一個東家，女友忍受不了，半夜走人。更可怕的是他打一天漁曬三日網，實在沒錢了便上酒樓找「舅父」。阿細沒投訴什麼，倒是杜麗安聽得一肚子火，一再叮囑弟弟「別管他了！」她氣急敗壞。「他那麼大的人，生死與人無尤。」

但她感知阿細沒把這些叮嚀放在心裡。從弟弟的言談中，她反而察覺他與石鼓仔眞有了點交情。杜麗安知道那不是舅父與外甥之間的情誼，而是兩個年輕人之間的男兒義氣。所以阿細後來漸少提起石鼓仔的近況，她卻愈來愈明白弟弟把石鼓仔的事看成「朋友的事」，那是心甘情願地幫忙，再不想「出賣」對方了。

那她就不動聲色吧。杜麗安很清楚，男人之間這種奇怪的交情，不能強攻，它受的外來刺激愈大便愈容易膨脹，會反彈。但這東西裡頭不就只充了些氣嗎？其實都是空的。日子久了讓現實生活再煎熬一下，它自會慢慢洩氣。等著吧。

那一年莊爺要慶祝七十五歲壽辰，傳聞他擺了壽宴便會宣布退休，打算把大伯公會的事務交給他的兒子。這事弄得會裡挺緊張的，鋼波更是如坐針氈，鎮日找莊爺密斟，還約了一批弟兄幫忙勸說。杜麗安裝著不聞不問，但她見微知著，大概預料到這事情拖得過今年也躲不了明年。莊爺老了，鋼波只是寄生在老樹上的一篷野蕨。老樹枯死有期，依附在它身上的蕨葉還能有多少茂盛的日子？再說，鋼波自己也老了。

莊爺在壽宴上接受鋼波的敬酒，過後微笑著拍了拍鋼波的肩膀。他說鋼波你也不年輕了，我們該共同進退。

莊爺回過頭來，杜麗安馬上向他舉杯。老人家紅光滿面，臉上依然維持著雍容的微笑。他說阿麗你是他老婆，要幫我好好照顧他。杜麗安飲盡致意，盡力讓自己笑得如范麗般嫵媚燦爛。鋼波回到座位上，才坐下來便忿忿地咕噥。「你看，他愈老笑得愈像個太監。」杜麗安聽得心驚肉跳，連忙伸手在桌子底下使勁擰他一把。她清醒得很。一整個晚上，她那酒杯裡盛的都是茶。

筵席散了以後，鋼波與他的班底到別處繼續狂飲，杜麗安自己坐德士回家。那時已經是晚上十點多了，抵達家門時，她發現大門前停放著一輛以前沒見過的汽車，再看看客廳的百葉窗居然被闔上，鐵花門裡的木門也半掩著。那間隙內一片幽深，隱隱閃動著電視屏幕投放的光芒，顯得曖昧無比。她再看見階上的男士皮鞋，心念一動，便輕手輕腳地推開大門，緩步走到門前。

儘管那角度看不真切，但正如她猜想的，沙發上果然有兩個……不，纏在一起的一團人影。電視上放映的是《親情》，周潤發的大特寫，七情上臉，說話的聲量也大，杜麗安聽不見沙發上混合的呢喃。她大聲清一清喉嚨，又故意用力晃動手提袋，讓裡面的鑰匙雜物啷啷作響。沙發上的人影馬上彈開，杜麗安聽到「嗄」一下虛弱的驚呼，女聲。

「是阿蓮嗎？」她問。「還有誰在啊？怎麼不開燈？」說著從手提袋裡掏出鑰匙來。

她說要有光，就有了光。燈光讓廳裡的白牆顯得特別蒼白。杜麗安推開半掩的木門時，劉蓮怔怔地站在她面前，頭髮披散，面色與牆壁一個調，手還搭在電燈開關上。杜麗安看了看她，沙發上的人影這時也站立起來。「麗姊你好。」

男聲。

高個子。

膚色有點深，一口好牙齒。

眉很整齊，橫如雙刀。

眼神溫和，裡面盛著兩泓清泉。因為個子高，他微微低著頭，任誰被他注視都會覺得自己像個孩子。

杜麗安也像劉蓮一樣愣在那裡。她覺得血在凝固，心臟在凍結；它不跳動了，而且突然變得很重，像被灌了鉛。它沉甸甸的，正往下墜落，壓在其他臟腑上。手很冷，像握著兩塊冰。她已經把鑰匙插進門鎖裡了，卻忘了該旋動。

「麗姨，他是工廠的財副。望生，葉望生。」劉蓮縮起雙肩，怯聲怯氣。

杜麗安不知道自己費了多久才回過神來。望生？葉望生。她聽過這名字，知道這個人。這讓她的心臟又再跳動，呼吸回復正常。待她想起該開門時，廳裡的兩個人像已等得太久，以致站在那兒眉來眼去，都有點手足無措。

杜麗安跨入廳裡，與他的距離又近了一些。就著燈光看眞切了。天呀，果眞是孿生兄弟，居然可以如此相像。她向劉蓮瞪了一眼。「望生嗎？這麼晚了，我男人也不在，」她說。「對不起，這不太方便。」

她覺得自己吐出來的話像冰塊，碰上空氣竟哐啷哐啷的，鏗鏘有聲。她說完便禮貌地避開男人的直視，依然盯緊在一旁低頭抿著嘴的劉蓮。男人禮貌地告辭。「那眞不好意思，麗姊，我改天再來拜訪。」杜麗安昂起臉來，見他笑著點了點頭，沒有一點窘迫的神色。

她就那樣木然地把葉望生送走了。劉蓮陪他走到門外，看他俯身穿上他的皮鞋。杜麗安在廳裡除下耳環，看到他離開前握了一下劉蓮的左手。動作很快，劉蓮也飛快地抓住他的拇指，幾乎不肯放手，就像那是小小的一塊浮木。葉望生眨一眨眼睛，給了她一個會意的，堅定的，安慰的眼神。劉蓮這才依依不捨，遲疑地鬆開手指。

杜麗安去關了電視。她把錄影帶從機器裡拿出來。「你們在看《親情》嗎？我以爲你們看的是《家變》。」她說。門外的汽車開走了，杜麗安聽到汽車離去後的空寂。劉蓮沒有回應，依然站在那裡凝視外頭。她們背向彼此。

她說去洗澡。她扭開水龍頭往缸裡注水，然後一屁股坐在馬桶上，看著一隻灰褐色的飛蛾屢屢撲向燈管。水滿了，從缸裡溢出來，水簾似的傾瀉到地上。她仍然在翹首，像吊在那裡待宰的禽畜。這一管冷火燒不死飛蛾，牠一定十分焦慮，最後只有把自己撞得遍體鱗傷，折翼死去。杜麗安問自己，你在想什麼呢？她說那樣死去要比撲火焚身痛苦多了。飛蛾沒聽見，仍然奮力地撞向燈管。

這時候，有人敲浴室門。劉蓮在外面怯聲喊她，麗姨。杜麗安沒有應聲。水潺潺流下。地上積了點水，她把雙足踩在水中。麗姨。劉蓮又湊了點勇氣，把門敲得更響一些。杜麗安應了，誒，什麼事？

「今晚的事，可不可以不要告訴我爸？」她的那一點點勇氣正在消失吧，聲音如此虛弱。

「你們要是正正經經的，怎麼會怕你爸知道。」杜麗安大聲回答。

門的另一邊沒了聲音。過了好一陣子，杜麗安起來旋上水龍頭，水聲停了，她才聽到劉蓮在外面小聲飲泣。「麗姨，我求你了。」

有那麼一瞬，杜麗安腦中閃過劉蓮哽咽著吃下碗底幾塊肉的情景。「造孽。」她在心裡說。「放心吧。你爸回來大概已經醉醺醺了。」她說了便開始舀水沖涼，把冷水猛烈潑向自己。她打了個哆嗉，但只咬了咬牙，身體很快適應，幾乎像麻木似的，馬上變得與水一樣冷了。洗了澡後，浴室裡的飛蛾似已疲困，卻仍有氣無力地衝向冷火。杜麗安熄了燈，不曉得那樣做是在拯救一隻飛蛾，抑或是在折磨牠，讓牠失去方向，掉到水裡，死於暗中。

劉蓮已經不在門外了。杜麗安也回到睡房，像往常一般坐到梳妝鏡前抹臉和上髮卷。鏡裡的人雙眼無神，神情麻木地任她處置。她看著她，覺得她愈來愈臃腫，這令她忽然感到難堪。葉望生那麼倜儻，她卻變得庸俗而肥胖。在那慘白的燈光下，她讓葉望生看見那樣的她。

鋼波回來時天已微亮。彼時杜麗安的靈魂正飄遊在悶熱的空氣中，頭皮上的汗濕了髮根。鋼波躺下來時，夢鄉彈動，她睜開眼看了一下，迅即又回到夢裡去掇拾記憶及欲望的殘餘。她夢過的。那膨脹的夢於鬧鐘響起的一瞬，像含羞草似的緊縮。她喘著粗氣醒來，似有「幾乎醒不過來」的餘悸。夢裡的人以熱吻堵住她的嘴，用堅定的口吻對她說，不許動，別聲張。

＊

兩個月過去了，葉望生並沒有再登門造訪。杜麗安只在暗地裡對劉蓮訓了幾句話，也不怎麼嚴厲，只是說好說歹。女孩怯怯地點頭。杜麗安知道她感激不盡。那她就不動聲色吧。橫豎對鋼波說了，於她又有什麼好處呢？就像去說石鼓仔的事，終究吃力不討好，說不定弄了個挑撥離間的罪名，還會挑起漁村那邊對她的仇視。杜麗安現在精得很，都是電視劇裡學的，那兩年可看了不少家族裡勾心鬥角的戲。

但她說不清楚自己是否眞希望再看見葉望生。他會堂堂正正上門嗎？捧著個水果籃，學著劉蓮喊她「麗姨」。她不敢去想。倘若天意如此，只好等橋到船頭自然直。可天阿公玩的是什麼把戲，她不過是個凡夫俗人，怎麼懂？但不管怎樣，葉望生終於來了，他拿指節敲一敲櫃面，喊她麗姊。

杜麗安的心弦被狠狠彈了一下。這聲音她認得。原來她已經等了兩個月。她抬眼。只有她自己知道這動作有多吃力，眼皮有多重。她以爲自己一定臉紅了，但她沒有。她歪著頭裝了個遲疑的神情，就像一時認不出對方的樣子。但她心裡訝異得很，不明白自己是怎麼做到的，居然僅憑一眼就認出眼前人是望生，而不是蓮生。

「是我啊，葉望生。」他揚了揚眉，笑。「阿蓮的財副。」

「哦，是你。」杜麗安把找給客人的零錢放在小托盤上。「葉望生，我記得。」

「現在不是上班時間嗎？怎麼你會到這裡？」她說著擰過頭去看一眼牆上的掛鐘。三點半。

「有個供貨商從南邊來了，老闆要我帶他嚐一嚐本地的好東西。」

杜麗安斜睨他一眼。「這麼抬舉啊？謝謝你了。」

葉望生又咧嘴笑，像在炫耀他的好牙齒。「平樂居，他以後只記得平樂居。」

他說了轉身便走，卻又在走到自己的桌子後，忽然走回來。杜麗安一直以眼尾盯著他，這時候見他穿越那些擠滿人的檯凳，往櫃檯這邊走來，她沒來由地心跳加速，緊張得把小托盤裡的零錢倒出來，放在掌心胡亂點算一下，再放回托盤裡。再抬頭時，葉望生已來到她跟前。

叩叩。他敲敲櫃面。她抬頭看他。她以爲自己的眼睛裡一定有個大問號，但沒有。她純粹凝視著他。

「麗姊，我一定要說。」他用兩眼迎接她的注視。他的眼睛那樣深邃，像海洋迎接川河。「你瘦了。你知道嗎？很好看。」

杜麗安以淡然的微笑化解這一下撞擊。她想這世界只有她聽得見自己心裡的歡呼。是的，只有她聽見了。「你眞會說話，看來這杯茶得讓我請客。」她把放了零錢的小托盤遞給經過的夥計。「十號桌。」她說。

「不，下次吧。」葉望生甩一甩頭，轉身走了。

十二號桌子收三塊半。她接過夥計拿來的五元紙幣，轉身去按她的收銀機。叮。錢箱彈出。她把一元五毛放到托盤裡，夥計拿著錢走了。杜麗安把錢箱閤上。身旁的香菸櫃上鑲著一面寫著對聯的鏡子。她以眼角窺看鏡裡綺麗的人影。生意興隆通四海，財運亨通達三江。她在兩列楷書之後是窈窕了。這兩個月的努力沒白費。

娟好經過，問她剛才那人是誰。「剛才？」杜麗安蹙眉，裝了個沒放在心上的樣子。娟好扭頭看一眼坐在五腳基那裡的葉望生。「外面那個男的，高佬，斯斯文文。」

「你說他啊，」杜麗安隨著她的視線瞥了一眼。「是阿蓮的同事。」

她沒忘記他們兩人都是這麼向她介紹的。工廠的財副。不是嗎？除此以外，其他的都名不正言不順。她去按那收銀機。叮。多清脆的聲音。

錢箱彈出。滿眼硬幣與紙鈔。

2.

瑪納會看見床頭的櫃子上有一朵非洲菊。你原來要找的是向日葵，但賣花的說你不可能在這裡找得到新鮮的太陽花。他遞給你一枝毛茸茸的人造花，它看來很眞實，花盤大如面盆。你最後買了一朵橘黃色的非洲菊，把它插在綠色的汽水瓶裡。它在204號房的床頭櫃上，清晨時天光滲透磨砂窗後，會抵達那裡。

她看到了。她往那花瓶添水。但花總有凋謝的時候。她會在那時候看見一個小巧的指甲剪。它穿上蘋果綠的套子，看來像一隻蚱蜢棲息在非洲菊的落瓣裡。瑪納用它來修剪了她的指甲。她沒有塗指甲漆，剪下來的月牙形指甲都乾乾淨淨。她把殘花與棄甲都扔到牆角的小型垃圾桶裡，那原本只用來裝載嫖客們用過的安全套。他們會把安全套的包裝紙隨意扔到地上或留在床上，有時候會留在床頭櫃半開著的抽屜裡。但他們總會在完事後，把自己的精液打包起來，愼重地在套口上打結，再隆而重之地放進套了塑料袋的小垃圾桶內。

你也會在那些垃圾桶裡找到妓女指抹下身後丟棄的許多衛生紙，凡士林潤滑油的空罐，四粒裝「威而鋼」的包裝盒，菸屁股，空菸盒；偶爾也會有一些糖果紙，或人家從褲袋裡掏出來的各種被擠壓過的廢棄物。譬如過期的彩票，購物收據，戲院票根，搓成一團的紙巾。也曾有妓女把用得快融化的口紅丟棄。

接下來你給空置的汽水瓶放入另一朵紫紅色的非洲菊。你可以想像她咧著大嘴笑的樣子。她是瑪納，肩上有巨蝶振翅的女孩。你認出來她放在床底的鞋子，那仿草織的鬆糕鞋，上面都沒有了小小的向日葵，只留下一小團凝固的強力膠。你下一步要做的是：趁她不在時，把從女紅店裡買來的布製菊花黏在那鞋子上。

你把那兩朵布菊花和一小支強力膠都放在背包裡，帶著它們到肯德基上班。你負責處理炸薯條，有時候也得處理沙拉和馬鈴薯泥。穿上那制服以後，你覺得自己和別的男員工變得十分相似。你們像許多個複製人，在鴨舌帽的陰影下處理雞塊，飲料，漢堡和其他。但真正與你相似的J卻不可能在其中。他看來家境優渥，這時候他也許正和父母到國外去旅遊。現在的歐洲可是初冬，他會在滑雪嗎？當然他也很可能與其他俊秀的男女結伴到芭堤雅游泳；在沙灘上，把腳伸入潮濕的細沙中。他總喜歡待在陽光盛放之處。

你會在無人干擾時，安靜地享用你的想像。你想像瑪納蹲下來，看見躲在床底下的鞋子長出了菊花，而不是羊齒，也不是蕈。你發現她放在床底下的大行李袋，那裡面的T恤都小得像童裝似的，你也看到了那天遇上她時，她穿的那一條七分褲；後面的褲袋有銀線繡的蝴蝶圖案。她就像你的母親一樣，喜歡把行李放在床下，彷彿隨時會再上路，而且說走就走。但你知道她如今也想逮住你，像你想引她出甕一樣。在你們其中一人抓住對方的手腕以前，你相信她不會離開五月花。

可她畢竟比你沉著。她不動聲色，經常早出晚歸，或晚出早歸，如一縷幽魂，隱居在人們的背影中。瑪納。你下班後回到301號房，從背包裡翻找出菊花與強力膠，有點興奮地等待天黑。你胡亂翻一翻桌上的書本。那一本《告別的年代》將屆歸還日期，而你從未打算歸還。現在你把它當成了「父親」的遺物，那是他故意留在圖書館裡，等待你去認領的東西。書裡面藏著某些等待你去指認的祕密，而且你已經喜歡上書裡的韶子了。她神情孤傲，心不在焉，長得就像瑪納一樣；乘風迎向你，向你展示她的肩。

你醒來收拾自己的夢遺。精液像萬能膠一樣黏在褲襠。這些日子，瑪納以無數綺夢預告她的到來。夢境逼眞得讓你懷疑她在你入睡後來過了。她按著你的肩膊，讓你深陷在夢的蕩漾處。她矯捷地潛入那裡面，如同一尾人魚替你口交。你在那樣的夢裡感到窒息，常常因爲實在憋不住了而猛然射精，然後魂魄徐徐升起，游到夢的出口。你醒來，疲憊而滿足地收拾自己的夢遺。

你吃了打包的晚餐，那些飯已經有些乾硬。你想像杜麗安親手做的芋頭扣肉，有著五香粉與八角味的南乳汁，和著五花肉滲出的油脂，熱騰騰地流入你的飯裡。母親也愛這道菜。菜端來時，一個熱碗扣在盤子中央，生菜墊底。她把熱碗翻開取走，翠綠的菜葉烘托著紫紅色的芋頭扣肉，南乳汁流到菜葉上，多麼豐盛。

難怪母親後來會放任自己變得臃腫。她自知不會遇上命中的葉望生。細叔也只能讓她放心地縱容自己自暴自棄，最後變成一灘扶不上牆壁的爛泥。在五月花的最後一夜，你在這房裡守住她的屍體，聞到那腫大流膿的膝蓋發出臭味，一度以爲天亮時她會徹底化作一灘膿血。你讀過畢淑敏寫的極短篇小說〈紫色人形〉，一對嚴重燒傷的夫妻相擁死在床上。你以爲最後便是那樣了，母親會滲入床墊，留下南乳汁般醬色的形狀，像床單上一幅豐美的蠟染。

確認了瑪納不在，你潛入204號房。紫紅色的非洲菊仍然嬌美，床鋪凌亂，她出門時一定非常匆忙。她把兩件衣服胡亂擲到床上，似乎是出門前試穿過，覺得不滿意。你拿起其中一件豔紅的襯衫，覺得它符合你想像中新鮮的血衣。它質地柔軟，你把它湊到鼻端嗅了一下，聞到一股洗衣粉常有的，化學物的味道。你把床鋪約略收拾，再把兩件衣服摺好，整齊地疊放在床上。然後你把床底下的鞋子拿出來，花了些時間把兩朵布菊花黏上去。在等待膠水凝固時，你忍不住又把床下的行李袋拖出來，無意識地查點一遍。於是你知道她今天穿著一件白上衣加波希米亞風的長裙出門，而且還拿著那個豔麗的僧侶布包。白上衣底下是一件單薄小巧的藕色乳罩，下面是一件蕾絲鑲邊的粉色內褲。她戴了些飾物，起碼有一圈劣質的仿貝殼手串，以及一只象牙戒指。這樣的打扮，她會去哪裡，要見什麼人？

白色的單瓣菊在鬆糕鞋上生根，你扯一扯它們，確定它們已十分牢靠。瑪納以後可以拿這鞋子配搭她的闊襬長裙或輕紗上衣，那讓她看來像一隻飛舞在菊花上的彩蝶。你把東西回歸原狀。行李袋被推回到深處，鞋子守在前面。鞋子上的菊花毋須日照，它們在黑暗中守候。你熄了燈，把房間歸還無明，那是它原來的位置。

回到自己的房裡，你坐在燈下聽光明的偈誦。細叔回來，直接走到他的203號房，隔了好幾分鐘後，再走出房門，穿著拖鞋到二樓的盥洗間洗澡。你聽到他在走廊上淺哼某支粵語舊曲；咿咿呀呀，幾乎無歌詞，唯有這一句「命裡有時終需有，命裡無時莫強求」。

你打起精神，認眞去思考望生與蓮生。這一對孿生兄弟長相近似。他們如此可疑，讓你想起自己與J。儘管你與J的關係未獲證實，但你已認定他像電光槍或其他因爲母親收藏太久而被遺忘了的物事。而望生蓮生或許有雙胞胎遺傳，他們其中一人可能是這本大書的作者，母親傾心於他，爲他懷孕生子。你甚至猜想母親在那堆滿書籍的圖書館裡勾引了他，在未完稿的大書上與他雲雨。葉蓮生有書生氣，顯然更像是會動手撰寫《告別的年代》的人，而望生浪蕩不羈，似乎只有他會做出在圖書館裡調情交媾的事。你不知道此刻兄弟兩人誰坐在你心中的圖書館內，你以爲母親也未必知道，誰在她的耳畔說著情話，誰正同時鑽入她的身體，最後誰又留在她的記憶。她很可能始終不曉得這裡頭有兩個人，一對兄弟。

你睡去又醒來，因爲天未亮，你每次睜開眼睛都懷疑自己其實在另一個夢中。你以爲夢本身是蟻穴那樣的國度，裡面溝壑縱橫，蜂窩狀的小房間櫛比鱗次，你永遠搞不清楚自己的位置，也不知道出口在何處。但你總算眞正醒過來了，縱然你明白那未必正確，但眞正的出口總會有一大片耀眼的亮光。

你去洗漱。昨夜在綿延無盡的夢境裡跋涉以後，你精神倦怠，但仍慶幸自己又回到滿布牙膏痕跡的鏡中。這天你心情明亮，也許是因爲夢境創造了劫後餘生的錯覺，也可能是因爲你總想著瑪納如何發現床底下綻放的花朵。你洗過澡後回房裡穿好制服，收拾背包，再隨手翻一翻昨晚做的筆記。那本子裡滑下一張卡紙，掉落到地上。你把它撿起來。那是一張3R彩照，一個銅色皮膚的瘦女孩在照片裡對你笑。她戴著一頂結了緞帶的白色寬邊帽。有點風吧，她拿左手按著那過於秀氣的帽子，像是怕它會飛走。她笑起來嘴巴眞大，照片裡的光全部投射在她身上。看來眞像一株能召喚陽光的向日葵。

她進來了，走了，留下一張照片。很可能在你洗澡的時候。你凝視照片裡的人，忽然被某種不曾有過的情緒觸動。那是一種美好而哀傷的感覺，它在你的心臟與肺腑之間，像一簇不斷膨脹中的汽球，讓你以為自己被充滿。你覺得自己被尋獲了。就是這樣一種虛無的幸福感嗎？讓母親自願死在那一刻。她閉上眼睛裡的眼睛。我在人世已然飽足。

你想哭。這是個美滿的日子。長假中的年輕男女攜手走在開滿陽光的路上。你已經穿過一夜忽明忽暗的霧障，推開那一道進入「明日」的大門。外面天晴，你步行下樓，到了閘門那裡，天光興盛，人世的聲浪向你撲來。

3.

韶子有一個處理同性戀題材的小說，〈只因榴槤花開〉。當時的文壇特別流行感官書寫與同志性愛，而作家寫手們也都樂於讓自己披上一點點疑幻疑眞的同志色彩。卻沒想到向來「獨立於世界以外」的韶子也無法免俗，在這同志書寫的高峰期，發表了〈只因榴槤花開〉。

對於這一點，第四人自然深表不屑。此外，他亦不諱言自己對這類「跟風」的同性戀題材**深惡痛絕**[1]，也因此〈只因榴槤花開〉在他個人的「韶子著作排行榜」中排名甚後，僅僅名列〈昨日遺書〉之前[2]。

但由於文化圈中的同志隊伍日益壯大，也因爲當時本地的政局跌宕，以及政要的肛交案醜聞引起文人們的情緒反彈，韶子的這一篇小說大受歡迎，被譽稱爲「**最能反映社會面貌與時代精神的傑作**」以及「**回應世紀末政治鬧劇的最後一個隱喻**」[3]。韶子甚至憑這作品獲得該年度優秀作家獎提名。即便第四人當時作爲評委之一，曾極力反對讓這「僞後現代主義作品」獲獎，並舉證說明它有模仿國外名著，或起碼有「互文」的嫌疑，然而其他評委不以爲意，韶子最終仍以高票得獎。結果第四人爲此拂袖而去，並揚言從此不再參與同類型的評獎活動。

這次評獎風波經內部洩露，再由第四人高調承認以後，反而使得韶子這篇作品更受矚目。〈只因榴槤花開〉因其「廣義的，多元的，開放性的，不確定的題旨」，多年來被各個不同主題的文選競相收錄，在本地文壇創下了「被收錄次數最多的小說作品」之紀錄。也因爲閱讀者廣泛，它一般被視爲韶子個人的代表作。

第四人經研讀後認爲，〈只因榴槤花開〉具有一定的自傳性質，未必不可將之視爲韶子的「半部自傳」。但這個論點主要建立在小說設置了一個「女作家」爲主人公的根據上。連你也覺得單單

---

1 見〈同志蜂擁的朝聖之路——評韶子的〈只因榴槤花開〉〉，一九九九年發表於《椰雨》。

2 見《形影不離》文末附錄。

3 前者見韶子短篇小說集《榴槤花開》序文，後者見書腰封上的推薦文案。

以此推論未免牽強，而且你也像其他人一樣，懷疑第四人想藉這膚淺的推論暗示韶子有同性戀傾向，多少有點抹黑她的意圖。

這或許就是後半部《告別的年代》最詭異的地方了——韶子從未出現，但你因為那些從未讀過的「韶子著作」而逐漸對她產生好感，於焉生出一種近乎憐愛的，想要保護弱者般的情懷。由於麗姊已被證實了是個浪漫的異性戀者，你當然不認為韶子會是個女同志，但第四人在他的論述中引用了〈只因榴槤花開〉裡的幾個段落，卻讓你讀得心驚膽戰。那裡面同時寫童年時與成長後的女作家，居然十分符合你對韶子的想像。

女作家那年十二歲，中等個頭，面有飢色。她戴著一頂下午才剛修整過的蘑菇頭，跟隨她的母親到朋友家去坐夜。沒有人注意到這個安靜，靦腆，其貌不揚，手上拿著一本小說的女孩。縱使人們發現她了，也只以為她在看書，卻沒想到她一直坐在那裡構思一篇未來的小說。

在那一篇小說中，有另一個女作家正出席類似的場面。她面帶冷笑，雙手在胸前交疊，獨自坐在最靠外面的一張塑膠椅子上，靜靜注視著人流與白燈籠上虛報的歲數。下點雨吧，斜飛的雨絲飄落到她的背脊或向外那一邊的肩膀。但女作家對此不以為意。她總是以一副自矜，驕傲，冷漠而心不在焉的姿態屹立在人群中。

彷彿她很清楚自己到這地球來，只爲了等下一班飛船載她返回外太空。

仔細想想，每一個喪禮上都似乎曾出現過女作家，或起碼一個類似女作家那樣的人。她會拒絕給死者上香，甚至由始至終一直翹著腿，沒有跟隨大家去瞻仰逝者的遺容，也沒有對死者家屬說上半句安慰的話。她明明是和其他人一起來的，也和大夥兒坐在一塊，但沉默讓她看來孤僻而搶眼；讓她在鑲嵌畫般熱鬧的「整體」中，突出如一片不搭調的空無。她用一種不合理的方式，一種叫著「個人風格」的強烈特質，漸漸引起所有人的注意。[4]

對你而言，韶子就是那個被飛船載到外太空去的「人」。她的存在唯有《告別的年代》作證，而這本書卻絲毫不足於採信。它充滿矛盾，不斷自我駁斥；徒有虛構的張力，但看來如空中閣樓。正如〈只因榴槤花開〉裡寫的，它像一部早已寫好的「未來的小說」。

但你已經喜歡上韶子。你喜歡她，就像你站在櫥窗前凝視玻璃上反映的一個從你背後行過的女子。你看不眞切她的眉目樣貌，但你喜歡看她如一尾魚似的，安靜地在櫥窗這張屏幕上游過。你喜歡那樣一個沉靜地記錄衆生的小說家，你確定你喜歡的是韶子而不是在迷戀你自己的影像。是的你肯定，你不是神話中愛上水中倒影的納西瑟斯。

4 同註1，見〈同志蜂擁的朝聖之路〉。

你同時也開始有點了解了介於存在與不存在之間的第四人。你發覺你和他其實一直並肩站在一起，都面向著同一個櫥窗。你們之間錯開了一些年代，互不認識；你們的心思都不在櫥窗裡，而在窗玻璃上。

現在你明白了第四人是你和韶子之間的媒介，作者通過第四人文集《形影不離》裡的文字，如靈媒般召來了韶子。你知道有一天作者把第四人所寫的論述全部說完，小說裡關於韶子的一切也將隨之終結。因察覺了第四人對韶子的擁有權，你感到有些嫉妒。他掌握了韶子的所有作品，並且把它們都裝入他的評論裡。這如同男覡，他掏空自己的軀殼，拿它來裝載韶子的靈魂。

第七章

1.

想像那裡有一棵高可通天的菠蘿蜜樹。

杜麗安抬起頭，彷彿已看見光箭穿過枝葉間的漏洞。她說不行，菠蘿蜜樹長茁壯了，它的樹根最後會把旁邊的溝渠毀掉。「那麼，在後園種一棵芒果樹吧？」她也說不行，芒果樹長高了可不容小覷，一朝開枝散葉，會把樓上的窗戶擋住，影響採光。

但那兩個房間會有人住嗎？這幢雙層洋房有五室二廳，眞正住在那裡的只得她與鋼波。劉蓮終究是個過客，弟弟阿細大概會在都門安家了。總不成把老爸和那印度女人也弄過來吧？不管怎樣，杜麗安最後決定在前院種幾棵皇家棕櫚，樹下再擺幾盆蘇鐵和九重葛。「怎麼種這些不能吃的東西？浪費土地。」鋼波顯然不滿意。「蘇鐵還有刺。你看過嗎？像黃蜂尾後針。」

杜麗安不作回應，依然低著頭在算她的帳。只要擺出這姿態，鋼波便明白他已無法左右杜麗安的決定。這女人自從操持了平樂居以後，已練得意志如鋼。是的，就是皇家棕櫚，鐵樹和九重葛。她可以想像那畫面。有葉有花有樹有果，應有盡有，剛柔並濟。

鋼波卻是一個缺乏想像力的人。他甚至無法想像莊爺退下來後，他自己的處境。反正莊爺尙未正式宣布退休。他的大兒子熱衷經商，已經是錫埠中華總商會的重要理事；次子在政界也頗有名望，故而對大伯公會的會務都不感興趣。儘管兩人偶爾也有需要借重大伯公會衆弟兄的時候，但他們都十分謹愼，不想讓自己的名字直接與私會黨聯繫起來。至於莊家小妾生的么兒，據說渾身二世祖習氣，不過是等著敗家而已。

事實上，由於莊爺淡出，正逐漸把會務與權力都交出來。那時的鋼波正做著「接掌大伯公會」的美夢。杜麗安察覺他的不安，也看到了他與兄弟們相處時，氣焰愈來愈高漲。但她不至於意識到這事情的險惡，所以也沒去戳穿鋼波夢裡的大氣泡。

或許因爲那一年國家剛好換首相吧。老首相下堂，副首相升正，鋼波便感到氣象大好，也覺得自己忠心追隨莊爺多年，該等到那一天的到來了。

杜麗安沒把心思放在這渺茫的事情上。她那陣子剛拿到新屋子的鑰匙，正忙著打點裝修入伙的事。平樂居的生意紅火依舊，她只有待下午茶室打烊後才趕去監工。負責木工的是葉望生介紹來的師傅。偶爾葉望生也會順道過去看看。一般在下午茶時間，他往往還買了冷飲包點，見者有份。杜麗安去到那裡，葉望生總已離去。工人們說他心細得很，有幾個學徒甚至曾誤以爲「葉先生」便是屋子的主人。杜麗安在那裡得待上一兩個鐘頭。反正那時鋼波忙著拉攏他的班底，很少回家吃飯。杜麗安也就失去了做飯的興致，有時候她索性在新屋待到傍晚，和收工的工人師傅一起離開。走之前她到屋子裡外巡視一遍，把工人們隨處掛著的飲料袋子拿下來，扔到廢物堆裡。

她想，已經很久沒見到葉望生了。

那傢伙確實有好長一段日子沒出現在平樂居。杜麗安婉轉打聽，知悉他辭去了成衣廠的工作，說是和朋友合夥做點建材生意。她在劉蓮身上卻沒看出什麼端倪來。這女孩心思很深，口也密。自從上次葉望生「夜訪」被撞破以後，杜麗安三緘其口，她也一樣不動聲色。平日作息照常，只是偶爾在早上出門時交代說放工後會與工友去看電影。杜麗安打開百葉窗窺看，見她幾次都獨自乘德士回來；但她心裡清楚，劉蓮口中的「工友」必定就是葉望生。

杜麗安人脈廣了，平樂居是個消息流通地方，她多少也聽得一些關於葉望生的事。雖然無從證實，但這男人無疑有過不少風流韻事。人們說他三心兩意，總是在一腳踏兩船。「兩船？不止那麼少吧？」杜麗安想起劉蓮緊緊抓住他的拇指。唉，那可是個倔強而執著的女孩啊。她還眞怕有一天出事了，劉蓮會學《親情》裡的鄭裕玲割脈自殺。

那現在，此刻，葉望生那花心蘿蔔正在幹什麼，又和誰在一起呢？杜麗安開車在街場兜了一圈，看見大華戲院正在上演許冠傑的新電影。那建築物燈亮火著的，人影幢幢，看來很熱鬧。以前傳說戲院鬧鬼，日子久了沒人再當一回事，那故去的陳金海是否還在女廁流連不去？杜麗安看到華燈下交錯的人影，不知怎地感到心裡煩躁，也特別不想回家。她順著道路胡亂繞了一陣，最後把車開到舊居那裡，想看看老爸過得怎樣了。

那兩個月杜麗安的老爸爲風濕痛所苦，走路一瘸一拐的；因爲行動不便，也很少到平樂居去耍賴了。杜麗安舒泰了一段時日，這時候站在樓下，她想起這些天老爸受苦而自己竟樂得自在，心裡忽然惶惶，以致一時不好意思上樓，便在五腳基躑躅了一會兒。那樓道在夜裡看來陰森森，燈光昏沉。適逢陰曆七月，杜麗安更覺得那裡鬼氣氤氳。真奇怪，自己以前是怎麼走上去的呢，何曾有這般提心吊膽啊。

杜麗安提了口大氣，摸著扶手走上樓了，才想起身上沒帶著房子的鑰匙。她只好拍門。老爸，老爸。來開門的是印度女人華蒂。她未到五十歲吧，但比前兩年與杜麗安初見時顯得蒼老，兩鬢灰白參差。這印度女人極有語言天賦，廣東話說得要比蘇記流利和標準。她熟練地打開兩重門，一邊對杜麗安說治安和門鎖的事，杜麗安才發現門耳朵上扣了個嶄新的大鎖頭，看似比鐵門本身還要堅實。她等在門外，心裡覺得怪異極了。這陌生的印度女人已宛若家裡的女主人，她總以爲這開門的女人和那鎖頭一樣，都有點拒她於門外的意思。

今年農曆新年，阿細仍然回到這裡來過年。年初二杜麗安回娘家。印度女人給他們弄了一桌子牛羊肉，全是咖哩。阿細和老爸吃得津津有味，只有她覺得那樣的年飯不倫不類。但印度女人搬進來以後，房子總算乾淨整齊多了。阿細告訴她，那女人洗衣服時咬牙切齒，像跟衣服有仇。老爸的寶塔嘜與阿細的鷹標汗衫禁不起她的搓洗，沒洗幾次就變了形，卻又潔白得像新衣。

「你看，連衣領上的陳年汗漬都不見了。」阿細說時背轉過來，翻起他的襯衫領子。

吃了那一頓開年飯後，阿細出門去訪師傅華仔叔，杜麗安便和他一起離開。他們在樓道上碰見兩個拾級而上的印度青年，阿細和他們打了招呼，回頭對杜麗安說這兄弟倆是華蒂的兒子。「飯菜太多了，要叫他們上來幫忙吃。」杜麗安側身讓道，也朝兩兄弟點頭微笑，但她猜想這應該不是兩人頭一回上去蹭飯了，否則弟弟怎麼會識得他們。

「我昨天才跟他們去打羽球了。哥哥球技好得很。」阿細走在前面，後頭一片苔綠。「我打不過他。」

杜麗安瞪了他一眼。這弟弟怎麼還能像以前一樣天眞。她回身看見華蒂讓兩個青年進門了，才禁不住悶聲嘀咕。「牛高馬大，居然還會到母親的男人家裡吃飯。」阿細沒聽清楚，問她說什麼了。杜麗安看弟弟擰過頭來，才剛理過的陸軍裝讓他看來氣質稚嫩。她說你這平頭又是到印度店裡弄的吧。阿細有點不好意思，笑著又撓一撓後腦。「是啊，新年也沒起價。才一元。」

「那夠你在平樂居喝一杯咖啡了。」杜麗安伸手觸撫弟弟的脖子，果眞有點扎手。那一刻她莫名奇妙地想起葉望生。不，也許是葉蓮生。她喜歡看他們剛理髮後清爽的樣子。望生還會用上許多蠟油，他的襯衫和長褲也都熨燙得服服貼貼；無論何時何地，總是一副光鮮整潔的樣子。

還沒走進屋裡，就看到了老爸躺在懶人椅上。他的風濕症看來比她想像的嚴重。才兩個月，人瘦了下來，皮肉一坨一坨的，都軟綿綿地垂掛在臉頰和腋下。杜麗安拉過一把椅子，在他身旁坐下。老爸說阿麗這麼晚上來啊，吃飽飯了嗎。老爸是個天生的大嗓門，那時刻他說話也仍然中氣十足。聽到這聲音，杜麗安懸著的心便舒坦了不少。她陪老爸閒聊了一陣，直至老爸連著打了兩個哈欠，她才意識到時候不早。她瞅了個時機，趁華蒂走到廚房，便從手提包裡掏了幾張五十元大鈔塞到老爸掌中。

「中醫不行就去看西醫吧。也許打一針就沒事了。」

老爸撇著嘴直搖頭。杜麗安後來回想，也覺得自己當時說得太輕鬆。多少年的風濕症了，而且老爸這歲數，一把老骨頭，也唯有窮耗了。她走的時候，華蒂正端著一碗中藥從廚房裡出來。她問那是什麼，華蒂回答說是她熬的甘草附子湯，能除濕驅風。杜麗安睨一眼那蒸騰著當歸味道的黑色湯藥，不由得心裡慨嘆，這印度女人的廣東話說得眞好。

華蒂放下藥碗，給她開了門，復把門鎖上。杜麗安本想向她討一支新鎖頭的鑰匙，卻因爲看見她急匆匆地趕著給老爸餵藥，一下欲言又止，便來不及說了。

十來天以後吧，她與阿細跪坐在老爸的靈柩前，總想起那天晚上自己心血來潮回家一趟，這事有點玄。但她最後只看了一眼家門上的大鎖頭。在他們家老舊而單薄的鐵門上，那巨鎖看來大得離譜，眞像細細一條項鍊荷著過重的大墜子。

打齋期間，華蒂也來了。由始至終她都識趣地坐得老遠，偶爾也躲在後頭幫忙摺元寶。幾年情分，也算盡了人事。她那兩個兒子也曾來過，母子三人坐在角落頭以淡米爾語談了一夜。杜麗安則斷斷續續地憶起那天晚上與老爸的談話。她早該發現其中的各種徵兆，那時神龕上有隻黑蛾縈迴，死亡的魅影已鬼鬼祟祟地在周圍遊竄。老爸還主動提起蘇記的遺物，那不是罕有的事麼？他說你媽留下的金鍊戒指什麼的，你都收好了吧。杜麗安爲此警惕起來，以爲老爸在向她討要蘇記的遺物。

「我當然收好了。那些東西是老媽的命根。」杜麗安瞥一眼坐在一旁看電視的華蒂。她後來告訴阿細，她以爲老爸要把那些金飾給了華蒂。「你知道的，印度人啊，他們有多愛黃金。」

阿細點點頭。杜麗安有點不理解弟弟的沉著。他低著頭地把一摞摞串起來的冥鈔拆散，再逐張扔到火盆裡，專注得就像在酒樓的廚房裡清理海參，又像在處理燕窩。杜麗安自己可是精神恍惚，老覺得心神不定。也許是因爲丈夫的情況有異吧。鋼波只交代說會裡有事，便連著幾天在靈堂有一陣沒一陣地出沒；即便人來了，也總是沒打招呼即與幾個兄弟匆匆離開。這些繃著臉碎步奔走，不時以耳語通風報信的人，讓杜麗安警覺氣氛緊張。再說她可沒忘記上回蘇記舉殯時是怎樣的場面，而這次莊爺只差人送來一個花圈，人卻一直沒有到場。

請來打齋的道士名金不換，算是老爸的舊相識，故人西辭，因而分外賣力。他休息過場時老愛神祕兮兮地說些陰陽界的事。他說是蘇記把老爸召了去。杜麗安輕輕點頭，這讓金不換特別來勁。他盯著杜麗安的臉，他說人有三衰六旺啊，老闆娘。

出殯前一天晚上，葉望生也來了。阿細看見他走進靈堂，驚得揉了揉眼睛。杜麗安倒是先看到弟弟臉上詫異的表情，才發現葉望生站在門口，正低著頭與劉蓮私語。

眞的，已經很久沒見過他了。杜麗安忽然感到心裡一陣難過，卻不明白這悽苦從何說起。不管怎樣，那感受根本無從抑制，酸楚已湧到鼻尖了。她瞇起眼，眼前的一切變得朦朧，葉望生成了一襲模糊而遙遠的人影。他在，卻始終可望不可及。

「他不是你想的那個人。他是葉蓮生的孿生哥哥，叫葉望生。」杜麗安裝著若無其事。「他是劉蓮以前的同事。」她別過臉來，直視阿細。她希望他明白。「我沒告訴他，我認識他的弟弟。」

阿細未必了解姊姊的心事，但他點點頭，他明白她的意思。保守祕密，對不對？杜麗安苦笑。她也說不清楚那何以成了個祕密，她甚至有點迷茫。這祕密的內容太過隱晦，裡面的重心是葉蓮生嗎？抑或是葉望生？她無法向自己解釋，也不知該如何釐清。

葉望生沒逗留多久。他燒了香，上前來說了些慰問的話。杜麗安頷首應答，不時抬眼窺看望生身上的各個局部和細節。襯衫有點皺，眞熱的天，腋下有汗印了；大概一整日都在外面奔走，還沒來得及回家洗澡更衣吧。果然望生說他這幾天人在都門辦事，剛回來便直奔靈堂。杜麗安沒認眞在聽。她瞥見他的胸襟上黏了一小團絨毛似的東西，像一球蒲公英。她的眼光便離不開那一蓬小東西，一直有個衝動想把它摘下，卻始終沒有動手。葉望生只寒暄了幾句便告辭離去，杜麗安目送他的背影，看見他在門口被劉蓮攔住。兩人說話時，她湊前去撥了撥他的衣襟。

比起七年前蘇記的喪禮，老爸舉殯雖也隆重，來弔喪的人也更多了，但靈堂上的氛圍顯然不對勁。緊張有之，鬱悶有之，兄弟們總是攸而露臉，卻行色匆匆，教人預感暴雨將至，那莫名的不安讓杜麗安感到煩躁極了。娟好連著幾個晚上都來幫忙，最後一晚因爲是週末，她把女兒矮瓜臉也帶來。那女孩一副無所謂的樣子，劉蓮沒空理會她，她便獨自坐在門外的鐵棚下看書。這一年她的身形拔高了不少，卻仍然瘦骨嶙峋。倒是頭髮十分茂密，還理了個蓬鬆的冬菇頭，以致她看來頭大身小，像一根火柴。

杜麗安在門口站了一會。那一晚，憋了幾天的雨終於下了起來。出人意料的是無風無雷，只有密雨在鐵棚頂上霹靂啪啦炸開。鐵棚下的人們紛紛移步到靈堂內，繼續灌茶和剝花生。杜麗安對矮瓜臉說，你把椅子挪前一些吧，雨都打上你的肩膀了。

翌日老爸出殯，全程細雨霏霏。杜麗安打著黑篷大傘站在荒山上，心不在焉，只一味看雨。金不換沉著嗓子吟哦，老半天沒完，像是在與墳洞中的老友交代今生來世。入殮時杜麗安被囑迴避。

她轉過身，凝視著地形像波浪似的義山。天高地遠，雨絲輕飄飄的，像是天地間扯不斷的藕絲。儀式完畢後，她回到家裡便感冒發燒，昏睡了好幾日，醒來看見娟好憂心忡忡的臉，才聽說大伯公會出了大事。

那時杜麗安仍迷迷糊糊，娟好帶來的消息也肢離體碎。她強打起精神耐心傾聽，才明白前兩天莊爺宣布把大權交給他的親姪兒，鋼波帶頭，率領好些兄弟即席翻臉，在大伯公廟裡上演鐵公雞。鋼波還跳出來當眾數落誼父，把莊爺氣得閉了竅，當場中風倒下。據說當時場面緊張得很，兄弟們卻還拖拖拉拉；若不是幾個元老當機立斷，老人家是險些死在那裡了。

杜麗安總算聽懂了事情的來龍去脈。她困乏地闔上雙眼，以爲自己睡了好一會，再睜開眼卻發現時間淤塞在空中，娟好仍然維持著剛才的姿勢。「鋼波呢？」她平靜地問。「他們怎樣處置他？」

娟好聳聳肩。「跑了。」她一臉抱歉。

杜麗安費勁地轉動眼球，看見劉蓮背著手站在房門口，神情無辜地搖搖頭。

事情發生後，鋼波一直不見蹤影。劉蓮回漁村打聽，亦無人有他的消息。直至杜麗安康復，甚至連腦血栓後偏癱的莊爺也出院回家休養了，鋼波依然音訊全無。坊間自然有各種江湖傳聞流散開來，譬如說鋼波被大伯公會的新龍頭，也就是莊爺的姪兒派人「解決」掉了，屍體綑了塊大石頭，被扔到老河裡。也有人說他早已預留後路，事發後立即坐船到印尼某島嶼匿藏起來。更有謠傳說他竄回老家，一直躲在漁船上。

杜麗安表現得非常鎮定，對所有傳言都不以爲然。除了曾兩度上門探望莊爺以外，她仍然每天打扮靚麗，坐在平樂居櫃檯裡按收銀機。叮，叮，叮。儘管她變得寡歡，也不愛說話了，卻終究冷靜得不合常理。因此連娟好也在暗地裡對人說，老闆娘啊肯定掌握著鋼波的行蹤。

事實上，杜麗安只是習慣了，面對愈大愈複雜愈難堪的事，愈不該躲，卻愈要不露聲色。這一個月來，平樂居打烊後，她都直接回家。可她已無心做飯，便讓劉蓮隨便煮，吃過後她開著電視，坐在廳裡空茫地聆聽房子裡的一切動靜。左鄰右里總愛在外面探頭探腦，她便裝模作樣地嗑瓜子，也讓劉蓮把錄影帶租回來，讓鄰居聽見日常生活的聲息。

她總以爲鋼波會給她捎信，起碼會打個電話回來吧。但三十多天過去了，她愈等愈心寒。倒不是擔心鋼波的生死。畢竟莊爺抽搐著面肌對她說過，阿麗，我做事不會那麼絕。可憐的老人家中風後嘴巴歪了，說話總咬著舌頭，但語氣堅定，雙目仍清澈凜然，一如往昔。杜麗安點點頭。

讓鋼波看看這雙眼睛吧，他就會明白自己有勇無謀，又不具才德，實在不是當頭頭的料。杜麗安連要說的話都想好了，從喝斥到責詬到奚落，再到詰問到規勸到原諒；她幾乎每天都想出新的一套話來。但鋼波終究沒聯繫她，只讓她以空想與猜測煎熬自己。杜麗安唯有在夢中咬牙切齒地哭訴，再忿恨地醒來，幽怨得像個棄婦。

出這種事，杜麗安才真切感覺到身邊沒有可以商量事情的人。要是老爸在，他雖然胡混，或許也能扯出幾個像樣的主意，而老爸卻已不辭而別。那一夜他在懶人椅上睡死以後，便鑽入墓穴，躺到蘇記身邊去了。別人告訴她，老爸去逝後，那個印度女人一直留在她家的老房子，還讓她的兩個大塊頭兒子也搬進去，「一家人樂也融融」。杜麗安聽了居然不怎麼激動，她沉默半晌後說，反正那房子也該有人看守。「她一個女人，總不能自己住在那兒。」

來說事的人頓時感到自討沒趣。「哎喲喲，平樂居老闆娘成了慈善家？」他們各自擠了個冷笑，訕訕離開櫃檯。

杜麗安提不起勁去應對這些閒人瑣事。這一個月來，她被平樂居和家裡的電話鈴聲折磨得精神緊張，夜裡也沒睡好，其實已疲憊不堪。要等到有一天傍晚耽誤了打烊，她看著夥計拉上平樂居的閘門後，獨自走去開車。那時刻兩旁的店鋪多已關門，路上也沒多少車輛了，街景十分落寞。路旁的街燈忽然抖擻著亮起來，像一行站崗的巨型螢火蟲，吸引了杜麗安的目光。她停下腳步，昂起臉，凝神看最後一抹晚霞隱入寶藍色的天幕。多美啊。杜麗安由衷地讚嘆。

也就那一刻起，她對「回家等電話」這事情感到心灰意冷了。

於是那天傍晚杜麗安再開著車子在街上兜風，還刻意繞到舊居那裡，看見樓上的窗口果然透著燈火。她昂首望著那昏黃的亮光，心裡覺得悲酸而感動。家裡有人啊。儘管那透光的窗戶像個演皮影戲的箱子，簾幕後晃動的人影已經在演另一台戲了。

回家之前，她忽而想起自己的新洋房。自從老爸去逝，那裡的裝修工程已暫停下來。杜麗安把車開到那小區的新路上，看見有些新房子的住戶已經在整理園圃，還眞的有人在庭院裡栽種果樹。她下車，走進新屋的荒園內。那裡雜草叢生，裝修工人將許多廢棄物堆在正中，看著眞像個野墳。

望生就是在那時刻闖進來的。不偏不倚，當杜麗安正憂感地感慨著人生的荒落和命運的無常時，驟見光。她抬頭，見是大門前兩盞迎面的車燈。那燈光十分眩目，引擎也十分震顫；有個男人走下車來，站在大門外。她認得這瘦長的身影。「真巧。」男人說。

「我路過這一帶，想看看你的屋子裝修得怎麼樣了。」

她也認得這聲音。這笑容。這眼睛。她記得這人曾經深情地向她走來。穿過培華小學校門前那些青龍木樹下的光斑，以及巷子裡傾斜的暗影；穿過粗暴的警員與動亂的平民；穿過平樂居擠逼的桌椅與人群，以及靈堂內寂寥的走道；再穿過旖旎的夢境與人世的荒嶺。他向她走來，她從未把目光抽離。她總喜歡把他喚來。來，讓我看看你有多高。

「我多久沒見你了。」這話憋了許久，她終於幽幽吐露。

＊

他們選了樓上的套房，把裝建材的紙箱拆開來墊在地上。葉望生吻她，把她放在藍色的月光裡，像是把一尾魚放入水中。杜麗安伸長脖頸，用全身的感官去領受他的熱吻與愛撫。男人比她想像的溫柔而有耐性，修長的手指如彈琴似的在演奏她的身體。杜麗安聽到一支淙淙的慢曲，如微溫的溪流，經由觸撫，在她與他的身體內來回傳送。她讓他脫下她的衣物，讓他輕咬她的耳垂，讓他吻她的嘴角，舔去她的淚。她拱起腰迎合他的進入，扭動身軀順應他的撞擊。世界緩緩沉沒，很寧靜，天籟在他們的血液裡循環奔流。她看見牆上的窗櫺如一幅底色深藍的畫，有一輪圓月停在右上角。世界噤聲聆聽他們；聽她在呻吟中一遍一遍呼喚。望生。望生。

他輕聲回答，我在。

2.

你看見煙花了。它們射向夜空，像一支一支脫弦的箭，然後在黑色的穹蒼裡以芒果花的形狀盛開。它們的花期比曇花短暫，往往來不及殞落便已被夜幕沒收。你聽人們的喝采。每一個人都伸長脖子，對下一簇煙花凝神期待。煙花的演出讓城市震懾，時間靜止在那裡，只有你與少數幾個志不在觀賞煙花的人，汗流浹背地穿行在人與人的距離之間。

你知道瑪納一定在這廣場上。你知道她今天傍晚穿了有白色單瓣菊的鬆糕鞋出門。她會像小說〈只因榴槤花開〉裡的艾蜜莉那樣出眾和美麗。你深信自己能在擠滿人的廣場上把她找出來。當你看見杜麗安與葉望生在《告別的年代》裡裸身相擁，她敞開自己讓他嵌入，與他結合。你激動無比，便坐不住了。就是今天吧，還要等什麼呢？你要捉住她的手腕，你要喊她的名字，瑪納。

瑪納不在房裡。你檢查了床底下的行李袋和抽屜裡的化妝盒，知道她精心打扮後出門去了。房間裡飄盪著淡淡的香水芬芳，叫人想起初綻的茉莉花在風中搖曳。你躺在她的床上，閉上眼小憩了一陣。無夢降落。你記起小說中的描寫，杜麗安瞇著眼喊你的名字，你幾乎想要動手自瀆。這念頭使你驚起。不行，你要的是瑪納。

眞奇怪，你就此按捺不住。就像小說裡寫的，這雨已憋了好些時日，一旦下起來便挾風帶雷，勢不可擋。你在204號房內焦躁地來回踱步，直至聽到回教堂播送的晚禱，才忽然像有天啓，想起來今天是除夕，市中心的廣場上有夜市場開放與煙花表演。你不知何來的把握，卻認定瑪納一定是到那裡去了。她穿著那讓她驕傲的鬆糕鞋，也許挽著誰的手臂，先在夜市裡逛了一圈，然後站在廣場某處翹首等待天上即生即滅的繁花。

於是你也出門，要潛入那人頭湧湧的夜市。外面的世界熱鬧浮華，五月花卻空寂得像一座高大的墳墓；你走出去後仍然聽到旅館裡迴響著你急促的腳步。那時天空還有暮光，大路上的街燈與懸掛在電線杆之間的元旦燈飾已經亮起來。街上的店鋪已全部打烊，路上行人寥落；長街冷寂至此，反而經受不起璀璨的燈火。你記起小說裡的韶子，她在小說〈只因榴槤花開〉裡把這樣的暗角形容作「城市的後台」。

到了廣場，那裡的臨時夜市場比你想像的要大，人卻多得水洩不通。你擠進淤塞的人流，既茫無頭緒也實在不由自主，只能被後面的人推搡著往前走。到了這芸芸眾生裡，你才發現自己與瑪納何其渺小；要找到她，或甚至你們要找到彼此，終究也只能是一件隨遇而安的事。

這樣不知走了多久，你看著前面每一個背影以及所有逆流而來的人，還有那些站在攤檔前挑選衣飾、小食和其他商品的女孩。你特別留意她們穿的鞋子。兩朵白雛菊，那是瑪納的標記。縱使這樣，也並沒有減少尋覓的難度。你總是看不見女孩們腳下的鞋子，或者也來不及看清楚她們的樣貌。因爲人太多了，每一個人的加入都在抵銷他人的存在，幾乎所有人的獨特性都被消滅，這裡也就成了最不適合尋人的空間。

但你固執地以爲今晚便是與瑪納相見的最好時機。即使你明知道，即便瑪納眞的在這兒，你們已經如兩顆水珠融入人海。你們在這裡與整個城市的人們摩肩擦踵，與每一個人相遇，再馬上與每一個人失散。你愈往夜市的腹地裡走，人愈密集。人們的面孔在你眼前搖晃，擠滿你的視野，讓你覺得氧氣不足。你下意識地昂起臉來挺胸呼吸。覺得夜空外有某個孤獨的神明正冷然注視這擁堵的廣場。

「如果你感覺到祂正注視著你，你就不必怕會失散。」

這話像一塊浮木，突然在你的腦海冒現。說話的是一個經常到旅館裡向妓女傳福音的老婦人。她面容乾淨，牙齒潔白，喜歡小孩。你記得她在聆聽別人說話時，總愛在句子與句子之間非常短促的空隙內，突然插入一句「感謝主」或「哈利路亞」。那時母親正憤憤地說起昨日與你在夜市場失散的事。她說她找了兩個小時，急得六神無主，最後才在夜市附近一家賣模型的玩具店門外找到你。

她喊你，你轉過臉看她，竟神色自若，似乎並未察覺自己曾經被遺失。

「感謝主！」老婦人輕柔地拍拍你的背。「你這失而復得的孩子。」然後她直視你的眼睛，像催眠似的，用極慢極柔的聲調說起那個牧羊人放下羊群，出去尋找一頭失羊的聖經故事。你缺乏耐性，沒聽完便回過身去玩一個剛找到的魔術方塊，所以並未留意故事的結局。那天她走之前把你拉過去，把你夾在兩膝之間，豎起她的一根食指。你不自禁地隨著那手指的方向看向窗外。老婦人在你耳邊說，如果你感覺「祂」正注視著你，你就不必驚怕失散。

在你的印象中，那老婦人永遠臉帶微笑，有一種教人不可抗拒的魔力。她喜歡讓你的母親以及其他妓女跟她唸《聖經》裡的句子。你站在母親身旁，被母親握住小手，往往也忍不住跟著大家一起唸。「耶和華是我的牧者，我必不至缺乏。」

我必不至缺乏。

「祂使我躺臥在青草地上，領我在可安歇的水邊。」

可安歇的水邊。

「祂使我的靈魂蘇醒，爲自己的名引導我走義路。」

靈魂蘇醒，走義路。

「我雖然行過死陰的幽谷，也不怕遭害。因爲祢與我同在。祢的杖，祢的竿，都安慰我。」

不怕遭害。祢與我同在，安慰我。

「在我敵人面前，祢爲我擺設筵席。祢用油膏了我的頭，使我的福杯滿溢。」

敵人面前。油膏，福杯滿溢。

「我一生一世必有恩惠慈愛隨著我。我且要住在耶和華的殿中，直到永遠。」

一生一世，直到永遠。

第一朵煙花在空中粲然綻放，像一棵稍縱即逝的金色棕櫚。所有人都抬起頭來，發出讚嘆。彷彿天啓，你霍然省起母親臨死之際唸的正是這一句，一生一世，直到永遠。那一刻她想起那慈祥的老婦人嗎？抑或她已經看到了耶和華的殿？

煙花演出揭幕，夜市裡流連的人們都急著湧到廣場上，你也就得以隨波逐流，跟著大家走到廣場。那裡已黑壓壓地擠滿人，砰砰砰，天幕上火樹銀花，像一顆一顆照明彈，在人們的臉上投射明明滅滅的光。你也一度停下腳步。天有流火，煙花如星群撒落。時間靜止了。你環顧周圍，這時候每個人都神情肅穆，像在對天上幻滅的光華默默許願。你不禁也在心裡默念女子之名。瑪納。

你在人體擺成的複雜樁陣內穿行，去搜尋瑪納。當年母親也是這樣在尋找你嗎？孩子，雖茫茫人海，你的存在無人可以抵銷。她終於看到你了，她衝向你，喊你。

你聽到你的名字，便回過臉來，受她狠狠摑的一耳光。你摀著臉，猶不自覺自己是那離散後失而復得的羔羊。但因爲臉頰火辣辣的痛，也因爲感到委屈吧；在她後來使勁掐你的耳朵時，你終於忍不住放聲大哭。

煙花散盡以前，你在廣場上遇見好些認識的人。連五月花的老門房也帶著孫兒站在廣場中央，一老一小張著口，像兩尊塑像，無聲地譁然。你還看見了一男一女牽著手的兩位同學；在肯德基店裡共事的錫克青年，你們管他叫黑傑克。他們都沒察覺你，任你像個陌生人似的從他們的身旁走過。你似乎還看到了細叔的背影。那是最後一組煙花了，數十響連珠炮向天空噴射。砰砰砰，砰砰砰。天上落英繽紛。廣場上的人們目眩神迷，齊聲喝采；細叔卻頭也不抬，逕自離開。

你在那廣場流連到午夜，坐在石階上看人們倒數新年後帶著悵惘的笑臉相攜散去。煙花演出與節慶似的歡騰，僅僅是兩個年份之間短暫的過渡。你離開廣場時，也和其他人一樣悵然，疲憊，覺得美好的希冀總如棉花糖般經不起享有。

五月花仍然維持著去年的入定，二樓有細叔的鼾聲，馬桶的水箱依然漏水，一整座樓的地板關節都在呻吟。你回到房裡，燈亮了，你立即看見擱在桌上的一個打包用的保麗龍盒子，盒子外面有用紅色馬克筆寫的「Happy New Year」。馬克筆是你的，本來插在筆筒裡，如今擱在「大書」的書皮上。你打開盒子，裡面裝著兩塊精緻的千層糕，其中一塊邊角上有個弧形的缺口，隱約可見齒痕。她咬過它了。也許就在那「最好的時機」，當你坐在石階上仰望高空，聽人們大聲倒數新年的時候。十，九，八，七，六……瑪納坐在這裡，忿忿地在你們的新年蛋糕上咬了一口。你不禁失笑，忍不住舔了舔那咬印，也從那一口開始吃起蛋糕來。

母親是那麼說過的：「以後不准再走遠，要停在原地；等我來找你。」

「聽懂了嗎？回答我！」她掐你的耳朵，臉湊得很近，像要朝你的耳蝸咆哮。

牧羊人也對走失的羔羊這麼說嗎？

母親不知道。可以後你在成長中經常耳鳴，而且無端暈眩嘔吐，被診出耳源性眩暈，母親便一直懷疑是她當年那一巴掌把你的耳朵打壞了。她爲此懊惱不已，以後常常會在百無聊賴、空間裡充滿睡意的下午，一邊收聽電台的節目一邊翹起腿來托腮凝視你，出了神地追憶那一天的情景，想弄清楚她掌摑的是哪一邊臉頰哪一隻耳朵。

也許是那兩塊糕點實在太甜膩了，那一晚你在夢裡總感覺上下頜被某種甜蜜的稠液黏住。凌晨時有人推開你的房門，你不確定那聲響來自現實抑或夢境，但你想那人一定是瑪納。爲此你不願動彈，怕會把夢戳穿，又怕驚走瑪納。她在門外站了半晌，像是遲疑著該不該進來。你曲身躺著，背向房門，覺得自己像穿在魚鉤上的一條蚯蚓。時間過得極慢。她有那麼多顧慮麼？而她終於走進來了，把門輕輕帶上後，又在門前佇足了一陣，像是隨時要奪門離去。

瑪納。你在夢裡喊她，她聽到了，便躡足向你走來，卻又在床前靜佇。你幾乎可以確定這不是夢，即使你背向她，而她小心翼翼地屏住呼吸，但你們那麼靠近，以致你可以感知她的目光停留在你的背脊上，如同你能感知眼中之眼。書中之書，小說裡的小說。

你在夢裡艱辛地張開被甜液黏住了的嘴巴，你的耳朵聽到從夢中傳來的聲音。你說，Happy New Year。床畔的人噗嗤一笑。她爬上床，鑽進你的被子裡，把臉貼上你的後頸。這又恍惚如夢，但你明明感受到她乾爽的鼻息噴上你的頸椎。她從你的腰上伸過一隻手來，你輕輕抓住它，把它放在你的掌中。她毫不掙扎，反而更貼近你，像一隻溫馴的獼猴伏在你的背上。

你睜開眼，窗外的月光十分稀薄，一切盡如幻象。但瑪納的手確實在你的掌中，背上真實地傳來她的體溫，你們的掌心都微微沁汗。你曾想回身，但她感覺你的動靜，把你抱得更緊些，顯然不願讓你翻過身去。你遂其意，仍然緊握她的手，兩人沉默地凝視著窗外如霧的月光，像胎盤中的同胞一起嚮往人世。

這一覺你睡得十分安穩；夢囊空空如也，連你自己也被空夢消化，不復存在。大概在黎明時，瑪納被回教堂響起的晨禱喚醒。她走了，床墊上留有她的氣息，被子裡有餘香，你的口腔仍然有塗了蜂膠般的甜蜜。你起來，坐在床上凝視枕邊一條微鬈的髮絲。朝暉漫入，你止不住愛欲如潮，遂而勃起。

3.

〈只因榴槤花開〉裡孤傲的女作家愛上了一個市井中的混血女孩，艾蜜莉。她說她有葡萄牙血統，有英國人的血統，有印度裔和華裔血統。女作家說你祖上幾代都是娼妓吧。她就是這麼說話的人，嘴角帶著惡毒的笑意。這世上只有艾蜜莉聽了能渾不在意，她還可以全情投入地叉著腰哈哈大笑。

她如此化解女作家的冷酷。以後女作家老去了仍念念不忘那個讓眼鏡蛇纏在手腕上的女孩，坐在大象上的女孩，親吻鱷魚的女孩。她在自己的作品裡形容艾蜜莉「宛如印度神祇」。這神祇以嗎啡拯救女作家，以愛情令她沉淪。

小說前面四分之一寫她們在泰國共遊的七天。年輕的女作家在馬泰邊界下車，遇上艾蜜莉。她們乘巴士沿宋卡，喀比，華欣，一路走走停停地去到曼谷。途中的風景都被女作家記錄下來。那些攤放在天幕下的稻田和水牛，以及盛開在田裡許多少女羞赧的微笑。所有景象都被陽光肆意染色磨光，如明信片上的圖像般流光溢彩。女作家第一次看見藍天碧海，暹羅灣西岸狹長的海岸線在巴士的擋風玻璃前，像一卷地毯展開，這景象充滿了投奔的意味。

艾蜜莉坐在她身旁。這女孩隨時隨地看來都像心情很好。她的行囊裡有吃不完的零食和水果，也分了幾支香菸給女作家。她才十七歲，在那旅途上對女作家說完了過去十七年的事。她曾經跟一個禿頭洋人過了半年，那洋人為她取名艾蜜莉。女作家寫下來——他標記她，如同上帝為一根肋骨取名夏娃。

那一次七日行的結果是：女作家獨自回國，艾蜜莉卻因為一個美國來的小伙子而留在曼谷了。小說中間部分寫女作家在三年後重遊泰國，艾蜜莉到車站接她。在曼谷華蘭蓬車站，那戴桃紅色寬邊帽的女孩（現在你對「寬邊帽」感到十分親切）在黑壓壓的人群中盛放自己。嘿，這裡啊我在！女作家循聲看去，艾蜜莉似乎又長高了許多，修長健美的肢體軀幹竟有金屬感。她摘下帽子奮力亂晃，像在炫耀剛捉到的一隻巨蝶。

女作家看見艾蜜莉在人海中划動雙手，朝她「游」來。她的手腳很長，動作很大；笑容也是，聲音也是，以致人群為之側目。不少洋人回過身來，用饒富興致或充滿占有欲的眼神看她。女作家留意到那些目光裡的豔羨與傾慕。一個挺拔招搖得像太陽花那樣的女孩。

那時候，誰會想到凋零呢？想到那些與青春無關，卻其實一直躲在青春背後的陰暗與晦氣。女作家凝視著在人海中逆流而上的女孩，她桃紅色的寬邊帽乍浮乍沉，終於飄盪到女作家跟前。艾蜜莉幾乎是衝前去的，她撲過來摟住了女作家。你終於來了，你，想死人了。

女作家後來自殺未遂，仍經常旅行。她常常在世界各國的車站想起這一幕。她當時滿心歡喜與感動，情不自禁地親吻了艾蜜莉的額頭與臉頰。艾蜜莉你長大了，好漂亮的艾蜜莉。

艾蜜莉帶著女作家擠到她開來的藍色甲蟲車裡。窗玻璃被攪下來，風和陽光湧入，街上的喧囂湧入，收音機裡的嘈音擴散，加上她們倆的話語和笑聲，把小車子灌飽。那一頂寬邊帽已經戴在女作家的頭上，帽子上長長的緞帶不斷往後翻飛。

那也許是絕無僅有的一次，女作家感到了「在地球生活」的喜悅。甲蟲車莽撞地穿行在曼谷市髒亂的街道上，越過許多裝飾豔俗的牛隻與載著遊客的嘟嘟車。晴朗多雲的天空像一個凹進去的穹蒼，一個倒扣的大鍋。泰王像如四面佛一樣無處不在，並且總是於高處俯瞰。女作家這麼寫著：「這城像被裝置在一個充滿節慶氛圍的玻璃球內。世界往順時針方向悠悠轉動，收音機震震顛顛地溢出電吉他的狂歡與憤懣。這些異國情調能給人什麼呢？無非是出逃的快感。」

女作家後來寫艾蜜莉，那形象是和藍色甲蟲車相連的。她們在那車子裡共處了二十一天。艾蜜莉用手肘鳴笛，用穿了高跟鞋的腳踹車門或輪胎。「破車，爛人。」她說的爛人是甲蟲車的舊主，她剛分手的情人。除了這些以外，湄公河上被剪碎的陽光，人們圍觀的巨鯰，長嘴鱷的入定，象鼻與蟒蛇的雷同，人妖們冰冷的紅唇與繽紛的鵝毛頸飾；音樂咆哮，東淡湯裡翻滾的朝天椒紅如人妖的指爪。艾蜜莉落力地仰天大笑，總是用英語對她喊「歡迎來到曼谷！」

曼谷確實是艾蜜莉的世界。她把女作家領到這城市的後台。那裡宛如燈下的暗影，由光明所生，與光明緊緊依偎，卻又被四周的光所摒絕。她尾隨艾蜜莉走在許多燈泡下，穿過一巷子陳列的梳妝鏡與矗立的人體。鏡裡的人忙著勾勒眼線或昂起臉來凝視自己空茫的眼睛。女作家看見自己與艾蜜莉從這面鏡子跨入那面鏡子裡，猶如穿過一道一道的門，也如獸縱過一道一道火圈。鏡裡的人們多麼專注於臉上的繪畫，彷彿在描繪著記憶中昨日的自己。

你能拼湊出來的唯有這些了。這艾蜜莉，要是你在那小說裡，很可能也會愛上她。她的風情，狂放和世故；她的經驗，閱歷和人脈，去到哪兒都能弄來幾張免費入門券的手腕。甚至那一輛甲蟲車和認路的本領，以及她讓群蛇纏在身上的勇氣；在路上多次擺平警察滋擾的手段，還有把各種語言交雜使用的能力。你想像艾蜜莉的形象時，腦中偶爾會閃過母親那嗓音低沉，中性打扮的朋友。你憶起她坐在窗旁被陽光裁剪下來的側影，流金的毛邊，周圍是白霧般裊裊的煙。她是那樣調侃過你的，「這小子，卵毛都還沒長齊。」

但艾蜜莉並不存在，因爲女作家也不存在。〈只因榴槤花開〉只是一部虛構的小說。即便你覺得這小說引發你所想像的一切十分眞實。你多次看見女作家與艾蜜莉的背影，她們並肩站在橋上看著湄公河上熱鬧的水上市場。這一幕有太多細節，橋下來往的船隻總有人舉起蔬果兜售叫賣；許多金髮的遊客笑著從橋上走過，露出他們被太陽烤紅了的臂膀。艾蜜莉站在那裡說起一個小伙子被鱷魚咬死的事，這話題與周遭生機蓬勃的環境很不搭調。女作家也沒認眞在聽。

「他們把他從鱷魚的嘴裡搶回來時，他的脖子已經快要斷了，臉可以完全擰到背後，一百八十度。」

這段話，因爲河邊正好有人運來一條十分巨大的鯰魚而被打斷了。那魚碩大如史前生物。人們湧前去圍觀。似乎連河面上載滿貨物的獨木舟都紛紛往那裡划去。女作家看著河上反射的陽光，覺得景象虛幻。人們吆喝與驚呼，遊客們急匆匆舉起相機。艾蜜莉把架在頭上的墨鏡挪下來，對她說，你明年五月來，我帶你到班哈縣吃普拉霸大魚。你會愛上它的，你會的。

翌年五月，女作家在家鄉的戒毒所裡寫下她的告解。她說自己在榴槤園的浮腳樓裡抱住將死的艾蜜莉。那時艾蜜莉輕得像一具遺體，原來發亮的皮膚已然黯啞，大眼睛深邃而空無。她寫「像某些勸捐傳單的圖片裡，一個等待死亡多於等待被救贖的女孩。」艾蜜莉死前把過去不曾與人說的事情都告訴了她，包括她誕下了自己的弟弟，再把他扔棄；也有一次，她把「那爛人」推落到鱷魚池裡。女作家緊緊擁抱她，兩人的肋骨相碰。她說那一刻她想到象鼻神大聖歡喜天，雙身而爲一神，示現相抱同體之形。也因爲如此，這部在戒毒所裡寫的小說被她取名《歡喜天》，紀念艾蜜莉之死與她自己的重生。

你用谷歌搜了一下。大聖天神，梵名葛那缽底（Ganapati），其形象爲夫婦二身相抱。象者爲濕婆大自在天的長子，爲危害世界之大荒神；女天者爲觀音所化現，與彼相抱，得其歡心，以鎮彼暴。因稱歡喜天。

女作家與艾蜜莉生命中最後相處的時光是在一座種滿榴槤樹的山丘上，兩人說要撿當季第一顆落下的榴槤。但是還早呢，那是女作家第一次看見榴槤花。她對艾蜜莉說，誰想到這樣漂亮的花會結出那麼醜陋的果實。艾蜜莉背倚著一棵老榴槤樹粗壯的樹幹，看來如一隻大眼猴，幽深的眼裡充滿空夢。

「漂亮的花這世上還少嗎？榴槤花知道自己的價值在於結出惡果。」艾蜜莉說。

山丘上種植的榴槤，品種名爲「金枕頭」。因其時滿園榴槤花開，韶子遂以此爲題。這以雙女爲主人公的「女性主義＋同志風潮」的「半自傳體小說」，不出意料地被第四人歸納爲韶子筆下的女人神話之一[1]，同時也是**「女人神話系列」的尾聲**[2]。

---

1 見〈同志蜂擁的朝聖之路〉。

2 見〈夢中夢——談韶子的〈昨日遺書〉〉，二〇〇六年發表於〈文藝廣場〉之〈韶子紀念特輯〉。

第八章

1.

果然是個好日子。晴天，諸事順利，午前就把該搬的東西都搬進去了。道士金不換說，吉日進宅千載旺，良時入屋萬代昌。他領著杜麗安拜四角，讓觀音，土地，灶君和天公都各就其位。廳裡的神檯是在外埠訂做的精製品，沉穩的紅木雕花，抛了光，看上去金碧輝煌，可就是有點太大。上面只站著一尊瓷觀音，孤零零的，看著寥落。按杜麗安的本意，觀音身旁還該供奉祖先。只是等到神檯運來了，金不換才問知漁村那邊向來供著歷代祖宗，杜麗安這邊是不能再請「他們劉家的祖先」上神檯了。

「那我把我爸媽，我們杜家祖宗請上去，總可以吧？」杜麗安有點不快，也氣金不換沒先說好，至令她面對這尷尬。

金不換皺著眉，縮了縮脖子。「那也不行，那只能是你弟弟做的事。老闆娘，你嫁出去了。」

杜麗安眞不曉得供誰拜誰還有這許多文章。她圓睜雙眼，差點沒把憋在心裡的粗話喊出來。「那我是誰啊？潑出去的水了，還兩頭不到岸。既不是杜家女兒，也不是劉家的人。」

氣歸氣，反正神檯就只能那樣了。她在那上面擺設了一大堆好東西，瓷瓶玉杯，銅燭台石香爐，青綠新鮮的觀音竹，再加兩盞粉色的蓮花燈，一盆水晶樹。沒想到的是，如此翠繞珠圍，那一尊白瓷觀音卻顯得更蒼白了。金不換建議她在旁供個關公吧，杜麗安想像關帝那紅顏美髯反襯觀音的淨衣素臉，似乎也不對路，加上關公一身江湖味，手中那一把殺氣騰騰的大刀，更讓她想著心裡不舒服。金不換看她疊著手，一臉不情願，便笑著說，陽宅風水最注重的還是主人自己順心。

「福由心生，地由心造啊，老闆娘。」

安了神，杜麗安嚴遵吩咐，捧著滿載暹羅香米的米缸進門。之後火庵，全屋亮燈；娟好與劉蓮也幫著開火煮了一大鍋紅豆糖水。金不換還說新居入伙得多聚人氣，杜麗安便讓平樂居休業一日，訂了一條脆皮燒豬，再買些包點炒粉和汽水，把茶室的夥計和攤主們都叫來湊熱鬧。那時附近的房屋已多有人家入住，杜麗安沿戶去把鄰居請來。時值正午，大日頭，屋內老老少少的，人氣還眞旺得很。

新屋子裝潢華麗，杜麗安領著一批又一批人上樓下樓，屋裡成套的家具和電器，還有琳瑯滿目的燈飾，讓平樂居那些夥計攤販看直了眼。葉望生來到的時候，看客已走了大半。劉蓮主動說要帶他逛一圈，葉望生笑她不懂事。「你這是喧賓奪主。這是女主人做的事。」說著瞟一眼杜麗安。

「對吧，麗姊？」

杜麗安覺得身體裡的血一下子全湧到心臟了。她說走吧，葉望生便跟著她，劉蓮也跟在後頭。他們先在樓下走了一圈。這是廚房，這是飯廳。葉望生拿雙手推了推那張雲石桌面的八人飯桌，他說這桌子眞堅固，可以當床用了。這話聽得杜麗安頭昏腦脹，就像心臟裡的血霍地都泵上大腦。她以爲自己一定臉紅了，但她沒有，倒是劉蓮面紅耳赤，馬上把頭臉埋入自己的胸口。

杜麗安伸手觸摸桌面上的雲石，眞光滑。她看見他們三人的倒影。劉蓮在她和他的背後，還羞嗔地伸手扯了扯葉望生的衣袖。

「就是太大了些，家裡沒幾個人吃飯。」她說。

樓上有一個小廳和四個臥房，那自然更讓杜麗安心猿意馬。她沒踏進主臥，只站在房門口說，這是主人房。

「主人房。」葉望生也沒走進房裡。他在她身旁重複一遍她說的，主人房。這聽來饒富深意。他站得太靠近了，說話的聲音耳語似的，令杜麗安一陣暈眩，彷彿耳鳴。

「有冷氣機呢。看到嗎？」劉蓮說。

葉望生點點頭。臉上的笑影多麼邪惡。「喏，這是主人房啊。」

他們轉身去看劉蓮的房間。裡面除了一張實木做的單人床以外，其他的多是從舊屋那邊轉移過來的舊家具。劉蓮自己的意思是要繼續住在以前那小排屋裡。但杜麗安不讓。一說單身一個弱女不宜獨居，二說她要把那排屋出租了幫著還新屋的貸款。杜麗安只給她兩項選擇：一是一起搬到新屋子。「那裡多的是房間啊。要不，你就搬回漁村老家。」

「你人在這兒一日，麗姨對你就有一日的責任。」杜麗安說著鬆開眉心的糾結，嘆了一口氣。「你爸不在，你就當是給我做伴吧。」

她摸清了劉蓮的脾性。這女孩外表倔硬，骨子裡卻柔弱；得恩威並施，卻也得拿捏有度。果然劉蓮咬著唇默想了一陣，左右權衡後便答應一起搬到新屋。杜麗安早料到她不會選擇回去漁村，她怎麼捨得下葉望生。再說，鋼波離開後，家裡只剩下她們兩個女的，難免都有點悽惶吧，也唯有在生活上互相照應了。日子有功，或許也因爲葉望生在背後勸導，劉蓮變得可親了些，不再像貼錯門神似的，總是閃躲她，背向她。

但葉望生是個解鈴人嗎？杜麗安睨他一眼。解鈴還需繫鈴人哪。他卻在她與劉蓮之間偷偷打了個難解的暗結，不時把它扯緊，令她揪心。

「她沒搬過去，我們不是更方便嗎？」他吻她的脖頸，把暖暖的鼻息留在她的耳背與髮鬢。杜麗安覺得那裡的一大片神經都發麻了，她這上癮的肉體在顫抖。哈。她擰過頭逼視他，縱身跳入他水一樣的目光中。

「我們？最方便的人是你吧？」她翹起嘴角。「我不會成全你們。」

她吻他，也逐漸摸清他了。之前去找金不換擇日入伙時，杜麗安拿了個八字讓他批命。八字卻是別人的，陽男。金不換在紙上寫寫畫畫後，說「攀緣外境，浮躁不安。以難化之人，心如猿猴，故以若干種法，制御其心，乃可調伏」。那時娟好剛好來到，只聽得後面一小部分，便以爲他說的命中人是鋼波。杜麗安但笑不語，免得愈描愈黑。但她想金不換果眞了得。葉望生確實像隻大猿猴；人長得瀟灑，頭腦也靈活，處事世故圓滑，嘴巴還能甜出糖漿來。以後大概會騰龍飛鳳吧，誰綑得住這麼個男人。

新屋火庵，金不換囑咐要全屋亮燈三日三夜。杜麗安打算和劉蓮三日後才搬進來住，然而全屋燈火通明而無人看管，她想著總是不放心。正在和劉蓮與娟好商量時，葉望生在旁聽到，便自動請纓。「該男人來掌更的啊。」說著他模仿戲裡的打更佬吊起嗓子來：「篤篤篤，鏘鏘鏘。小心門戶，提防火燭！」

杜麗安與劉蓮都笑起來，一旁的娟好與矮瓜臉也忍俊不禁。葉望生受到鼓舞，更要裝模作樣地演下去。劉蓮一時笑岔了氣，猝然嗆著，便撫著胸部狂咳。杜麗安正想給她撫撫背，葉望生就近伸了手，在她薄薄的背上輕撥，說你沒事吧。劉蓮搖搖頭，卻仍然抑制不了咳嗽。

「我去給她斟杯水。」杜麗安轉身往廚房走去。她想，這男人眞神奇。那樣輕而易舉地讓一屋子的女人開懷大笑，卻又只需一個簡單的動作，便讓她的心一截一截地冷下去。

下午時一條燒豬分完了，來慶賀入伙的人也全部告辭。待收拾好後，杜麗安開車載劉蓮和娟好母女一起走。娟好不知怎麼特別來勁，話多。她與矮瓜臉坐在後座，說話聲量大，總是有意無意地要打聽劉蓮與葉望生的事。

「喝喜酒得提前通知啊，我得存錢，準備給紅包呢。」

劉蓮臉頰通紅，頭愈垂愈低，卻是什麼也不肯透露的。杜麗安卻被娟好吱吱喳喳的聲調煩死了。她找了個卡帶塞進收音機裡。許冠傑唱天才與白痴。邊個喺天才？邊個喺白痴？杜麗安把聲量調大，她說：「我老爸最喜歡許冠傑了。」

劉蓮點點頭。

杜麗安斜睨一眼，笑著說，「我說的是我的死鬼老爸，不是你的衰鬼老爸。」

明明想在心裡是個笑話，但話才出口，幽默感卻沒了。除了杜麗安以外，車裡無人在笑。但娟好總算識趣收聲，不再喋喋不休了。杜麗安看一眼望後鏡，矮瓜臉坐直身子，像警戒什麼似的，扯一扯她母親的衣袖。窗外日光大放，她收起笑臉，跟著許冠傑哼歌。那一刻她確實記起自己的老爸，想起某夜他在街上踉踉蹌蹌行走，用嘶啞的聲音高唱鳳閣恩仇。

哀我何孤單。哀我何孤單！

娟好母女在密山新村下車後，杜麗安與劉蓮幾乎一路無話。卡帶裡的歌轉了一圈，歌者又在追問，誰是天才，誰是白痴。杜麗安想起剛才那「我爸」與「你爸」的笑話，才忽然記起來，這劉蓮與她繞了些路，兩人的關係曲曲折折，卻總算掛著母女的名分。

「母女」這個詞讓杜麗安心裡一寒，不由得頭皮發麻。這是鋼波給她們的名分。本來也很簡單，可葉望生這男人繫了個暗結；跳三人舞似的，帶著女人團團轉兜怪圈，便使得這輩分的計算變得複雜。這筆帳可沒有數字，杜麗安愈想愈覺得混亂。

「阿蓮，你今年幾歲了？」杜麗安問。

大概是有點唐突吧，劉蓮愣了一下。「二十五。」

「哦，那我比你大了整整一圈呢。」杜麗安嘆了一口氣。「嫁給你老爸時，我二十六歲。」

劉蓮聽見這話，以爲杜麗安拐著彎要打聽她與葉望生交往的事，白臉馬上漲紅。她別過臉面向窗外，拿右手抓住左手的食指，摺它，拗它，搓揉它，跟它過不去。杜麗安看在眼裡。「別緊張，麗姨不是在催你嫁。」

「嫁人哪，那是終生大事，你自己得想清楚。」她說。「男怕入錯行，女怕嫁錯郎。你看過不少了。」

她裝著專注開車，目不斜視，盡量把話說得輕描淡寫，還朝一隻在馬路中間猶豫著不知進退的野狗按響車喇叭。但她還是不免想起蘇記與娟好。她自己也在這行列裡了嗎？也在現身說法，像當年娟好抱著矮瓜臉來勸：小孩一把鼻涕，大人一把眼淚。

「他……那個葉望生啊，聽說人很花心。不是嗎？」黃燈轉紅。杜麗安緩緩煞車。

劉蓮回過臉直視車前的長街，無力地聳聳肩。「我不知道……麗姨，我不知道。」她眨眼，日光穿入她棕褐色的眼睛。那眼睛太清澈了，像裡面有顆波紋清晰的玻璃彈珠，什麼也藏不住。

杜麗安點點頭。「有些男人天生就像大猴子，要如來佛才能壓得住。」她說，「如來佛呢，那要有多大的本事。」

劉蓮沒接話，杜麗安也沒了說下去的興致。陽光刺眼。這一天她起得早，又忙了大半日，這時候已感到困頓。回家睡一覺吧。聽許冠傑在唱什麼。難分眞與假，人面多險詐。

還沒到家門，她隔著老遠便看見了停在路旁的老款馬賽地。那黑色大轎車看著笨重得很，也灰頭土臉，像在沙場上拋錨的老坦克，蒙了不少沙塵。

劉蓮抽了口涼氣，她從座位上彈起，目瞪口呆的，半晌喊不出話來。「那車，麗姨，爸回來了！」

杜麗安眨了眨眼。她想自己的臉大概冷若冰霜了。是的，那一刻她不驚不喜，倒是打從骨頭縫裡迸出一聲輕蔑的冷哼。看見了嗎？小說裡有一隻烏鴉的影子掠過車前的擋風玻璃，杜麗安笑得像撲克牌裡憂傷的皇后。平靜，孤傲，詭異。她讓劉蓮下車去推開大門，好讓她把汽車開進院子裡。劉蓮便下車了。有那麼一瞬，杜麗安突然想踏油門驅車離去。但她比過去更冷靜，聽得到自己心裡的聲音。

她也就把心裡的話直說了。

「這麼快回來了？我以爲你死在外面了呢。」杜麗安只瞄了一眼，說了就穿過客廳，越過門口的劉蓮和沙發上的鋼波，兀自走向睡房。鋼波喊她，她沒止步，頭也不回。快到房門時，隔壁房裡忽然走出一個人來，杜麗安幾乎撞上他。她定睛一看，那麼瘦的赤膊漢子，臉色蠟黃，像一條風乾的精瘦臘肉。杜麗安愣了一下，直至那人喊她「麗姨」，她才確認這人是石鼓仔。

「今天眞是個黃道吉日嘛，」杜麗安冷笑。可眼前這石鼓仔與她印象中那渾身是勁的彪炳男兒判若兩人，她忍不住多打量幾眼。「看，一家團圓了。」她越過臘肉般的石鼓仔，走進房裡，拴上門。

她眞睡了一覺。醒來已是傍晚。房裡的光線一度讓她誤以爲是黎明。從夢到現實得有一段時間緩衝，她睜著眼，在床上繼續躺了一陣，浸泡在腦海裡的眞實才慢慢顯影。鋼波明顯發胖了，或許不是，而是皮肉鬆弛下來。不過一年光景，過去的鍛鍊都已荒廢。她當然也發現他掛在脖子上的金項鏈和四面佛墜子都已不在，手指上只剩下一枚金鑲玉，可見外面的日子並不好過。至於石鼓仔，卻像被時間壓榨，變得乾乾瘦瘦，兩眼無神。杜麗安想起那年他說去看拳賽，當時他還皮堅肉厚，渾身上下一股躍躍一試的勁頭。

杜麗安每隔一段日子，總可從阿細那裡套知石鼓仔的近況。自從他大半年前離開都門，說是南下打工後，便連阿細也與他失去聯繫。當時杜麗安心裡還叫好呢，如今他卻回來了，像一個厄運的鐘擺，在她與弟弟之間擺盪。

她起床來，覺得腦袋裡像裝著一團漿糊，想了老半天仍無法整理出頭緒來。她知道的是，鋼波已不再是昔日的建德堂堂主了，石鼓仔看樣子比其父更萎靡；這父子倆的出現要比他們失蹤更讓她心煩。

天要黑了。她到鏡前梳理頭髮。這一覺睡了足足兩個小時，人看起來精神煥發。她明白要來的總是來了，逃避解決不了問題，但總得養足精神了才好應對以後的日子啊。她朝鏡裡的人微笑。嘴角翹得夠高的。葉望生說，你這麼笑好嫵媚。

第二日早上，娟好眼睛睜得老大，不相信她真能睡那樣一場午覺。「天呀，你男人回來了呢。他走了多久？他到哪去了？你不質問他？」

杜麗安但笑不語。叮。錢箱彈出。她把它推回去。現在她已掌握了這台收銀機的節奏，熟練得幾乎可以用它來演奏了。叮。娟好仍然站在那裡，一臉逼切的好奇。杜麗安又再笑了，笑得比昨晚更自信。

「為什麼要問呢？我不想知道啊。」

娟好不信。但杜麗安確實沒追問。昨晚鋼波特意從外頭買了德記的炭炒沙河粉回來，拿滿室豬油，蝦膏和辣椒香誘哄她。她大大方方坐下來吃了，但對鋼波與石鼓仔不聞不問，甚至正眼沒看他們一下，倒是與劉蓮閒話家常，聊了一些電視連續劇的話題。「謝賢很老了，還當男主角演年輕人，眞不自量。」她說的是《萬水千山總是情》。「主題曲倒是很好聽的，對吧？」

劉蓮怯怯地點頭。杜麗安吃過了就出去租帶子，回來眞看了兩集《萬水千山總是情》。她把鋼波的枕頭被子從衣櫃裡拿出來，放到沙發上，然後便哼著那主題曲洗澡去了。這歌，翌日早上出門時她還淺聲唱著，夾著身上的香水芬芳，越過鋼波躺著的沙發。鋼波睡眼惺忪，滿目眼屎，只依稀聽到這歌，看見一襲飄香的彩色人影。杜麗安始終沒看他一眼。啦啦啦，聚散也有天注定，不怨天不怨命，但求有山水共作證。

那天下午杜麗安還去整了頭髮。她把大波浪剪了，短髮微燙，顯得更新潮更神氣些。頂著這髮型回到平樂居，叫好聲不絕，還有相熟的茶客吹口哨。杜麗安挺起胸脯，益發笑得嬌媚，茶室裡的男人沒有不看得眼金金，一臉饞相。反而是娟好與幾個幫攤的女人撇著嘴，不時互打眼色，似乎深不以爲然。杜麗安有預感，接下來好幾天吧，娟好肯定會疏遠她而去親近那幾個女人。她們會經常翹著手聚在一角，像已暗中締盟，團結起來以冷臉抵制她的熱浪。

但杜麗安早已摸透了這些路數。娟好或許是個患難姊妹，但她那是一種同是天涯淪落人的心思。既對杜麗安一直以來的關照不無感激，卻又因爲兩人出身相似，免不了暗中攀比，因而她對杜麗安的感情矛盾得很。杜麗安失意了，她總會傾心盡力相護；可杜麗安得意了，她又往往因妒生恨，甚至會有意無意地帶頭疏遠這老闆娘。

摸懂了這其中的規律，杜麗安也就嫻熟應對，不當一回事。反正人有三衰六旺，娟好運衰時她也會主動伸出援手，誰也沒欠誰。像去年矮瓜臉得急性盲腸炎，又驗出有黃膽病，杜麗安出錢出力，沒少幫忙啊。那時娟好還感激得聲淚俱下，可今天看見她豔光四射鋒芒盡露，終也一樣心裡不爽。都說了那是「規律」，就像月亮陰晴圓缺，自有它的週期。

事實上，杜麗安也明白了要享受男人的讚美，就必須忍受女人的忌恨。而男人的欣賞要比女人的認同單純多了。一個女人命好不好，看身邊其他女人的態度與評價便可測出一二。這些年，她已懂得「享受」女人間的橫眉冷眼和風言風語，所以她非但不在意，反而喜歡看見娟好的冷臉。那些天她都手姿綽約地出門，鬆糕鞋喇叭褲大耳環，挽個小巧的手提包，走路刻意腰扭臀擺，讓平樂居那些欲振乏力的女人恨得牙癢癢，她心裡才得意。

但這其中最大的樂趣，莫過於每朝出門時看見鋼波貪婪的眼睛與咬牙切齒的表情。這人自以為幹了件了不得的大事，事後倉皇走避。孰知一整年過去了，莊爺由始至終無所動靜，大伯公會那裡自從莊爺的親姪接棒後，衆人也依然舞照跳馬照跑，彷彿大夥兒全然沒把他當回事。這對鋼波而言，要比派人幹掉他打擊更大。

後來杜麗安旁敲側擊，得知過去一年他先在東海岸的馬來漁村，戰戰兢兢地躲在村屋內吃鹹魚吹海風。後來他南下與石鼓仔會合，父子倆無處可去，在山頂賭場耗了些時日，最後弄得幾乎囊空如洗。這時候鋼波再怎麼自欺欺人，也確認了大伯公會根本沒對他下追殺令。父子兩人眼看日子過不下去，便硬著頭皮一起回來。

如此在外「逃亡」了一年，鋼波筋疲力竭，回來人便萎頓不已，活脫脫一個洩了氣的皮球。杜麗安也向莊爺偷師，始終表現得漠不關心，還刻意張揚自己的姿彩，讓這男人看看她在「被遺棄」後活得多風騷。這一招確實管用，鋼波發現大家都活得好好的，連劉蓮也面色紅潤，臉上的神情比以前柔軟，獨他焦頭爛額。這讓他意識到自己當初殫精竭慮，大張旗鼓，最終只弄了場鬧劇，而他一直以爲自己挑大梁，演的竟是個窩囊的丑角。

鋼波鳥倦知返，自知已賠上了大半生打下的江湖地位，卻沒預料到自己在家裡的角色也變成小丑。杜麗安芳華正茂，眼睛都挪到額頭上了。她雖招呼鋼波兩父子一起搬到新屋，但自此與鋼波分房而寢，再不讓他碰她了。漁村那邊對他也早已心灰意冷；大家看見他時，眉目間神情冷淡，還有點不屑，竟無人追問他之前的去向。

他後來被杜麗安押著去向莊爺請罪。杜麗安沒走進那房間，但聽說鋼波跪在老人家面前，痛陳自己的罪狀，再燒炮竹似的噼噼啪啪猛摑自己一串耳光。那以後他更是一蹶不振，本來已十分稀疏的頭髮與兩道眉毛都灰白了，往日在眼睛裡狂燒的野心與焰火也已全熄，看來比莊爺更像個老頭。

鋼波回家的消息傳開後，自然有好事者到平樂居那裡問長問短。這些人不叫夥計埋單，卻親自到櫃檯那裡結帳，爲的就是要向杜麗安打聽箇中始末。杜麗安自然懂得儀態萬千地耍太極，必要時還能仗恃她那台收銀機。叮。叮。叮。叮。夥計們在旁觀察，不得不誇她厲害，三言兩語就能連消帶打。那時人們最愛說一句名言，浪子回頭啊，老闆娘。

「對啊，還一下子回來了兩個浪子呢。」杜麗安笑嗔似的睨對方一眼。男人，骨頭都酥了。

叮。

至於那些長舌婦人，則不約而同，都喜歡把頭伸到櫃檯裡，神祕兮兮地問，喂，他以後都住你這邊嗎？不回「那邊」了？

「漁村沒這裡舒適吧？」杜麗安冷笑。「男人都不笨啊，精得很。」

叮。

一天便那樣兵來將擋地過去一大半。杜麗安伸手給自己的肩膀按摩，再扭動脖頸。不期然與人群中的一雙目光相遇。是他啊。下午的平樂居高朋滿座，葉望生那麼挺拔，坐在芸芸眾生之間，毫不忌諱地一直盯著她。她的胸脯，她的頸項，臉，耳朵，眼睛。他的眼裡吐著熊熊火舌，似要把她融化。

對於這雙眼睛，杜麗安已經不像過去那樣毫無抵抗力了。她也不會笨得在這眾目睽睽之下，與他眼來眉去。但她有別的方法使這雙眼睛離不開她。

她稍微伏身，一隻手肘抵著檯面，拿手掌托腮。她裝著在發呆，目光迷濛，像是看著他，又像是看透了他，在看著外頭的街道。天氣悶熱。怕是會下雨了。那一刻平樂居裡幾乎所有男人都瞄住老闆娘。娟好蹙了蹙眉，別的婦女也紛紛擠眉弄眼，一個勁示意對方往櫃檯那兒看。看，看那騷貨。杜麗安都察覺了。她讓手肘在櫃面上稍微往前滑，身子便也跟著往前傾，伏得更低一些。大V字領內春光無限。面前的男人們禁不住喉結動了動，咕嘟咕嘟猛嚥口水。婦人們則誇張地皆目嚼齒。那一刻，似乎滿場男女都恨不得把這老闆娘吞進肚子裡。

「收兩塊半。」娟好走前來，把三元放到櫃面上，順便拿她直條條的背擋住看客的視線。

杜麗安找了錢，回頭才發現葉望生已經離去。那座位空了，桌子上只有一個咖啡杯和空盤子。很快有剛走進來的茶客坐上去，也很快有夥計前去收了杯盤。杜麗安才意識到剛才的三元是他付的帳，而他不等找錢便走了。大概是生氣吧？氣她拿乳溝示衆，遍灑甘露。杜麗安本就有點要刺激他的意思，可是他這麼一言不發地走了，她卻沒有像刺激鋼波那樣的歡喜，反倒悵然若失，忽然懊惱起來。

她又結了兩筆小帳。叮。叮。但心裡陰霾籠罩，像外面的天色一樣醞釀著雷雨，再也不覺得好笑。她鬱悶地看著收銀機，心裡能想到的只是葉望生這名字。杜麗安朦朦朧朧地意識到，就那一刻吧，她是願意放棄一切去換取這男人的。而就這時候，收銀機旁的電話忽然鈴聲大作，將杜麗安從混沌中驚醒。

她拎起話筒，哈囉。電話另一端以沉默回應。杜麗安聽見電話裡充滿空間感的雜音，不知怎麼直覺是他。她說是你嗎。說著她站起來朝小路那邊張望，看見德士站那裡的電話亭豎立著一竿身影。她不免得意起來。「我知道是你。我看見你了。」電話亭裡的人沒有回過身來，他對杜麗安說，你玩夠了嗎？

這情景眞怪。杜麗安以後常常會無端端想起。那人站在對街，建築物的陰影長長地覆蓋下來。她的視線從衆多茶客頭上穿過去。他們隔得很遠，茶室內重重疊疊的人影，茶室外來來往往的車輛。但他的聲音很近，如一小匙甜蜜的冰淇淋融化在她的耳道。

「玩夠了。」是的，自她看見那座位空了以後，她已失去玩興。「我想你了。」她不得不悲傷地承認。我想你了，望生。

他們已不能在新屋那裡見面。舊屋子也快租出去了，左右也有相熟的鄰里，不是相會的好地方。葉望生說到我們上次去的地方吧，五點半，同一個房間。

杜麗安猶豫了一下。她不喜歡那地方，也不以爲那裡很安全。但她明白不會有其他更好的選擇。

「好的，五點半，」她拿手指纏弄那連著話筒與電話機的捲鬚。

＊

小說裡的旅舍也許就是你現在住的地方，在錫埠內一個鬧中帶靜的角落。五月花。杜麗安從側門的樓道走上去。你心弦一動，彷佛感覺到她正向你走來。你聽到她的腳步聲，當年的鬆糕鞋像木屐一樣的笨重。你豎起耳朵細數她的步伐。她走得很慢，謹慎而遲疑，一步一步，腳鏈上的小鈴鐺發出玉裂般清脆的響聲。一，二，三，四，五……杜麗安，她來到了。她在外面遲疑了幾秒鐘，也許正警戒地左右張望。放心，樓道和走廊上一片死寂，沒別的人影。終於，她小心翼翼地敲了你的房門。叩叩。

2.

你不知道在你所站立的這一大片國土上，究竟有多少家名爲「五月花」的旅館。但你自己總是見過不少的。似乎由北至南，每一個華埠城鎮都可能有一兩家老舊得不行的五月花客棧。它們之間並無聯繫，卻不謀而合地弄得像連鎖店，都一致地走平民路線，經營方式相同，而且都歷史悠久，似是當年專供南來北往的商販腳夫下榻的驛站。你猜想這名字典出歷史上有名的「五月花號」，那艘船上載運的不都是貧民，工匠與奴隸嗎？

這些五月花，後來都無可避免地被日益臃腫的城市擠到各個暗角與縫隙。它們猥瑣而自卑，與城市格格不入，並且與你所在的五月花同一命運，無可避免地，漸漸淪為野鴛鴦偷情或妓女與嫖客進行交易的地方。它們由計日收費改為按鐘點計算，也因此完成轉型，由原來的「旅館」變為人們俗稱的「炮房」。而現在，它們已窮途末路；新型的連鎖式現代化小旅館在城中冒現，衣履光鮮的男人摟著穿細帶高跟鞋與露背裝的年輕女孩，出入於落地玻璃內的酒店接待廳。你覺得世上所有的五月花業已凋萎。唯有年華老去又諱疾纏身的妓女坐在旅館床上張望自己乾涸的陰戶，偶爾有些印度苦力或經濟拮据的外勞尾隨她們緩步上樓。

你想，葉望生開門讓杜麗安走進去的，不會是這麼一個房間。那時的五月花肯定沒這麼幽暗齷齪，不會有蜘蛛在窗台那裡以白髮結網去篩濾陽光。那時這房間勉強算得上窗明几淨，但杜麗安不喜歡這地方。她覺得這裡像個盤絲洞，葉望生像在自己的老巢，熟練得令杜麗安顫慄。當他把她放到床上，她便會不可自抑地想像葉望生與別的女人在這房內歡好。這床，莫非劉蓮也曾躺臥其上？她狂歡而痛苦，想到自己和別的什麼女人一樣，僅僅是橫陳在砧板上的一塊肉。

偏偏她卯足全力仍抗拒不了葉望生的召喚。他老練地解開她，把她的童女般害羞而貞潔的靈魂掏出來，晾在一旁。他給回她純粹的肉體，那是一副恬不知恥的肉身。她聽從他，以愛欲供奉他。她抓緊被子床單，忍受他的舌尖帶來的麻癢；就像有一列螞蟻沿著他留下的涎濕，在她的肌膚上跋涉。她爲這短暫的填入而承受長久的虛空。她讓他聽她妓女般的呻吟與浪叫，且大膽地向他需索與討要。

葉望生用低沉的聲音說，我在。

你想像他們在這裡。床架上的彈簧在承受他們的壓擠。事實上，《告別的年代》並未提及杜麗安與葉望生幽會的旅館房號，作者甚至也沒有提到「五月花」。是你一廂情願地相信自己與他們交疊在一個空間的兩個時間層上。這讓你們多麼靠近，你只需閉上雙眼便可以看見在這房內，這床上，杜麗安像擠牙膏似的，把你和J擠出她的陰道。或許就在與葉望生的某次交歡以後，她回到生命的原地，誕下你們。

你把這想法告訴瑪納。但這想法太荒謬了，你的言辭又難免故作深奧，瑪納大概聽不懂。她像個芭比娃娃似的只懂得笑與眨眼睛。那眼睛如同貓眼似的洞悉世情，儘管她什麼也不說，她那瘦臉上總掛著一張半透明的，似乎什麼都懂了的表情。

她仍然喜歡在夜間偷偷溜進來，鑽入被窩與你相擁。她喜歡聽你自言自語似地複述小說裡的許多故事，她尤其鍾愛〈只因榴槤花開〉。瑪納是個啞吧，她從不說話。你與她在一起，只聽得到自己的言語，以及兩份心跳的聲音。但你覺得那樣也不錯，你們縱使好奇也不會去追問彼此的身世與來處。你在床上多放了一個枕頭，也開始習慣了睡前在床上預留瑪納的位置。她特別喜歡從背後抱住你，全身心投入地伏在你的背上。

你在夢中微笑，你說瑪納你快變成一隻樹袋熊。

你知道瑪納也彎著嘴笑了。她薄薄的胸腔裡裝著一顆龐然的心臟，你說那裡面像有一個滴滴嗒嗒的鬧鐘，有時候也讓你聯想起計時炸彈。你轉過身，把臉貼上她的左胸。那心跳明顯過急。你拿臉去摩挲那睡衣裡小小的雙乳，她的心跳得更快了。「會不會整顆心臟從口腔裡蹦出來？」你說著親吻她，她也吐舌回應，像有兩條蛇在你們的嘴裡交纏。這樣的吻讓你想起相濡以沫，想起相愛，想起杜麗安的沉溺。

但瑪納會在她認爲該走的時候，絲毫不驚動你便悄然離去。你在被窩逐漸失去她的體溫後醒來，始終感到存在只是一場幻夢。有兩回你察覺到她正在離開，你捉住她的手腕，叫她留下來。瑪納在月光與晨光的交界中回頭，她朝你微笑，然後輕柔而堅決地把手抽走。

這讓你覺得瑪納並不屬於你。那從掌中流失的感覺，令你想起小學時某個同學把拿到學校炫耀的新玩意借給你。那是一個電子遊戲機，他在你玩得興起的時候，忽然將遊戲機從你手中抽走。那一瞬你感到憤怒，但你一動不動，眼睜睜看著他按鍵熄機，輕易把你辛苦經營的成果抹煞掉。

你難得擁有眞正屬於自己的東西。從小到大，只有母親是你的。她在你與J之間，選擇了你。但有一天連母親也得流失，你終於得把她歸還給她眞正的擁有者。

瑪納眨動她好奇的眼睛。誰？誰是那眞正的擁有者？

宇宙，命運，冥冥。

談到生死，顯然你們都太年輕了。瑪納在紙上寫下她的年歲，那要比你年長一些。你告訴她，那是杜麗安最初出現在書裡的年齡。當時她正鍾情於一個比她年輕的華小教師，葉蓮生。瑪納歪著頭翻動桌上的大書。她不懂得書中的語文，因而她並不在閱讀，而像是用眼睛掃瞄書中的符碼，彷彿那樣可以找到某種解密的路徑。

你看著她。她的手，古銅色發亮的皮膚，細長稠密的毛髮。你的目光沿著她的手攀升，像一尾隱形的蛇，從手腕纏上手臂，再繞上她修長的脖子。她凸出的鎖骨與優美的肩胛；她的下巴，嘴唇邊不太容易被發現的小黑痣。瑪納是你見過的最性感健美的女孩了，你有帶她出去炫耀的衝動。你要牽著她的手，走在有許多玻璃門窗反射陽光的大街上；要在十字路口的交通燈下與她相視而笑，並且趁著行人燈尚未轉綠，與她在街頭擁吻。

瑪納笑著繼續翻書，始終不置可否。

你忍不住走上前去，從身後抱住她。你把鼻子湊上她的耳背與脖頸，聞到一股純淨的汗味。杜麗安穿好衣服準備離開的時候，葉望生也這麼做，從背後抓住她正在梳頭的手。杜麗安看著牆的小圓鏡，那裡面有一個女人在凝視她與她身後的男人，那眼神竟有點憂傷。葉望生認眞地替她整理頭髮，把一度被棄的靈魂交還給她。但杜麗安心裡清楚，那靈魂已經不可能溶解於肉身。

你心裡最希望讓J看看你的瑪納。這像艾蜜莉似的，可以讓每個男子感到自豪與驕傲的情人。白天你在肯德基的廚房裡工作，總會在不太忙碌的時候，站在那裡瀏覽窗外走過的人們。你以爲必然有一天你會看見瑪納丰姿綽約地走在燦爛的陽光下。你要看路上的行人頻頻回首，用驚豔與傾慕的眼光注視她。J也會和其他人一樣，猛然甩過頭來，就像走過去以後才驀然發現櫥窗內的一件好東西。

「不如這樣吧？下個星期我生日那一天，你陪我出去吃飯逛街？」那一天黎明她要走的時候，你忽然扼住她的手。瑪納在晨禱與薄光中微笑。她想要抽回自己的手，你卻像個捕獸夾，箝緊她，不讓她掙脫。瑪納嘆了口氣。她咬著唇坐到床沿，靜默地凝神觀望半空中的某處，像是那裡有一個你看不見的窟窿。日光漸稠。曾經有一刹那，你恍惚以為她會在你的掌中消融。也許在你無法看見的深洞裡，會有一艘飛船來渡她。

僵持了半晌，瑪納拿你沒辦法。她回過身來嗔睨你一眼，對你點點頭。

如果時光能停在那一刻，如果能在你們都感到幸福與喜樂的時候，讓你們一起消融，你和瑪納會是何等美滿的一對？然而人生中的故事，是喜劇抑或悲劇，總取決於它結束的時間點。而這些故事往往都流於拖沓了。僅僅因為無人捨得在香口膠的滋味最豐滿時，把它吐掉。

那一刻以後你便一直在期待下一週。你向主管申請，與一位同事調換值日班次。你故意在牆上的掛曆上做記號，用馬克筆畫了個醒目的紅心。瑪納會看見的，你把那掛曆放到門邊當眼的地方。她也確曾於某日離去時，站在那裡端詳了一會。

好些年後你隻身到北方出差。在開往泰國邊境的長途巴士上想起這段日子，忍不住對著窗外的夜色嘲笑自己。那巴士上擠滿了週末時急著到邊城嫖妓的男人。他們坐在狹小的座位上，歪七倒八地仰頭打鼾，打算養精蓄銳後在別人的國境上播種。車子行得不疾不徐，車廂裡裝滿了各種調子的鼾聲。你也許是車上唯一的失眠者，在那漫長的暗夜中回憶起五月花，以及這段日子裡出沒於301號房的瑪納。她拖出床底下的行李袋。那袋子太大了，而屬於她的東西實在寥寥可數。你想像瑪納也鑽進她自己的行李袋，像個睜著大眼睛，被摺拗起來的洋娃娃。她不屬於誰，也就不會被任何人遺棄。

她走進301號房，拿自己的綠蚱蜢交換了你那粗笨簡樸的老指甲剪。末了，她拿猩紅色唇膏在你鏡子上寫了「Time to say goodbye」。

*

你生日的前一天，從肯德基下班回來後，細叔忽然提出要和你吃一頓晚飯。他本來說要明晚一起吃飯。你有點愕然，告訴他明天你值晚班，晚餐是要在店裡解決了。

「那不如今晚去吃吧。」他撓撓頭。你覺得他似乎正在製造機會要和你談話，或商量什麼事。這讓你感到緊張。但你明白這樣的對話無可避免。那個一直站在你們之間的女人已經不在了。

以前母親病重，你已經擔心著有一天細叔會要你們離開五月花。母親不以爲然。她還在抽菸，翹起膝蓋腫大的那條腿，勉力晃晃她的腳板。她噴了一圈煙霧，瞇著眼看朦朧的前景。「你細叔不是那樣的人。」

你搶過她手中的香菸，把它捻熄。母親像個神奇的魔術師，不管你如何遏止，她總有辦法把香菸弄到手，再把它們藏起來。你把她的床和周圍的櫃子都搜過了，雖也曾找到一些，但母親仍然能無中生有，似乎只要右手食指與中指一夾，便能憑空冒出一支香菸來。她也喜歡在你面前炫技，彷彿抽菸本身最大的樂趣在於把你惹惱。你知道她喜歡看你怒氣沖沖地上前去把她的香菸奪走，而如果你不那麼做，她也會渾不在意地把菸抽掉。

看你把香菸捺熄後扔到書桌下的垃圾桶裡，母親裝了個惋惜的表情。你不理她，回過頭去繼續溫習功課。似乎過了好一陣，母親的聲音幽幽地從你背後傳來，像一蓬遲緩飄來的煙霾。她說，不用怕，你細叔不是那樣的人。

母親對你透露，細叔年輕時曾經常常被人轟出門。「那時他窮得吃不上飯。他知道走投無路的滋味。」

也許母親是對的，至少在母親有生之年，細叔不曾驅逐你們。他把301號房留給你們，給你添了張書桌。他自己住在203號，母親的膝蓋腫起來以前，經常會在那裡過夜。你聽過母親對那位穿夏威夷襯衫的阿姨說：「這年紀了，第一次和男人過夜。」

那阿姨沒表示什麼。她若有所思，把手伸到窗外去撣掉菸灰。

若說細叔念著一場相好，母親過世以後，這點舊情也該風流雲散了。自從母親的喪事辦完以後，你便總是躲著細叔，料想著有一天他會與你撇清關係。多年來，你們鮮少獨處，而且兩人都內向寡言。母親把她的角色撤走，你們更覺得無言以對。彷彿她帶走了你們之間的台詞與對白，把你們留在五月花這個破敗而沒有觀眾的舞台。

那一天傍晚你硬著頭皮上了細叔的車子。他說冷氣故障了，著你搖下車窗。偏偏這一日天氣特別悶熱，雷電在愈積愈厚的雲層背後磨刀揮鞭，要有雨了，大雨。你們去到老張記那裡，兩人都滿額大汗，得拿飯店給的餐巾紙拭去汗水。穿木屐的大嬸來下單時，細叔擦著汗說今晚就吃好一點的吧。這令你對這頓飯更是充滿警戒，認定它有種餞別的意思。

細叔點了一尾白鬚公，芋頭扣肉，乾煎明蝦，腐乳油麥，還要了一大瓶啤酒。他說你喝一杯吧，也不再是小孩了。這意料之外的豐盛菜餚讓你愈發忐忑，而看著細叔啜了一大口啤酒，你猜想他接下來或許就要對你說些難以啓齒的話了。

但細叔卻沒頭沒腦地說了許多不相干的事。他說這飯店下個月就要關張了。以前老張記只是在路邊斜坡上的鐵棚大排檔，生意紅火極了，他和你的母親經常去光顧。「有時候坐下來把一大瓶啤酒喝光了才有人來寫單，點了菜還得再等上大半個鐘頭。」但後來老張記遷到新買的店鋪裡，生意從此冷淡下來；苦苦撐了幾年後，到現在已實在撐不下去。

除了老張記，細叔還胡亂說了些什麼。你似懂非懂地聽他說起新一屆大選過後的鬧劇，印度人放火燒回教堂的事，某些華人政要的黑社會背景，以及抱怨外勞帶來的一些社會問題。他的談興極高，說的話與喝的酒一樣多。你覺得他正嘗試把你當作一個成人，似乎他以爲你已經長大了，可以像個大男人一樣，在這亂七八糟的社會上獨立生活。

你陪他喝了些啤酒，幾乎獨力把一整尾清蒸白鬚公吃掉。直至細叔想起該埋單，桌上已擱了好幾個酒瓶，菜餚卻剩下不少。細叔說你吃吧，你媽最愛吃這裡的扣肉。「以後再吃不到了。」他打了個酒嗝，有一種悲酸的味道。

回去時開始有雨撇下。雨絲從半開的車窗斜飛進來，涼涼的，一鞭一鞭抽在你們的臉上。你說這車子也開了很多年吧，該換了。細叔苦笑。「將就著用吧。要是有錢，還不如先買一間像樣的屋子。」你咀嚼這話，懷疑裡面有弦外之音。

「五月花太古老了。樓太舊，現在已經不值錢。」細叔說。

「還長了白蟻。」

細叔點頭。他開動刮雨器，霓虹燈光在擋風玻璃上暈渲開來，視野反而更模糊。城市的夜景繽紛絢麗，你們都不說話，定睛注視著看不見的前路。

在五月花樓下，細叔的腳步有些搖晃，動作也遲鈍了，老半天才開得了鐵閘上的鎖。你耐性地跟在他身後慢慢走上樓。到了二樓，他忽然轉過身來，有點笨拙地從褲袋裡掏出一個物事來。

「明天生日，你自己看要怎麼花吧。」

細叔不由分說，把那物事塞到你前襟的衣袋裡。你看見那是個對摺起來的紅包。這是他頭一次直接給你錢，你感到尷尬，卻不知道該如何推辭，你說細叔，我打工了。細叔似乎也不太自在，他空笑著說要的要的。「我昨天中彩票了，一點小意思。」

「你媽怕我忘記你的生日，老早便在我的月份牌上打了好大個記號。」他甩一甩手，叫你上去吧，別婆婆媽媽。

那晚的雨下得很不酣暢。無聲無息，雨絲如冷刀划過窗玻璃。直至午夜時大雨才傾盆而下。你坐在床上等瑪納，毫無把握她是否會出現。三點過後她才走進來，頭髮濕了，白色薄衫貼在身上，在閃電的光芒中看來如同水中升起的幽魂。你把她抱在懷裡，卻又覺得她像金屬似的堅硬和冷冽。她凝視你的眼睛，輕吻你的眼角，她知道你流過眼淚了。你把臉貼到她的胸前，那埋藏計時炸彈的位置。

「瑪納，怎麼辦，我很想念我媽。」

瑪納只能以擁抱和親吻來表達她的憐憫。她的吻如雨點般密集，雙手如蛇，時而盤繞你的脖頸與四肢，時而在你身體上急速游移。她給你母親所不能給你的，那深入骨髓中，讓靈魂也酥軟下來的安慰。你以為你們一定會做愛了，這個晚上，你說瑪納我又長大一歲。但瑪納靈巧地抽身，始終不讓你更進一步。她的溫柔如此老練，讓你害怕。她的唇舌，她的手指；她微瞇著眼像在說，雖未讓你占有，我卻已對你奉獻所有。

電光連閃，你看著精液自她的嘴角淌下，你說瑪納你眞像一條毒蛇。一條有著斑斕花紋的劇毒之蛇。它盤在你身上與你廝磨，陰柔之至，愛憐無比，但你畢竟知道它有著毒牙。它朝你吐舌，分叉的舌尖與尖銳的獠牙一起碰觸你的身體，讓你在這潺潺的柔情中，為即將到來的傷害與痛楚感到心悸不安。

3.

在韶子的小說作品中，「五月花」是個常用詞。第四人當然注意到這一點。基本上，韶子把同一類型的小旅館[1]統稱爲五月花。根據第四人做的統計，「五月花」作爲旅館名字，先後在韶子的一個長篇，兩個中篇及四個短篇小說中出現[2]。

在那些作品中，短篇小說〈推開閣樓之窗〉裡的五月花讓你最感興趣。這是韶子早期的作品之一，第四人給這小說的評價不高，認爲它追求小說的故事性，**深受大陸文學爆炸時期作家的影響，其小說語言更是明顯承襲了某中原作家的風格，讀感造作，無法成功地融入本土色彩的小說背景中**[3]。

你在意的卻僅僅是小說中的「故事」。在那小說裡，女主人公小愛在五月花閣樓誕下野種，並將嬰兒帶到廁所內「處決」。儘管《告別的年代》對這小說的著墨非常少，但你讀了那寥寥數句以後，便開始幻想你自己所在的五月花有一座未被發現的閣樓。閣樓這個意象與你過去想像的地窖形成強烈的對比，它們好比天堂與地獄，而母親，母親會在哪一邊呢？

文壇上有好些評論者，對於韶子作品中出現的「五月花現象」深感興趣，並且一般上也把她小說中的五月花視作一**個承載量大而精確無比的歷史符號**[4]。可以理解的是，「五月花」這名字表現的是殖民時期英國政府與其文化的影響力，卻也多少表露了當時華社對於建立公平社會的期許。第四人未嘗不認同這種說法，但他認爲那僅僅是「歪打正著」[5]。

「五月花號」這艘最先由英國開往北美的移民之船，一六二〇年十一月二十一日在普利茅斯上岸。登陸前，船上的貧苦大眾在船艙內制定並簽署《五月花號公約》，奠定新英格蘭諸州自治政府的基礎。

你對這些不感興趣，因此只是草草瀏覽，便把這幾頁翻了過去。作爲一名純粹的讀者，你意識到許多評論家都只能是專業的評論者，而不是眞正的讀者。他們更傾向於表現自己「獨特」的切入角度與彆扭的閱讀姿態。第四人是其中的佼佼者，然而他愈是卯足勁尋求各種管道要進入小說，小說本身則更嚴厲地反彈與拒絕。

你由此同情起第四人來。你覺得他是最孤獨的讀者。也許比作者更孤獨。他是被小說遺棄的讀者，注定了一輩子只能閱讀自己想像中的小說。

1 這裡說的是《告別的年代》中，「無論大城小鎮，人們總可以在一些意想不到的陋巷或陰影最茂密的地方，發現一家仍在慘淡經營之中的五月花」這一類的小旅館。也即「你」與母親多次遷徙與寄居過的，「名字本身一點也不重要」的客棧。對於這類旅館的詳細描繪，可見《告別的年代》第八章。

2 出現過「五月花」旅館的韶子作品，包括長篇《告別的年代》，中篇《失去右腦的左撇子》、《樹欲止》；短篇〈無雨的鄉鎮〉、〈推開閣樓之窗〉、〈只因榴槤花開〉、〈昨日遺書〉。

3 見〈馬來半島上的大陸土壤——我讀韶子的〈推開閣樓之窗〉〉，一九九三年發表於《政報》之〈文藝苑〉。

4 見〈擱淺在歷史之岸的五月花〉，作者爲某大學資料室主任，二〇〇七年刊登於〈南國文藝〉之〈韶子逝世一週年紀念特輯〉。

5 見《形影不離》文末附錄之「韶子作品中重複的符號與意象」。

第九章

1.

石鼓仔被杜麗安逐出大屋的那一個下午，鋼波在會館裡打牌打得天昏地暗。到了亮燈時分，牌桌上的吊燈忽然放光，他與幾個牌友揉揉眼睛，眼袋愈搓愈腫，他們才在慘白的燈光下發現彼此的憔悴與疲乏。

會館的雜工出去買了些熟食，鋼波要了一包豬紅粥草草裹腹，之後與牌友鳥獸散，打著充滿豬血味的飽嗝開車回家。因爲連連打嗑睡，路上撞了人家的車尾。他不得已下車來與人爭論。以前在盛年時，他遇上這種事可是十分雀躍的，人未下車便已捋袖揎拳，凶神惡煞。人家看見他那鐵臂上的私會黨圖騰，就算有理吧，也肯定會退讓幾分。然而此時的鋼波年歲已大，盤踞在臂上的神獸隨著肌肉的鬆垮而垂垂老矣，都成了站不住腳的蟲鳥；加上他才剛在賭桌上經歷了一日一夜的搏殺，這時候神色萎頓，面肌抖抖，看來像一隻雄風不再的老獅子，就連聲音也比不得壯年時宏亮。

對方開的是一輛半新不舊的日產車，推門走下來的是一個戴粗框眼鏡的瘦個子後生。鋼波原來還一陣竊喜。仗著昔日的威風，他也曾想藉這種雞毛蒜皮的小事振作一下。只是還沒來得及把架勢擺好，那轎車又走下來一老一少兩個穿甲巴雅服的圓潤婦人。這兩個女人黃皮白肉，身上的馬來裝紅的紅綠的綠，張口便是行雲流水般滔滔不絕的英語。鋼波啞口無言，還虧得那戴眼鏡的瘦男生插入幾句廣東話，要不，鋼波即便想道歉，恐怕也難以找到插話的縫隙，更別說咆哮了。

他最後從皮夾裡掏錢，把一日一夜廝殺的成果都拿出來，才總算把事情擺平。但兩個婦人猶不滿意，上車前仍不斷作狀檢視車尾，且頻頻回頭瞪他，噘著嘴碎碎唸。

今時今日，鋼波最忌諱這種穿著優雅，目光狡猾而手段潑辣的女人了。過去一年，杜麗安可讓他眞正領教了女人的威勢。他開著那輛車蓋微凹，前面的車牌搖搖欲墜的舊馬賽地回家時，想起多年前在大華戲院看見杜麗安坐在那售票的鐵籠子裡，亭亭玉立，含羞答答，像一隻金絲雀。卻忘了從什麼時候開始，她變成風情萬種的老闆娘，跟她打過交道的人誰不誇她了得。「平樂居那個老闆娘啊……」

時髦，惹火，黃蜂腰甲由肚；機靈，犀利，打爛算盤，機關算盡。

這些評說傳到杜麗安那裡，她不嗔不怒。「怎麼？他們沒說我笑裡藏刀，殺人不見血嗎？」說了她還能翹起嘴角，媚眼含春，把來人瞟得失魂落魄。

鋼波在外浪跡了一年，回來後一直碰她不得。但他眼睛半點不矇，驚覺她日益美麗。都三十八九了，卻像豔紅的玫瑰初放，可也渾身尖刺，發起狠來煞氣騰騰。鋼波的牌友們提起她便禁不住滿腦淫思，嘴巴也就不乾淨了；都說你老婆啊，虎狼之年，得多給她吸收日月精華。鋼波聽懂那意思，可他總不能告訴別人，自己已欲振乏力。有一回撞見杜麗安浴後裹著毛巾走出房門，那外露的肉體皎如白玉，又那麼豐潤飽滿，像是只要輕輕一擰就能擠出瓊漿。他當時僅僅心頭一熱，丹田卻是涼的，胯下毫無起色。杜麗安也半點沒有邀請的意思。她睨他一眼便走回房裡，還拴上門。

還有什麼好說的呢？以前他生龍活虎，杜麗安卻常常推三阻四，聲明酒後不得碰她。鋼波答應時沒想到她那麼認眞，以後卻屢次在欲火燒身時，被這「鐵規」惹得怒火攻心，差點沒對她動粗。那樣折騰過許多遍，他自己意興闌珊，寧可早些熄燈入夢，也總比在床上死皮賴臉地哄她就範要好。

「你去洗個澡，刷一刷牙，不就行了嗎？」杜麗安在她的半張床上喃喃抱怨。

而現在，即使杜麗安光著身體再讓他看看那一對狂放的豪乳，即使她如狼似虎，鋼波也自知有心無力了。這事想了讓人喪氣，鋼波因而情願到會館裡徹夜小賭，老鐘在木盒子裡點滴到天明，輸也好贏也罷，就一百幾十元的事。撲克牌裡雖然有四個女人苦口苦臉，卻終究不比家裡那女皇的架勢和冷言冷語讓他難受。

兒子石鼓仔算是廢了。這么兒以前是他的心頭肉，如今可成了他膽囊裡化不去的石頭。杜麗安沒少說奚落的話，好幾次還當面連父帶子一起嘲諷。鋼波也發過火了，石鼓仔卻宛如一團爛泥，既懶得振作，也不肯回漁村老家去投奔兩個哥哥，便索性躲進睡房，要不是日夜顚倒地亂睡覺，便是把臉埋到一堆看了再看的連環圖和武俠小說裡。

鋼波居然也去勸告過這兒子。他走進石鼓仔的房間，撥開床上堆放的《龍虎門》、《醉拳》和《如來神掌》，一屁股在石鼓仔對面坐下來。石鼓仔知道這不尋常，他稍微挪低手裡的連環圖，擋住口鼻，只露出一對微凸的、發黃的眼珠。父子倆怔怔地對看了一陣，過早出來巡視的蚊子像飮了醉漢的血，搖搖晃晃地從他們之間飛過。他們不由得都盯著那蚊子，等牠飛過去了，兩人才曉得尷尬，又始終不知道該怎麼打破僵局。

鋼波向來拙於言辭，那時也只是一時心血來潮，並不眞知道自己有什麼話要說。他隨手拿起一本被他壓在大腿下的武俠小說，翻了翻。幾百頁的書，厚得像通勝，裡面密密麻麻全是字。他嘆了口氣，說你畢竟讀過點書，識很多字啊。

石鼓仔不發一言，依然定睛看他。

房裡的窗簾拉上了一半，光照不足，鋼波看著兒子那充滿警戒的眼睛。這兒子還年輕啊，一對眼珠卻像生了鏽的鐵球，它們在那有點寬鬆的眼眶內顯得無比沉重。鋼波的目光溜到石鼓仔的左臂，看見那隻長尾鳥，便禁不住轉過頭看一眼自己的。那鳥的尾巴大概與身體等長，翅膀卻相對小得不像話，怎麼可能飛起來？鋼波抬起刺青的手臂，拿另一隻手使勁觸撫那刺青，像看見一團污跡，便嘗試把它擦掉。

「以前剛刺上去時覺得很好看，顏色像景泰藍，對吧？」他說。「日子久了它會變色，暗啞了。你不喜歡它，可是要擦也擦不掉。」

石鼓仔沒搭腔，只是偶爾眨一眨眼。那隻酒醉的蚊子又左搖右晃地回頭巡航，像哼著歌，幾乎細不可聞。

「你還年輕，將來的日子很長；一世流流長，不能就這樣。」鋼波甩手，把手中的武俠小說「啪噠」一聲扔到床上的書塚裡。石鼓仔仍然不語，他的腦子愈來愈轉不過來了，他自己也覺得顱骨裡像灌滿了泥漿沙石，像一台笨重水泥攪拌機。身體又沉沉的，嘴巴裡像填滿混凝土。再說父子倆這樣很彆扭，老爸長嗟短嘆，變得像個苦口婆心的老女人。

要是在十年八年前，老爸絕不會耐著性子跟他耗，肯定會把他從房裡揪出來暴打一頓，或索性鎖著房門讓他在裡面餓兩天。長這麼大，他與兩個哥哥沒少捱過老爸的鐵腕。尤其是他，以前他粗壯得像《龍虎門》裡的石黑龍，大家都說是讓老爸「打造」出來的；老爸是鋼，他是石。

這些心思，鋼波沒讀出來。他看到的只是一對黃跡斑斑死氣沉沉的眼珠，並且想起十分不新鮮的死魚的眼睛。石鼓仔始終無語，看來也並不想接話。鋼波嘆了口氣，站起來拍拍兒子的肩背。「你自己想想吧。」這很詭異，鋼波的手掌剛接觸到石鼓仔的肩，那一瞬那場景他覺得很眼熟，連光影的方向和長度都似曾相識。彷彿很久以前他已夢見過這一天了，又像是更久以前他的老叔父也曾於某個午後這般掀開門簾走進房裡，用家鄉話對他說，一世流流長。繼而站起身來無奈地拍拍他的肩。

倘若那眞是一截記憶的碎片，那當時他一定還只是個小伙子。大概是在外面打架受傷，逃返老家暫避兼休養。記得有一回他在漁船上躲了半個月，天天晃晃蕩蕩，吃蚶補血。可傷口發炎流膿，一條手臂漲成醬紫色，腫得像大腿那麼粗，人還發燒暈厥，不得已上岸尋醫。村裡的老中醫與小兒子屏息給他放血擠膿，裂口裡腥臊撲鼻；血色發黑，聞著像一籮發臭的蚶蠣。

那一回折騰得夠久了。換回來莊爺的賞識，讓他正式在廟裡下跪上契，敬茶結義；拿過莊爺給的一套金碗筷，從此可於場合中以誼父誼子相稱。是那時候嗎？父親早年下海丟了命，進房裡來的是叔父輩，瘦瘦長長，幾十年日曬雨淋，人黝黑得像一長條影子。老叔父嘆著氣拍拍他的肩，用他這輩子總學不好的家鄉話勸說過他。當時他氣盛，必然很不耐煩地頂過幾句話。挑！你們吃粥吃飯看天阿公，我看莊爺。都一樣！

好像是那樣的，又似乎不是。年少的記憶已經離開他太遠了。鋼波撓破頭想了好久，只記得那些令人說不出來的鄉音，卻怎麼也想不起叔父掩埋在黑影中的輪廓相貌。

不管怎樣，那一天與石鼓仔的「談話」似乎有些效果。石鼓仔第二天便接受了鋼波的建議，到平樂居去幫頭幫尾，做些端茶洗杯的雜役。杜麗安半信半疑，卻也爽快答應，鋼波為此還興奮了數日。那幾天他特意約牌友們到平樂居喝下午茶，其實在偷偷監察。杜麗安可不留情面，即便鋼波的幾個牌友在座，她也照樣對石鼓仔呼來喝去，把他當一般雜工使喚。鋼波心裡揪得緊緊的，但想到石鼓仔或許真該學著受點氣吃點苦，便唯有陪兒子一同啞忍。

只是那樣過了幾天，連茶水頭手都敢對石鼓仔大聲說話，嫌他慢吞吞，走路腳跟不離地。「死蛇爛鱔！」那師傅這麼說。鋼波的老臉掛不住，卻發作無門，便漸漸失去熱衷。他也認清了石鼓仔不過是在平樂居打雜而已，低三下四；說是洗心革面，其實沒有比窩在房裡刨公仔書強多少。有此一念，他很快又回到賭桌上，今日橋牌明日麻將後天牌九，宿賭後回家倒頭便睡。

「你倒不好賭馬，」杜麗安語帶譏諷。「不然你愈活愈像我老爸。」

鋼波開車發生小碰撞那天，石鼓仔在平樂居當幫手還不滿一個月。就當天下午杜麗安逮到他躲在廁所裡吸白粉。這事杜麗安自然早看出蹊蹺來，其他夥計也一再向她告狀了，說石鼓仔經常挾著公仔書竄進廁所，往往在裡面一待便十多二十分鐘，霸占茅坑不痾屎。那可是公廁啊，被他那樣占用，就連顧客也時有投訴。杜麗安當面提醒過他，語多尖刻，卻無儆醒的效用。她便暗地留神，加上娟好奔走相助，發現石鼓仔每次進去廁所時，夾在腋下的都是同一本《龍虎門》。那公仔書皺得像一把唐山鹹菜，又像被他翻破的武功祕笈。這顯然很不對勁。杜麗安便差了在豬腸粉檔幫攤的印度少年「吉寧仔」，趁石鼓仔拿著書搶占廁所時，擔了把木凳到後巷，爬到廁所的小窗口窺看。吉寧仔氣喘吁吁地抱著木凳跑到櫃檯來匯報，說，裡面有蠟，蠟燭；火；錫箔，紙；白，白粉，白色的粉末。

杜麗安聽了臉色鐵青，她給吉寧仔賞了點小錢，囑他不要聲張，然後便把娟好喚過來商議。姊妹倆斟酌了一陣，決定由娟好去找個機會把石鼓仔的那一本「藏書」拿到手。娟好聽說是吸毒這麼大的事，她可表現得比杜麗安還要緊張，動作也就僵硬遲緩了些，幾次錯失良機，要到快打烊時才終於得手。那簡直像個燙手山芋，她鬼鬼祟祟地直衝到櫃檯，把捲成筒狀的《龍虎門》塞到杜麗安懷中。杜麗安放到抽屜裡打開一看，果然所有乾坤都在裡頭了。

就那天下午，杜麗安在大屋裡，把那一卷「證物」擲到石鼓仔腳下。「在找這個嗎？」石鼓仔眼睛一眨不眨地看著那些東西。他垂下頭，一對眼珠似乎隨時要從眼眶中滑落。只有他自己知道那一刻有多吃力。他在想一些辯解的話，也在想自己是否該道歉認錯，但他的思想馬上被這些問題堵死，腦中的一潭泥漿勉強冒出幾個泡泡。

石鼓仔俯身去撿他的工具，還把它們重新捲入那一本皺巴巴的《龍虎門》裡。

杜麗安本來已預備了要應對狗急跳牆的場面。她把劉蓮也叫來了，以爲石鼓仔在她們面前，至少該面紅耳赤地抖擻出最後一點虎威。然而石鼓仔什麼話也沒說，只是訕訕地彎下腰，屈膝去撿散落在地上的東西。她在那高角度看到石鼓仔弓起的背，粗大的尾龍骨如一支拗窮了的籐竹，一節一節，在單薄的背心裡突現。那像是一種萎縮的、鞠躬盡瘁的姿態，杜麗安沒來由地想起老人的駝背。

她長吁一聲，「你回漁村那邊吧！等你媽和你哥來教你，」她說。「你現在已經這樣子了。麗姨沒本事，管不了你，也養不了你。」

杜麗安清楚得很，吸毒的人哪有回頭路？她見過好幾個那樣的後生了，除了莊爺那油頭粉面的小兒子，其他的最後總落得人不人鬼不鬼。以前舊街場不也有一個苟活著的白粉仔嗎？幾次搶劫路過婦女的錢包和金項鍊，被街坊追捕，且老是被街尾雜貨行的夥計攔截，當場押在路上一輪拳打腳踢。終於有一回被打得斷了一條胳膊，杜麗安那時候還鑽進人群裡一塊兒圍觀，總覺得自己曾聽到「咯嘞」一響，清脆得很，彷彿那皮囊裹著的是一堆朽木廢材。傷癒後的白粉仔仍然在舊街場流連，人們說他撇掉毒癮了，卻變得混混沌沌，成了乞丐。有時候他會走到蘇記的攤子前，撮手討食。杜麗安會給他一些當天賣不完的食物，通常是鹹煎餅或炸油條，反正隔夜溢油，第二日就不能賣了。

不知道從什麼時候開始，那乞丐沒在舊街場出現了。蘇記說他被惡狗咬傷，得了瘋狗症，也不知橫屍在哪條倔頭巷裡。「橫豎是死路一條。」蘇記含著她的齙牙說。但杜麗安不知何故老以爲他只是在外面發現了新天地，並且一直懷疑那經常出現在橋頭至大華戲院一帶，推著腳車赤足行走的流浪漢，就是那白粉仔的變身。他把自己掩埋在層層疊疊的塵垢、毛髮、衣衫與年月底下。有時候杜麗安在大華戲院門外遇見他，他還會瞇起眼睛盯著她看，像是依稀想起某些湮沉之事。杜麗安還曾經把賣不完的鹹煎餅和娘惹糕帶給他。他歡喜無比，會毫不遲疑地把糕點都塞進衣兜裡。

因爲杜麗安曾經那樣施捨他，她甚至以爲這「瘋子」還有一點靈台澄明，其實對她是有好感的。所以她眞不敢相信以後他會那樣回報自己——五．一三那日，他甩著腳車鏈子狙擊杜麗安，把她逼進了鋼波的馬賽地大轎車裡。

現在這輛馬賽地看來像一輛笨重的坦克。前面的車牌就靠左邊的一支螺絲勉強釘住，咣啷咣啷亂晃。鋼波才剛把汽車開進院子裡便感覺到不妥。劉蓮青著臉從屋子裡走出來，哽咽著說，三哥走了。鋼波聽得腦中轟然一震，差點以爲石鼓仔出意外丟了命。劉蓮本來就不太會說話，多數時候總是怯聲怯氣，語不成句。待她抽泣著把事情說明白，石鼓仔已不知走得多遠了。

但劉蓮眞沒想到父親聽到這事，情緒會有那麼激動。她說石鼓仔收拾了那僅有的幾件衣衫，拎了個塑料袋離開，她跟在他身後連著喊了幾聲「三哥」，他都沒答應。劉蓮還問他，你回家嗎？回去媽那裡嗎？石鼓仔也不作聲，逕自推開大門，往大路那邊走去。

鋼波雙目圓睜，眼球充滿血絲，像紅色的葉脈。劉蓮被這表情嚇了一驚，她覺得鋼波像突然觸了電，而電流循環不止，就在他的身體內橫衝直竄，燙灼他的臟腑。劉蓮不禁囁嚅，她把舌床上一些零碎的話語嚥下。

鋼波衝進屋內，直奔上樓，一把推開杜麗安的房門。床頭的收音機沙沙地播著人聲，杜麗安正倚窗坐著，趁著日色將盡，她在天光與燈光交會的地方，掌著小圓鏡修眉。房門「砰」一聲撞上牆壁，她沒轉過頭來，只覷了一眼掌中的鏡子。鋼波就在那一面小圓鏡裡，多麼卑微。他在鏡中朝杜麗安怒吼。你你，你夠狠！

「我怎麼了？你問問阿蓮，我給了他五百元。仁至義盡。」杜麗安抬起下頷。「你自己算算他在平樂居才做了幾天。我給他五百！」

她說的是遣散一個雜役，鋼波說的卻是驅逐他的兒子，劉家老三。但鋼波被杜麗安的氣勢震懾了。他想，五百元確實沒虧待石鼓仔呀，可又隱約覺得這裡頭有些邏輯不通。於是他僵持著臉上悲切的表情，眼珠卻一直在轉，極似廟中被菩薩踩在腳下的羅刹。

「至少你得等我回來啊。」

「等你？」杜麗安拔下一根眉毛。就這一舉便讓那眉峰變高了，看來十分神氣。「你明知道的吧？你早知道你兒子染毒癮了。你招呼沒打一下就把他帶到我這兒。我是他什麼人啊？你還敢讓他到平樂居。」

杜麗安擰過頭來，左眉高高張揚。「你這做老爸的，眞夠意思。」

「以後該輪到做老媽的爲他操心了。」

鋼波和劉蓮都意料石鼓仔不會回漁村，卻也毫無頭緒他會往哪裡去。鋼波驅車去追，劉蓮也鑽進車裡。那車一路鳴笛，風風火火開到巴士總站。兩人在那裡等了將近兩個小時，直至最後一班開往漁村的巴士噴著一蓬黑煙離去，始終不見石鼓仔的蹤影。那時已萬家燈火，夜空看來像電影劇終後的黑銀幕。鋼波搖搖頭，對劉蓮說走吧，我餓了。

回去的路上車子稍經顛簸，兩人聽見哐啷一響。劉蓮問是什麼聲音呢。鋼波知道是那搖搖欲墜的車牌掉在路上，他只是渾身沒勁；頭沉甸甸的，腦漿如一罐硬化了再也攪拌不了的混凝土。他既沒有回答，也懶得停車去撿。

那天過去兩個月以後，鋼波因爲被警察攔路警告，付了二十元「喝茶錢」，他才心不甘情不願地去弄一個新車牌。至於那凹進去的車蓋，要不是後來下雨滲水，車子出了故障，他還眞打算不了了之。所以至少有兩個月吧，鋼波用硬紙皮製作了個臨時車牌，掛在車前湊合著用。杜麗安見他每日開著這龐大，老氣，甚至有點殘破和滑稽的老鐵甲出門，心裡說不出是什麼滋味。以前她坐在這車裡，車尾滿載了鋼波買來討好她家人的禮物。榴槤，海味，布料，成衣，還有他從漁村那邊弄來的鮮活魚蝦。車子停在她家樓下，杜麗安打開車門，朝樓上的窗口大喊，阿細阿細，快下來幫忙。左鄰右里都聽到了，大家都從門窗裡探出頭來張望，一些特別好事的還會背著手趨前，看鋼波像變戲法似的，不斷地從車尾掏出各種好東西。蘇記穿著木屐急急忙忙奔下樓，阿細和老爸則蹣蹣跟在後頭。杜麗安向他們招手。不管她如何自制，終究遏抑不了眉梢和嘴角的笑意。

這些豐盛的禮物，預告生活中的饗宴；這輛錚光明亮的大轎車，這男人。

她試探鋼波，以爲他沒錢修車。鋼波無精打釆地說：「我有錢，我只是懶。」

鋼波上次「出逃」歸來後未幾，杜麗安與他達成協議，以不需他負擔家用和房子的供款，並且把舊屋子給了他爲條件，著他把大屋轉到她名下。論算盤功夫的精到，鋼波自然比不得杜麗安，再說他回來後總覺得以後的日子就是餘生了，實在提不起勁再爲沒完沒了的供款與房雜伙食費頭痛，因此樂得接受獻議。兩人到律師樓辦妥割讓手續後，他靠著兩間小排屋收月租，平日小賭小飲，也能自供自足。只是他也意識到今非昔比，農曆新年時給小輩派紅包，出手再不比以往闊綽。

杜麗安留意到鋼波那註冊商標似的金項鍊和派頭十足的金手表不知哪兒去了，只有一枚鑲玉金戒指還戴在手指上。而無論如何，今時的鋼波終究像他的座駕，成了不修邊幅的老鐵甲。以前這輛車被他當寶貝，每週總得開到舊街場，讓拿了水桶蹲坐在路旁的印度孩童給清洗一兩遍。那些洗車童認得鋼波，知道他不吝賞錢，看見他便搶著喊「頭家」，洗車也分外賣力。杜麗安還曾目睹兩幫孩子爲了爭這生意而當街打架，鋼波在一旁笑著觀戰，那神情可眞得意。

如今這一輛馬賽地不知已多久沒好好清洗了。鋼波每天開著它在大街小路上轉悠，手工製作的硬紙皮車牌，用黑色馬克筆歪歪斜斜地寫上車牌號；乍看像掛在舊樓房門上的「待沽」或「招租」牌子。後來換上去的新車牌，卻又黑白分明，過於光鮮，與車子黯啞的顏色很不匹配。但鋼波不以爲意，杜麗安偶爾說兩句見嫌的話，他便會牛頭不對馬嘴地說兩句文縐縐的話應對。人活百年終是死，樹活千年終要燒。以前他出門前還得千方百計「梳理」頭上那少得可憐的頭髮，他現在可連衣服都沒認眞穿好，腳下穿的是十分耐磨的夾趾橡膠鞋，襯衫掉了鈕扣也不在意，總是等劉蓮把晾著的衣服收回來時發現了，主動替他補上。

杜麗安在外面對人提起他，也不叫「鋼波」了，改稱「老傢伙」。「他現在翹著腳安心等死。這叫什麼？對，苟且偷生！」

鋼波也自覺有那麼點萬念俱灰的意思。身體不行了，像他的馬賽地一樣，老是出各種小故障，也常常聽到車子裡裡外外發出零碎的怪響。像他聽見喉中欲吐難吐的痰，關節的彈撥之音，肺像老風箱，有時候甚至在睡著後聽到自己的鼾聲。他總懷疑自己的日子不長了，這竟讓他特別想念石鼓仔。每天他在會館與大屋之間往返，偶爾也開車到漁村探看，路上免不了左顧右盼，留神著會不會遇上石鼓仔。

而石鼓仔果然沒有回去老家。自那一天拎了個鼓鼓的塑料袋走到大屋門外，除了劉蓮一直目送他的背影消失在路口的拐角，似乎誰也沒再見過他了。漁村那邊一直不曾接過他的電話。杜麗安疑心他走投無路，會回到都門去找阿細。有了這疑慮，她便打電話到都門酒樓，跟阿細說了石鼓仔的事。

「吸白粉啊，你知道這種人有多可怕。他是個廢人了。」杜麗安頓了頓，覺得自己這話說得略重，弟弟也許聽得刺耳，心裡反而更同情石鼓仔。

「他如果去找你，你盡了心就好，不要一腔熱血講義氣，做好人。長貧難顧，你幫不了他，還會給自己惹麻煩。」

阿細含糊地答應了。杜麗安嘆了口氣。「阿細，你知道『三衰六旺』嗎？」

阿細自然是不知道的。要不是聽金不換吟吟哦哦地嘮叨過幾遍，杜麗安自己恐怕也不會記得住。

「三衰是指身衰，家衰，運衰。」她說。「一個衰人啊會連累全家，也會連累身邊的人。」

她沒聽到阿細的回應，但她感覺到弟弟在那一端點了點頭。

金不換少年拜師入道門，只將就著讀了幾年書，對於那「三衰六旺」的講解顯然有誤。可杜麗安並不曉得，她倒是親眼見證了自從石鼓仔「身衰」以後，漁村那邊接連出事，果然應驗了「家衰」之說。先是石鼓仔的大哥半夜騎摩托出車禍，動了幾次手術，兩條腿終究一長一短，十分怪相。再來是老二的一對兒女驗出了地中海貧血症，據說得一輩子依賴輸血，還得打針服藥，而且醫生預測兄妹倆約莫只能活十來二十歲，怎不弄得那漁村小家庭愁雲慘霧。孩子的父母被沉重的醫療費壓得連漁船都得脫手賣掉，後來經別人引路，找上當地一名報社通訊員，在報上發了求助新聞。

新聞刊登出來以後，鋼波暴跳如雷，氣得扔下報紙，執起電話朝那邊的老婆咆哮，差點沒跟老二家斷絕關係。杜麗安心知他氣的是這事情讓他丟臉。畢竟是「建德堂前堂主」啊！鋼波自知過去多與人結怨，而今他們家得涎著臉求人賑濟，心裡恨他的人自然是要稱快的，其他街坊和舊兄弟亦不免拿他的折墮當笑話，說是「現眼報」。這事讓他連那殘碎的一點餘威和幻想中的尊嚴都保不住了。

杜麗安心裡冷笑。她差吉寧仔去買了一份當天的報紙，確見圖文並茂。也許是因為黑白照片的效果吧，劉家老二與妻子皮膚黝黑，土頭土腦，果真像日曬雨淋的漁家人。兩個生病的孩子瘦得像風中柳，頭顱特別大；眼距寬，前額突出，女的還明顯長了一雙鬥雞眼。那是杜麗安頭一次看見「那邊」的人，心裡也不覺得異樣；芸芸衆生，終是陌生人比相識的人多。

「天呀，眞可憐。」她拿那報紙與娟好分享，兩人都嘖嘖慨嘆造化弄人。杜麗安還從劉蓮那裡得知她老媽的身體也不好，年輕時就落下的風濕病，這兩年愈來愈嚴重，兩只膝蓋都歪了。「那邊現在是多事之秋。」她這麼對娟好說。後來連鋼波也病倒，漏夜被送進醫院。杜麗安遂而把話改成「他們劉家啊，多災多難。」

鋼波先是胃潰瘍，排出的糞便烏黑如炭。在醫院裡才躺了幾天，又發現內痔壞死，盆腔膿血不止。英雄還怕病來磨，何況鋼波入院前早已神虛力弱，以前多少年的鍛鍊都在這兩年間斷送在賭桌上了。在醫院裡躺了十天，他出院時得拄著手杖，走得步步爲營。劉蓮本想喊護士推一台輪椅過來，被杜麗安小聲阻止。「你以爲你爸會坐上去？輪椅？你大概想把他氣得吐血了。」

鋼波住院那些天，杜麗安如常守著平樂居的櫃檯，只有在打烊以後才拿些吃食過去。她給他剝橙，切蘋果，把打包帶去的湯麵倒入碗中，備好筷子湯匙和小叉，都放到他床畔。鋼波住的是三人房，他的床位在中間，正對著架在牆上的電視機。當時電視上就兩個國營電視台，幾乎全天候馬來節目，鋼波總嫌馬來語聽得人厭煩，也不知從哪裡找來一台小小的便攜式收音機，放在枕邊獨享其樂。

杜麗安坐在床前，心不在焉地看著電視螢幕，偶爾聽鋼波提起今天有什麼人來探望他了。漁村那邊路遠，人來得不勤，但老二總算是帶著老婆來過一回的。他們都交代劉蓮照顧鋼波，而劉蓮雖然與父親沒怎麼談話，卻每日例必報到。有一回她漁村的老媽與兒子媳婦帶著孫輩和親友過來，老老少少十口人，剛好碰上兩個江湖朋友來探望，好大的陣仗。據說左右兩名同房病人投訴人聲太嘈雜，又說空氣不流通，鬧了點風波，得勞煩護士來調解。

「說到吵鬧，」鋼波睨一眼左邊床上的印度人。「他們家裡只要有三個人來了，頂得住我們十個。」

杜麗安沒接話。她看一眼躺在那裡的印度老漢，再看看坐在另一張床上專注看電視的馬來青年。鋼波還要接下去說「吵鬧是一個，還有他們身上那股騷味啊……」杜麗安打斷了他。她說你快把麵吃了吧，我洗了碗筷要回去了。

在醫院十日，鋼波沒機會碰賭具。出院後沒幾天，雖步履蹣跚，他已急著到會館去築四方城。杜麗安沒心思理會他，倒是劉蓮一臉擔憂，忍不住開口讓他注意痔瘡的毛病。「爸，你一整天坐著打牌，不好吧？」鋼波半點沒體會女兒的憂慮和關懷，他不耐煩地揮了揮手，依舊說著那一句「人活百年終是死」，便俯身鑽進汽車裡。那舊車燒的是柴油；車尾抖了抖，烏賊似的，一蓬黑煙直噴劉蓮腳下。

杜麗安站在陽台上俯瞰這一幕，心裡也抖了一抖。不知怎麼無端端想起多年前伏在娟好胸脯上的矮瓜臉。「還是女兒好啊。」她心裡感嘆。

劉蓮確實心地很好。杜麗安好歹與她相處好些年了，知道這女孩就不懂得替自己打算。前陣子劉蓮從銀行的儲蓄裡掏了一筆錢給她二哥，幫補兩個孩子的醫藥費。每年農曆新年前，她都會去剪兩塊布料，用工廠裡的設備給母親做兩套新衣服。幾個姪兒姪女上學以後，她裁布還不會漏了幾個小輩的一份。她只是不捨得把錢花在自己身上，塑料布做的衣櫃裡來來去去就那幾件T恤長褲，還有幾套出不了場面的衣裙。最近漁村那邊事事不順，母親的日子不好過，她每次回去都拎了奶粉，罐頭沙丁魚和茄汁黃豆，美祿，梳打餅和快熟麵等等，雜七雜八，像賑濟品。

杜麗安打趣說，阿蓮你不如回去開一間雜貨店吧。

就那天杜麗安開車把阿蓮送到巴士總站，然後繞路去到五月花。小旅館裡的時間輕飄飄的，杜麗安睡了醒來，醒了再睡；短促的夢中不斷響著樓板上的腳步聲與門外細碎的聒噪。男人在身後抱緊她，摩挲她的背，拿鼻尖碰觸她那耳垂與頸項銜接的敏感之處，她渾身一顫。「那是什麼樣的感覺？」葉望生又把鼻息噴上那禁忌地帶。

「如遭電殛。」她說。說時覺得自己正在融化，彷彿身體逐漸化作液態，正緩緩滲入床墊。

男人笑而不語，像在咀嚼這答案。杜麗安低下頭。他的兩手停留在她的小腹上。她把自己的手掌疊上去，她說，望生。

我在。

杜麗安喜歡聽他這麼回應。她閉上眼，感受那一句「我在」。它溫暖，甜美，如一朵小火焰於她心裡融化。

「我想要一個女兒。」她說。

「女兒？收養一個？」

小腹上的手正逐漸移開，她抓住它們。「不，我要自己的女兒。」

這讓葉望生沉默良久。杜麗安慢慢鬆開他的手，他沒有馬上移開，彷彿他的雙手在以十個小指頭聆聽腹中的動靜。

「別擔心，我不會讓你惹麻煩。」她旋過身，對他笑。笑意很淺，目光卻沉重，如船錨投入他的眼中。

「沒聽清楚嗎？我要的是我自己的女兒，不是『我們的女兒』。」

葉望生聽懂了，這女人並不期望與他過人世，她沒有要與他偕老的意思。但葉望生對這要求充滿疑慮。一條生命，他的精血，一塊呱呱墜地的骨肉，一個身分。這牽涉方方面面，它將會是個龐大和複雜的謊言。不，這只是一個謊言的起點。不能草率，不該魯莽。他仍然環腰抱著杜麗安，試圖說些別的什麼話好引開話題；他的雙手往上移，嘴裡又開始噓氣拂動她頸後細細的茸毛，但杜麗安只起了一陣雞皮疙瘩，她縮起雙肩。

杜麗安撥開他的手，解開自己。她站起來，用手理順兩鬢的亂髮，再拿起床頭櫃上的陶杯，掀開蓋子喝了一口茶。葉望生坐在床上看她慢條斯理的樣子，看她把黏到舌尖的菊花瓣拈下來。這一刻的杜麗安何其美麗。他以前見過了，以後也沒忘記她如此平靜淡然的面容。上一回她說要暗中置業，他當中介，帶著她去和業主談判。那時她也這樣喫茶，從舌尖取下鐵觀音葉片。她既沒嚷叫，也沒見唇槍舌劍，但兩間風水鋪被她成功壓價盤了下來。事成後杜麗安主動給他佣金，就在車上，她從手提包裡掏出一摞鈔票，動作優雅得就像從舌尖拈下茶葉。

「怎麼給現金？用支票不是更方便嗎？」他接過那摞鈔票，隨手塞進褲袋裡。

「故意的。」她發動引擎，戴上她的太陽眼鏡。

如今她半身站在檯燈的光暈裡，臉部在陰影中。她的裸體在發光，小腹弧度完美，下面的三角洲芳草萋萋，像一尊放在燈下展出的雕塑。她不再是他所認識的杜麗安了；那個容易顫抖的杜麗安，他曾於月光中親手引領的女人。

「你不是說過打算跟人家拆夥嗎？」杜麗安再啜了一口菊花茶。她眼角盈笑，老闆娘的表情，似乎成竹在胸。「你想買下人家的股份，對吧？」

拆夥的確是葉望生的說法。他開口向她借錢，也曾遊說她入股，杜麗安謊稱現金都拿去買了房產。其實她只是不信任他，也對他做的生意不感興趣。葉望生這人聰明浪蕩，做事不踏實，虛榮心也重，特別嚮往公子哥兒的生活。當初在成衣廠當財副時帳目便屢屢出問題，以後他出來搞建材公司，信譽也不好。這些年杜麗安耳聽八方，早已心裡有數。這次與同伴鬧拆夥，據說是因爲他挪用公款被對方揭發。要是不能把帳目裡的窟窿塡上，很可能就得對薄公堂。

「我三十八歲了。」杜麗安放下半杯早已涼透的菊花茶。「現在生孩子，已經是高齡產婦。」她兩手疊在胸前，翹起一邊嘴角裝了個苦笑，始終沒有迴避葉望生的眼睛。「但我還是想再博一次。」

葉望生不說話。他凝視這個女人。這樣過了半晌，杜麗安動也不動，像一尊含笑的蠟像，面容始終尊貴而權威。

「知道我在想什麼嗎？」葉望生躺下來，疊起手掌墊著後腦勺，角度更低一些。

杜麗安只眨了一下眼睛。

「你站在那裡眞像個古董花樽，太名貴了，誰也碰不得。」

那天以後，娟好又接到了給杜麗安燉藥的使命。這一回杜麗安還親自諮詢了一位婦科醫生，把「日子」準確算出來。娟好既興奮又疑惑，而杜麗安則神祕兮兮，又使出她那一套完美無瑕的應對功夫，執意不肯透露什麼。娟好那一點道行，三番兩遍拐著彎打聽也沒套出個所以然，心裡多少有點鬱悶。

那藥滋陰補陽，是接生婆給的祖傳藥方，一堆稀奇古怪的材料。娟好得提前到印度肉販那裡預訂羊肉，日子到了便得起早去取，放到平樂居的大冰箱裡。茶室打烊後她把羊肉帶回家，翌日凌晨三點多強行起床，連著中藥鋪買來的藥材放進沙煲，四碗水小火熬成一碗。娟好強調這藥必須燉好了趁熱喝，而且還得用柴炭燒火。這樣每週燉一回藥，她那天非給自己熬出一雙黑眼圈來不可。這可又讓娟好與杜麗安有了竊竊私語的話題，重溫她們過去的親密。平樂居其他婦人不知是羨是妒，反正隔三岔五總忍不住揶揄娟好一番。也不知哪個婦人帶的頭，背地裡給娟好取了個代號，叫「二十四孝」。

2.

上午十一點，太陽一點一點升溫，像把所有生物放在一個大沙鍋內小火慢熬。外面的大路上車輛川流不息，你向路的分支張望，五月花匿藏在城市的濃蔭中。

瑪納像是從天而降，從你沒意料到的店鋪後巷裡行來。這天她穿著樸素，但腳上穿的是綴了單瓣菊的鬆糕鞋。你站在路口等她，看她笑著向你走來。她裸露在七分褲外的小腿修長纖細，讓她看來娉婷秀美，像天橋上錚錚的模特兒。她讓你自豪。那是五月花的後巷，髒亂老舊，一隻虎紋貓在牆頭用走鋼索似的步伐慢行，不時低頭留意牆下的溝渠是否有老鼠竄出。

這是你第一次看見光天化日裡的瑪納。她在強烈的日照下看來神色憔悴，但她略施脂粉，用橘色肥紅與泛著油光的褐色唇膏潤飾自己。你伸出一隻手來讓她抓住，再甩一甩頭，說走吧。你們的十指扣在一起，瑪納的手指修長，手掌也寬；你喜歡在黑暗中觸摸她的指掌，感受那十指的倔強與不安。你總說那樣的手該屬於音樂家。鋼琴吧，會跳舞的手指。現在你拿自己的手指扣住她的，發現兩個手掌竟十分熟悉彼此。那些手指相互渴慕，它們服服貼貼地歸順對方，像五對別離在即而萬般不捨的情侶。

你們去看電影，再共進午餐。瑪納比較享受電影院裡的時光。電影院在購物商場頂樓，電影開映前，你牽著她的手在商場裡閒逛，站在那些裝置華麗的櫥窗前瀏覽。瑪納信步走，隨意停留。她在看櫥窗內的商品，你在看你們在玻璃上的身影。在那些鏡面上，你與瑪納是兩團暗影，幾乎失去所有細節。你笑，但笑容很淺，在玻璃上完全不能顯現。

日間的電影選擇不多，你們挑了一齣看來比較溫情的英語片。溫馨幸福的家庭，悲劇的降臨，死亡的陰影；逝者已矣，生者猶念，愛無敵。午間場次觀眾不多，戲才放映了一半，你們已開始聽到人們的抽泣。終場時你們不自禁地轉過頭去，看見人們的臉上播放著銀幕上的光影，幾乎每個觀眾的臉上都有淚痕。你與瑪納卻相視而笑，心如石鐵。戲裡的世界太過遙遠吧，那種父慈子孝，姊妹情深的家庭；那種草坪與沙灘上的聚餐；那些至親之間的關懷與嬉鬧；那揮灑不盡的夏日陽光；那樣在幸福圍繞與天使的祝福中闔上眼，漸漸死去。

但瑪納看電影顯然要比你投入些。你注意到她臉上的表情十分認眞，眼睛像兩盞煤油燈，裡面閃耀著明晃晃的光。有好幾場戲，你留意到她與戲裡將死的女孩一同微笑。你握住她擱在扶把上的手。因覺那手的冷，你搓揉它，磨擦它，給它溫暖。

走出電影院，瑪納適應不了外面的光，似乎比出門時更疲憊一些。你們找了一家別緻的小餐館，安靜地聽了一會兒那裡播的鋼琴音樂。音樂裡滲著潮汐之聲，你說你知道這音樂，叫「Tears」。之後你對瑪納說了許多關於電影的事，包括小說《告別的年代》就是那麼開始的，陳金海死在電影院裡。小時候你總覺得電影院是一個神祕的地方，一個龐大的黑箱子，因爲人們都坐在黑暗中，便像是一起在偷窺銀幕上的人和事。

你記得此生第一次走進電影院，細叔去排隊買票，母親拖著你的手到零食小攤那裡買了一小盒沾滿糖粉的彩色糖果。你捧著那一盒糖果，坐在座位上就著燈光小心翼翼地分辨每一顆糖果的顏色。帷幕拉開時，影院裡的燈火倏地熄滅。你拿食指和拇指拈起一顆糖果，把它放在光幕前。從那時起，你只能靠舌頭上的味蕾去辨識它們了。

母親也已經很多年沒看過電影了。她比你興奮，從走進電影院的那一刻開始，便不斷驚嘆著「現在的戲院比以前好多了」。看過電影後你們去吃宵夜，她仍然興致勃勃，一定要向你描摹過去的戲院，說得詳細而急切，好像她深怕你會遺忘一個本不屬於你的年代。

母親說，以前的戲院分成樓上樓下兩種座位，坐樓上的座位看戲時不必昂起頭，票價使高一些。兩種座位一律用暗紅色的人造皮革裹著海棉做座墊，觀眾起身後座墊會自動彈起往上摺。經常有人會惡意破壞那些椅子，最常見的是用利器割破皮革，讓它綻開裂口露出裡頭的海綿。木製的座位扶把上會有叮人的虱子，許多父母爲了省錢，會把年紀不大的小孩安置在扶把上。孩子們得一邊看電影一邊搔癢，完場後大腿與屁股必然一片紅腫。

你後來問詳細了，事實上母親這一生到電影院的次數屈指可數。她印象最深的是她母親最愛看的山歌片《劉三姐》。也就那一次，母親的小屁股被木虱叮得痕癢了兩日兩夜。因爲當時年紀小，她實在也沒記住電影裡的故事和內容，只記得戲裡的古裝男女鎮日撐著小艇在雲霧山水中放歌。你亦如此，你也確實忘記了那一晚你們三人看的是哪齣電影。只記得刀光劍影，兵器相碰和拳腳之聲大得嚇人。你好奇地東張西望，想看看人們看電影時都在幹什麼。其間你感到尿急，母親著細叔帶你到廁所解決。你把糖果盒子蓋好，跟隨細叔從許多人的膝蓋前走過。細叔伸手要拉你，你只抓住他的一根食指，兩人沿著長廊走到廁所。你解手時他站在身後等著，你們站了好一會兒，你終於忍不住轉過身對細叔說：「你看著我，我尿不出來。」

一定是細叔把當時的情形告訴母親了。他說你甩著小雞雞轉過身對他說話。就那一瞬間，膀胱竟然使出力來。一注弧形的尿液往他射去，他馬上彈開，但尿液已濺上他的舊皮鞋，還沾濕了他的褲腳。細叔沒斥喝你，但你漲紅了臉，低著頭跟他回到座位上。沒過幾分鐘，當電影播到一個對歌場面時，母親突兀地放聲大笑，坐在你們前排的人都擰過頭來。

瑪納聽到這兒不禁咧嘴笑，露出十分整齊的兩排牙齒。你也笑了，而忽然又感傷起來。那其實是天倫之樂了，只是彼時你心思粗糙，並不察覺。你要在幾天以後才知道，你們三人看電影的那天原來是母親的生日。難怪她一個晚上都在笑，像新娘子笑的那樣美滿。

「但我媽的牙齒不如你的好看。」你說。母親笑起來嘴巴張得好大，完全暴露她那本來不太明顯的，發黃的牙齒。吃宵夜的時候，她取笑你在戲院廁所給細叔「斟茶」，又說你拿童子尿獻寶，說時還扯著你那短褲上的鬆緊帶，作勢要脫下你的褲子。店裡的食客和夥計都在看你們。你扭動身體，尖聲叫嚷著掙脫了她。你覺得她太張揚了，她笑時嘴巴那麼大，聲音那麼響亮，動作那麼誇張，彷彿刻意要讓周圍的看客誤以爲你們這是幸福的一家。

你和瑪納走的時候，餐館裡播著管弦樂演奏曲。瑪納爲了某支曲子在櫃檯那裡多站了一會，可她終究沒等音樂播完便拉著你走了。你建議到街上走走，但瑪納不同意。她輕揉太陽穴弄了個痛苦的表情，再合起雙掌枕著臉頰，告訴你她得回去休息。你唯有牽著她的手，跳上一輛德士。外面的陽光與暗影不相伯仲，都十分茂盛，瑪納戴上她的太陽眼鏡。相對於她的巴掌臉，那眼鏡有點大得離譜，讓你想起蒼蠅的複眼。她挽著你的手臂，斜斜依靠著你，把頭枕上你的肩膀，似乎即刻入眠了。街上的光景在她的太陽眼鏡上流動，像一齣默片。你看見馬來司機的雙眼浮在望後鏡裡，不住打量你們。你閉上眼，歪著頭，輕輕靠上瑪納的頭顱。像一艘小船碰上橋頭。

你想，以後你若寫小說，這一幕必定會出現在你的作品裡。

你們在路口下車，瑪納似有顧慮，不願與你同行。她鬆開手指，將手從你掌中抽離，然後兀自走入來時的窄巷裡。她在巷口旋過身向你揮手，示意你走吧，各走各路。你便踏步走了，但馬上回身溜到巷口。你站在牆後探頭張望，看著瑪納一直行到五月花後門，打開那一扇老早生鏽了的破鐵門。你在五月花這些年，從未看見有人打開過那道門，那門上拴了一個看來十分古老卻仍然牢靠的鎖頭。小時候你曾想打開它，你覺得門外的巷子看來十分神祕，像鏡裡的世界一樣奇異。那時候你常常幻想巷子裡住了一個神奇的小孩。你把這想法透露給母親知道，她說你撞邪了。

細叔說那門太久沒使用，他已經遺忘了鑰匙放在什麼地方。

瑪納打開鐵門，那裡鎖著五月花荒廢了的後院。野草和絲茅從水泥地的裂縫裡抽出，地上印著不少稀爛的鴿糞。她還得再打開另一扇鐵門，才能進入五月花樓底的廚房。那廚房也算是一個被廢棄的地方，鋅盆上的水龍頭偶爾還用著，灶頭下擱著的是空了的煤氣罐，灶君的神龕也多年未見香火。那裡有一道狹窄的螺旋梯可以通往樓上，那是五月花的太平梯；鐵做的踏階與扶手俱已朽蝕，那些老弱臃腫的妓女們不可能使用它，平日只有鄰里的貓會利用它扶搖直上。瑪納從那裡上樓，難怪可以避開終日昏昏的門房老伯，以及坐在前面大樹下的幾個老妓女。

你回到五月花，忍不住先竄到廚房與後院檢視一番。原來兩道鐵門都已扣上新鎖頭，那一定是細叔的意思。他讓瑪納有自己的專用通道，讓她從後門出入。他不想讓五月花其他人看見瑪納；他果然把瑪納收藏起來，當成自己的祕密。

下午你値班時，心裡一直揣度著瑪納和細叔之間的事。你對他們兩人都知道得太少了，故事的留白處太多，便有無數的可能性，也使得猜測本身成了虛妄的事。因爲神不守舍，你那天工作出了不少小狀況。快要打烊時，有個被大家叫做「黑傑克」的同事，在一塊賣不完的炸雞胸上放了一根小蠟燭，點燃它，拿到你面前，高聲唱起生日歌。另外幾個同事馬上加進來起鬨，你拗不過他們，便眞的對著一塊炸雞許了個空妄的願望，把蠟燭吹熄。

在吃那一塊炸雞胸時，帶頭搞怪的黑傑克與你聊天，說他今天中午看見你了。「那女孩好標青，美呆了。」他說著握拳捶一下料理檯，又在你臂上來了一下；一副既羨又妒，咬牙切齒的模樣。你被他逗樂了，禁不住搖頭笑起來。

「那蛋糕肯定也很貴！」他挑一挑眉。「看你摟住那麼漂亮的女孩一起吹蠟燭，我心裡狠狠咒了你一下。哈，臭小子，好傢伙。」

你愣了一下，忽然覺得不好笑了。你馬上意識到黑傑克遇見的人並不是你。那一定是J吧？他果眞與你在同一天出生。你和他住在同一座城裡，一人在前台，明亮的聚光燈下；另一人在後台，城市長滿黴癍的陰影中。你和他都摟住自己心愛的女孩，慶祝你們共同的生日。你不喜歡這想像，它揉進了讓人不悅的現實；你又想起小時候總困擾著你的某個想像——那與現世錯開的鏡中世界。你凝視鏡中男孩身後的背景，並幻想鏡上有個隱藏的按鈕或門把，也很可能得靠某句暗語，鏡裡的孩子就會開門讓你入內。那裡會有你從未得到卻已然失去的一切。

下班時已是午夜，黑傑克主動提出開摩托載「壽星」回家。你騎上後座，那摩托像脫韁野馬似的在空落落的街上狂奔。黑傑克顯然不願意回家，便不管你的意願，堅持要載你兜風。肯德基店裡的同事間早有傳聞，說黑傑克是個同性戀。你擔心的倒不是這個，你只是想起凌晨回到五月花的瑪納。她會躡足走進你的房裡嗎？你不想給她一張微涼的空床，不想錯失她給你的體溫。

黑傑克開車如同玩命。週日的午夜，城市街頭一片闃靜。黑傑克像是要炫耀這台新摩托的性能，他讓它盡情呼嘯，而且見路便拐，經常在交通燈由黃轉紅的瞬間衝出去，也幾次把煞車器踩得尖聲作響。這要是在週末夜裡，肯定會引來不少街頭賽車手，也會有許多年輕男女在路旁尖叫助興。這些人或許此刻就簇擁在黑傑克的世界裡，不然黑傑克不會這般亢奮。他弓起背，彷彿已經看到跑道的終點。

在一個眼看要轉紅的交通燈前，你拍拍黑傑克的肩膀，說你想下車。

黑傑克沒有依言煞車，反而加了把油，又一次硬闖紅燈。過了那十字路口以後，他才把車速放慢，直至摩托不再虎虎咆哮了，一整座城市又回復該有的安靜。黑傑克依然在他自己的世界裡，他聽到音樂，低音鼓打的節拍，便開始開懷放歌。那是曾經風靡一時的印尼流行曲〈依莎貝拉〉，兩個世界的愛情故事。中曲時他啞著嗓子吶喊，**Mengapa kita berjumpa, namun akhirnya terpisah**。既然最終分開，何以讓我們相遇。你問黑傑克是不是剛失戀了，他哈哈大笑。

「好，我帶你看看這城市。」黑傑克開始說起話來，像個興致勃勃的導遊。他說帶你去看「身裁嚴重走樣後還堅持穿緊身衣裙的妓女」，她們都無聊地站在樓道口抽菸。有一回他看見自己酗酒的父親躺在店鋪的五腳基上呼呼大睡。

「他攤開四肢躺在那裡，我以爲他死了。」

你沒有說話，只覺得黑傑克在一寸一寸地打開他那世界的大門，邀你進入。但那世界予你毫無吸引力，那看來是另一個黑暗無光的所在。你倒是無端端記起母親有一回與酒醉的嫖客大打出手，她試圖踹對方的卵袋，也用力揪對方的頭髮，自己的臉上則挨了一拳，好幾天都消不了瘀痕。但那男人終究被轟出去了，細叔和其他閒著的妓女都來幫忙，拳打腳踢，擰著他的胳膊把他推出五月花。你爬到木凳上，開窗朝樓下張望，見那男人摀著胸口，蹲在路旁嘔吐。

「這邊有的是奇花異卉，素質很高呢！」黑傑克沿著一個小商場拐到旁邊的支路上。那裡有一長排三層樓高的店屋，夜裡底層的店鋪全都打烊了，而樓上的營生在天入黑以後才開始。你早聽說過這裡是城中有名的人妖聚落。那些人妖你也見識過的，「她們」穿大露背超短裙，配細帶高跟鞋，臉上的妝化得很細，身體的叫價卻與那些連口紅也沒認眞塗好的暗巷老妓女相同。你曾在一輛德士裡被幾個人妖堵在後座，瞅見司機把手掌放在前座那濃妝乘客的大腿上。她們讓你感到噁心，如同喉嚨裡黏著一條活壁虎。

城中的人妖多爲北地越境來的胭脂，跑碼頭似地三幾個月一幫一幫地換人。她們的謀生地比較集中，眼前這排店屋便是現成的大櫥窗，方便顧客選擇。現在這時刻，幾乎每個樓道口的燈下都站了好幾個。她們都偏瘦，臀窄腿細，上半身卻凹凸有致，而且都濃妝豔抹，粗黑的眼線勾得像印度舞孃，又像大戲花旦；湊在一起看，確實多姿多彩。

黑傑克把車速放得很慢，並且一直在朝那些難辨眞僞的「女人」吹口哨，放肆地喊起一些大膽的調戲之言。他那麼興奮，以致把握不住平衡，車頭有點搖晃了。這比飛車更讓你暈眩，總覺得胃囊鬆脫了，就在身體內晃蕩。你說嘿走吧，我要回家。他聽出你話裡有一種堅決的意思。「好吧，最後再帶你看一個薄荷味的，夠清新！」他說著猛地把車速加快，也不管你答不答應。你被那衝力一扯，只感到斗轉星移，胃裡湧出一股肯德基原味炸雞的味道。

「看！前面穿長裙那一個！」黑傑克高嚷起來，隨之狠狠地吹了一長響口哨。

前面的樓道口聚集了三個看來比較年輕，打扮也不那麼花俏的「女孩」。一個穿緊身牛仔褲，一個穿短裙。穿波希米亞風長裙的那個倒是背向著你們，緊身小T恤讓她的背影看來十分高挑苗條。三個女孩被黑傑克的哨聲引得一起轉過頭來，你想你是認識她的。即便不是這長裙，即便不是那背影，或是這臉龐，你總不至於認不出她腳下的鞋子。那一雙鬆糕鞋綴著精緻的白色單瓣菊，那是你親手爲她做下的記號。

你與長裙女孩只對視了一眼，黑傑克加了把油，他的摩托便像離弦的箭，呼嘯著飆進長街盡處無盡的夜色裡。那一眼實在太短促，長裙女孩來不及驚訝。此刻她臉上會有怎樣的表情？你回過頭去，那樓道口只剩下三個纖瘦的人影；她們愈來愈小，愈來愈模糊。

黑傑克似乎還在對你說著那些妓女與人妖的風月事。但摩托在凶猛地咆哮，風聲也鋒利地划過，你只聽到他的語音被風切割得零零碎碎。也許他在唱歌吧，他扯開嗓門忘情地唱。噢她，依莎貝拉，愛情隨枯葉一同飄下。

晚間的風連同夜色從你的口鼻與耳朵灌入。你猛力搖晃他的肩背。停車！停車！黑傑克緊急煞車，摩哆輪胎在路上擦出尖銳的響聲。你跳下來，因爲覺得暈眩，腳下像踩著如幾個空夢疊成的柔軟墊子。你搖搖晃晃地退了幾步，緩緩蹲下。周圍的景致慢慢旋轉，很快被攪拌到漩渦般的夜空裡，彷彿有人在天外抓起瓶子搖晃這個世界。黑傑克的臉在空中浮現。他一臉關切，問你怎麼啦。你搖搖頭，一股炸雞味的氣流從胃裡逆衝，你打了個嗝，嘔吐大作。

3.

說來是韶子出道後不久的事了。那一年，海那邊一批知名度很高的傳媒人與文化人轟轟烈烈地創辦了《文學聯邦》月刊，創刊號上出現了一篇筆風獨特，內容也相當大膽（就那相對純樸的年代而言）的短篇小說〈屠子〉。

在那小說中，屠夫石雙修年輕時便繼承父業，在菜市場一隅賣豬肉謀生。中年喪妻後，石雙修與子女決裂，從此以女裝打扮出現，卻仍然以賣豬肉維生，並與同在一處開檔賣肉的兒子媳婦競爭，成為菜市場裡的奇觀。小說結尾時石雙修診出了乳腺癌末期，他死前到影相樓裡拍好肖像，留書指定要以何照片做車頭照，並表明要以女裝入殮。唯其兒女家人經商討以後，決定「給石雙修保留最後一點顏面」，非但未遵循其遺願，還製造諸般假象，對外謊稱石雙修是因睪丸癌（也有親友聽說是前列腺癌）不治去逝。

這只是個故事梗概，小說文本自然要寫得比這還原後的版本精采多了。據說〈屠子〉技法繁複，作者用了大量意識流的手法，再加上永不止息的時空跳躍，以及「寫實度很高」[1]的性欲場面描寫，意識前衛，尤其是它出現在萬衆矚目的《文學聯邦》創刊號上，並且獲得主編點名推薦，因此在當時廣受注目。這也是因爲出版社爲了打書造勢（也有人說是因爲出版商錯估市場），那創刊號屬「半賣半送」性質，印書量遠比實銷量多，其中七成都成了贈書，被分發到國內外各文化單位、學校及圖書館，也有一些流落到尋常百姓家，且後來多被廢品商收購。也因此，〈屠子〉流傳得特別廣，影響也特別深，以後多次被學者和評論家們放到論文中，作爲「本土文學轉型期的前鋒之作」的重要典範。

這些還都不是〈屠子〉讓人留下深刻印象的主要元素。但凡讀過這作品的人都記得作者署名「石雙修」，與文中主人公同名，而主編還在文末註明作者來稿並未附上個人簡介，並促請他盡速與編輯部聯繫，補上其通訊地址與聯絡方式，以便會計部發放稿酬。只是《文學聯邦》因「內部問題」，推出第二期後便宣告停刊，成爲史上壽命最短的大型文學刊物，也讓這兩期《文學聯邦》彌足珍貴。根據後來的跟進報導，〈屠子〉一文的作者石雙修始終不曾與該刊聯繫，且日後也一直無人自承爲該文作者，因而「石雙修」的眞實身分始終是個不解之謎。

就在韶子與第四人都死了以後，有些人因爲韶子的傳奇色彩而聯想起無人認領的〈屠子〉來。也因爲韶子是這麼個奇人異士，人們雖無從解釋，也毫無憑證，卻很自然地一致相信她極可能是「石雙修」。這種猜測傳到韶子一些親友那裡，他們也證實韶子小時候住的新村裡有一個大家庭，他們的獨生兒子小時候喜歡和姊妹們一起玩換裝遊戲，長大了變成陰陽怪氣的娘娘腔。後來這人也

1 見《文學聯邦》創刊號之〈主編的話〉。

娶妻生子，直至人到中年才被兒女發現他偷偷藏了不少女裝衣帽鞋子，還有一箱子女用香水和化妝品。這事使得他被家人唾棄，而他索性豁出去，以後改以女裝示人；厚厚的兩瓣嘴唇塗了辣椒紅，穿著「鞋跟長如棺材釘」的高跟鞋，成了村裡的奇譚。

他們說，「麗姊」與這位穿女裝的男人交情不錯，似乎還曾一起同桌吃飯喝酒。

若以第四人的研究作依據，韶子素來喜歡書寫**內我與外我產生巨大矛盾，形成對立，從而造成生存困境的人物**[2]。〈只因榴槤花開〉裡「等待被飛船接去」的女小說家是爲一例（據說〈失去右腦的左撇子〉的主人公也有相似的特徵），而其他或多或少地顯現「分裂型人格特質」的次要人物，包括〈野草花〉中「搞不清楚身體內住了誰的靈魂」的老靈媒，〈昨日遺書〉中的網上情聖，以及〈蝸〉裡因爲懷疑自己有遺傳性突發心疾，而寧願定居在醫院裡的急救科醫生等等。第四人認爲，後來出現在《告別的年代》中的孿生兄弟，其實也是是人格分裂者的另一種體現[3]。

第四人指出，這對孿生兄弟是作者本人進一步的自我投射。從「一體雙身」到後來「細胞分裂」，也從「告別舊我」到「母胎中的決裂」，**正反映出作者的人格障礙問題日趨嚴重，也明顯可見「韶子」欲與其本尊「杜麗安」斷絕的意志**[4]。

第四人下過苦功讀了好些心理學的論著。他根據一九八〇年出版的《精神疾病診斷和統計手冊》的界定，認同多重人格（Multiple Personality）的定義，即「在個體內存在兩個或兩個以上獨特的人格，每一人格在一特定時間占統治地位。這些人格彼此之間是獨立的，自主的，並作爲一個完整的自我而存在」。

在這個定義之下，一向「互不相認」的韶子與麗姊，很順利被套進模式裡。第四人在〈多重人格分裂者〉一文中，把「在夜市場賣內衣褲的小販杜麗安」定爲「主體人格」，而「小說家韶子」則爲其後繼人格的顯現。他甚至大膽猜測杜麗安／韶子之暴斃，很可能起因於主體人格及後繼人格之間的「憎恨與相殘」，或是彼此想消滅對方的強大的意念。說穿了，也就是一種「意識深層的自殺行爲」。

經第四人的分析，韶子／杜麗安無疑是十分典型的多重人格病患個案，再加上韶子與杜麗安本身的濃墨重彩（她們分別在文壇及市井江湖中建立的名望），況且還有許多韶子作品所提供的線索與「證據」，使得第四人撰寫的這部文學論述作品，不僅意涵豐富，而且其**如小說般集紀實與虛構爲一體的寫作手法**[5]也引人入勝。

第四人大概意想不到，他生命中這篇重要的論文後來也使他陷於「人格分裂者」的疑雲中。由於《告別的年代》作者的眞實身分存疑，不少人都認爲這所謂的韶子遺作，由寫作至出版，很可能全是第四人一個人演出的獨角戲。這疑惑雖無法被證實，卻也很難被推翻，因此「第四人是另一個

2 見〈多重人格分裂者——剖析韶子的《告別的年代》〉。

3 同前註。

4 同前註。原文中的「本尊」杜麗安後另有括號註明（**杜麗安**＝「**阿麗**」＋「**麗姊**」）。

5 摘自〈創作與論述的融爐——論《形影不離》的藝術手法〉，二〇一〇年由某中文系研究生於東南亞文學研討會上發表。

人格分裂者」成了心理學與精神病學家們推敲出來的一個新命題[6]。

假定《告別的年代》眞是第四人僞撰後生產並操縱的「韶子遺作」，則第四人在心理和精神上的病癥不僅僅是一般的多重人格分裂症。許多醫生學者認爲，這樣的案子包含了極端的愛憎情緒，前後不一致的交替人格變化，妄想症的可能，以及「讓韶子活下去」的急切想望。**這想望究竟建立在理性的認知上，抑或隱藏在下意識中？此乃判斷第四人是否爲人格分裂者的一大關鍵**[7]。

6 這命題最先由日本一些心理學家在「推理小說，宗教與心理學俱樂部」的網頁上提出，獲得當地心理學研究者與推理小說愛好者的廣泛討論。

7 譯文，摘自本地馬來裔心理學家 J. 阿敏娜的論述著作《第四人格》（*The Fourth Personality*）。

第十章

1.

莊爺八十大壽，在精武禮堂筵開八十席，晚上八點準時開席。請柬送到平樂居，抬頭寫的是鋼波的姓名，劉笑波與杜麗安賢伉儷。不知誰的字跡，桃紅封套上力透紙背的黑色硬筆字，杜麗安看得百感交集，在櫃檯那裡出神想了一下午。她也說不清楚箇中滋味，只是忽然發現韶華暗去，便沒來由地感到驚悸，也突然對這八旬老人十分想念，又特別感激。那年蘇記舉殯，他到靈堂唁慰，當著衆弟兄的面對杜麗安說，阿麗你辛苦了。她聽著激動不已，覺得再累再委屈吧，有了這話自不枉。

那時她已懂得不形於色，可她卻認定莊爺必能感知她的歡喜。老人家都什麼修爲了？人老精，鬼老靈。

那請柬到了鋼波手裡，杜麗安曉得他比誰都激動。儘管那激動是不聲張的，但杜麗安冷眼旁觀，看見鋼波把請柬裡裡外外看了一遍又一遍，好像要從中找出什麼隱藏的指示來。之後他便坐不住了，說熱，又抱怨蚊子，心思已不在電視螢幕上。那可是他一直在追看的《薛仁貴征東》，萬梓良也是他特別喜歡的演員。杜麗安說這請柬你收起來吧，鋼波點了點頭，然後說睏，上樓睡覺去了。後來杜麗安與劉蓮續看《香江花月夜》，錄影帶才剛被機器吞進去，鋼波又走下樓來說要出去買香菸。

自從兩年前胃出血送院急救後，杜麗安沒再看過鋼波抽菸了。她與劉蓮不期然對視了一眼，可誰也沒問。怪的是鋼波回來時手裡拎的是兩盒蚊香，杜麗安問他你不是說去買香菸嗎？鋼波看了看手中的蚊香，似乎也有點錯愕。

「反正都一樣，」他說。「只是想弄點煙，驅一驅蚊子。」

杜麗安與劉蓮不禁又交換了個眼神。

看過了兩集《香江花月夜》後，杜麗安與劉蓮隔著兩步階梯上樓，都看見鋼波房門下透著燈光。都說人生七十古來稀，莊爺這八十大壽，據說排場很大，帶去的壽禮自然是輕忽不得的。杜麗安把採辦之事交了給鋼波，而鋼波也沒拒絕，杜麗安遂樂得一門心思想著當晚的打扮穿著。她到常光顧的電髮院裡，在焗髮機的玻璃罩下把好些雜誌都翻破了，還撕下人家幾張彩頁。找了個週末下午，她著劉蓮陪她過橋到舊街場逛了幾家大布莊。那時劉蓮縫紉的手藝已相當不錯，新年前杜麗安才給她買了一台勝家縫紉機，對她說，以後給你媽做衣服不就方便多了嗎？劉蓮搖一搖那針車的皮帶輪，還沒裝機針呢，已聽到流利的札札之聲。她搗著口鼻，眼睛眨了兩下，裡面泛起薄薄的水光。

杜麗安拉過她的手，拍拍她的手背。這手，多纖長啊。「這些年你幫我料理了多少家務，麗姨心裡有數。」

這一年劉蓮二十八歲了，再不是當年緊緊跟在石鼓仔身後那個瘦弱的少女。她平庸而自律，也甘於如此，每天起早掃地，洗杯，打理神檯；用雞毛掃撣掉茶几、櫥櫃和窗台上的塵灰，之後再拿著個前晚上準備好的豆沙或椰渣餡麵包趕上班。日日如是，要是回老家那邊，她肯定也幫著老媽做家事。杜麗安端詳她掌中的手，那上面多少有了些歲月的痕跡，皮膚也乾，看著像幾根曬老了的春葱。

葉望生外面有忙不完的事，顯然很少帶她出去看電影了。劉蓮明擺著一條心，除了葉望生便不作他想。平日若沒有拍拖，她要不是沒完沒了地追看錄影帶裡的連續劇，便只有裁縫一項嗜好。

說到車衫，劉蓮畢竟熟門熟路。杜麗安在書上挑了幾個心水款式，還特別諮詢了她的意見，再邀她一起到舊街場去選布料。劉蓮特別喜歡逛布莊，那時候廣發百貨公司是個好去處，樓下的布莊料子特別齊，就只是價碼偏高，劉蓮雖經常走進店裡摸一摸那些高檔布，卻因爲總有不太友善的剪布員像吊靴鬼般跟在身後，她渾身不自在，因而待不了多久。

這一回杜麗安看中的幾塊好布都在廣發布莊。有錦緞，有通花蕾絲，有中國畫般的綠葉大牡丹。劉蓮也買了一塊質料不錯的平價布尾，她像撿到寶，說是夠給二哥的女兒裁一件單衫。

那天算是滿載而歸了。回到家裡，杜麗安把一塊閃閃發亮的水藍色紡綢塞給她。「別只是想著給別人做衣服。這裡三碼半，夠你給自己做一條裙子了。」

那是塊好布料，質地細軟輕薄，捧在手上像一朵輕飄飄的雲。劉蓮明白她該推辭，但心裡實在捨不得，便僵在那裡不知如何是好。杜麗安心中暗笑，她早看見劉蓮在廣發布莊幾番拿起這布料，用兩個指頭拈著輕搓，可拿起又放下，轉了一圈再兜回去，始終買不下手。杜麗安推了推她。「麗姨這些布拿去給人裁，之後還指望你幫我改一改呢。這塊布當酬勞，你別嫌，也別跟我拖拖拉拉！」

杜麗安的推手，劉蓮完全招架不住，更何況那推送之間蘊含順水人情。杜麗安把幾塊布送到街上的玉嬌裁縫店，也許是因爲趕工吧，衣服拿回來後，每件都有好幾處讓杜麗安不合意。虧得劉蓮情願放棄看連續劇，熬夜也得替她修改，總算趕在莊爺的壽宴前把幾件衣裙都趕出來了，還洗熨好，掛到杜麗安房裡。

杜麗安特別鍾意那一襲旗袍模樣的綠葉大牡丹，劉蓮拆了原來玉嬌店裡釘的布鈕扣，換上她拿原布料做的同心結。那同心結做得手工細，縫合得也好，讓這衣裳看來華貴多了。杜麗安穿在身上但覺娉婷婀娜，像美人魚。她忍不住在平樂居裡說起這幾件新衣，還一個勁猛誇劉蓮的好處。

娟好聽這些話，察知杜麗安這些日子與劉蓮「好起來」了，少不免心裡揪著，嘴巴便吐了幾句酸溜溜的話。在娟好心裡，結伴逛街挑布料可是「好姊妹」之間的聯誼活動，杜麗安卻由始至終沒對她提起做衣服的事，大概是認爲她給不上意見，多少有點看不起人。「你跟我說這個我哪懂？我這輩子碰過幾件好衣服啊。」她撇一撇嘴，扭身便走到廚房去了，當天面孔冷了下來，對誰都不怎麼理睬。

杜麗安察覺娟好的老毛病又犯了，可她既沒時間也沒好氣去關心這個。況且娟好說得沒錯，衣服的事她還眞不懂。娟好這些年穿出去飲宴的幾件衣服，多是揀杜麗安淘汰掉的過時衣裳，且穿得衣不稱身，便讓劉蓮幫著拆補。有兩件修改後仍不理想，娟好卻不拿出來了，情願摺好後放到衣櫃深處，說是留給矮瓜臉。

矮瓜臉十六歲了，漸漸長成了男仔頭，除了校服，誰也沒見過她穿裙子。那年矮瓜臉就要應付初中會考，可她小時了了，上中學後讀書成績卻很一般，尤其懶得做作業，只顧讀閒書。娟好說她成天託詞曠課，或索性逃學，與一些油脂飛到滑輪場玩，晚上就躲在被窩裡熬夜看小說。學校的老師管不了她，娟好也日漸乏力；這女兒都快會飛了，甚至連向來與她感情不錯的「蓮姊姊」出言規勸，她嘻嘻哈哈，完全沒當一回事。

娟好原指望矮瓜臉給她養老，這幾年看著女兒像一根好苗愈長愈歪，心裡自然焦慮，人也愈漸浮躁。要說生活中還有什麼美事，也只有去年杪到平樂居來頂了個攤子賣薄餅的潮洲寡佬，平日待她挺殷勤的，兩人平日言語間你來我往，頗有點郎情妾意。娟好覺得潮洲佬人還可以，似乎沒不良嗜好，就只是愛抽菸，還有每個禮拜買點字花。她也明白自己已經四十好幾，這桃花開了未必再會有下一回。杜麗安總鼓勵她放膽一去，說女兒再好也得嫁人，不如找個穩穩當當的老來伴。

平樂居這麼點地方，潮洲佬與娟好推推送送，那些婦人看在眼裡，必然不會錯過這種話題。她們明裡呼呼嚷嚷，成天找機會捉狹，一再詰問潮洲佬怎麼娟好買的薄餅總是特別加料，又起鬨說潮洲佬賣的春卷加了春藥云云，弄得娟好尷尬無比。暗裡婦人們則眉來眼去地戲謔：「二十四孝」的貞潔牌坊要塌了，以後得改稱「老來嬌」。

這種事，老闆娘自然不好摻合。杜麗安明哲保身，卻也忍不住出言提醒過那最愛帶頭興風作浪的爛口婆。爛口婆賣叻沙，另有賣雲吞麵和賣囉吔的兩個女人常常給她唱和。杜麗安自己只曾與劉蓮提過這事，說潮洲佬好歹四肢健全，肯做肯捱。「她再拖上幾年，恐怕要收經了，還找誰要啊？」

眼看男有情來女有意，杜麗安原以爲好事要成。何曾想到娟好心大心小，老毛病不改，對人家忽熱忽冷。她這性情實在不好消受，潮洲佬當了大半輩子孤家寡人，幾時與女人如此拉鋸？面對娟好那三更靚湯五更砒霜的態度，他自然像老鼠拉龜似的無從著手。他受過幾回氣，被澆過幾回冷水，原先的滿懷希望與一腔熱情終於維持不了多久。潮洲卷這引擎要熄掉倒十分容易，先是對娟好冷淡下來，很快也就換了目標，去追一個長相清秀，腦筋不行，看著有點痴呆的幫攤女孩。

那女孩才十七歲，是豬腸粉檔請來的幫傭，說是晚來兒，很小即看出來有點弱智。母親產下她沒多久就染惡疾去逝；父親現已八十多歲，風燭殘年，大半個身子躺進棺材裡了。母親娘家一個表妹可憐她幼女老父，讓她到豬腸粉檔幫忙。那檔口前年才遷到平樂居，女孩特別靦腆少話，大家平日總是忽略她。可這下大家都注意到了，潮洲佬改了對女孩猛獻殷勤，不僅給她加料的薄餅，還特地在家裡精製了一孖金黃色的油炸春卷，帶到平樂居來給她。

娟好這可受不了。潮洲佬不領她的情了，連她端過去的武夷蛋茶他也沒喝，在攤子上一直擱到打烊。茶室裡的長舌婦明譏暗諷，都說老來嬌人老花殘，到底比不過人家水嫩嫩的一棵春葱。杜麗安知道娟好為這事心裡難堪，卻又拉不下臉來對人哭訴。她因而以為娟好這陣子心情跌宕，脾氣才特別不好。

就在莊爺大壽的那天上午，娟好突然像火山爆發，在茶室裡對豬腸粉檔的女孩大吼大叫，說人家故意碰翻她手中的托盤。「你立壞心腸！你故意的！你別裝傻！」

那女孩本來就笨口拙舌，膽子也小，而且從未見過娟好這麼張牙舞爪，便嚇得垂下頭來呆呆地站在那兒，眼睛直勾勾盯著地上一只摔破了的咖啡杯。她的不語可讓娟好更理直氣壯，罵人的話愈說愈狠，連人家那八十高壽的老父親都罵進去了。僱那女孩的是個老太婆，氣虛，根本插不上話。潮洲佬忍不住上前勸解，反而火上澆油，連他也被娟好扯進她的「陰謀論」裡，給劈頭蓋臉地臭罵一頓。

那時間茶室裡客人不多，且都是相熟的老顧客。杜麗安本以爲娟好罵過幾句就能解氣，所以便裝著手上事忙，坐在櫃檯那裡隔岸觀火。她可沒料到娟好這一罵像腳癬發作，愈抓愈癢，竟一發不可收拾。她所認識的娟好心胸狹窄卻不失自恃，只好說冷言冷語，斷不至於這般失禮。只是潮洲佬可不痴呆，狗急還會跳牆呢！他本來也想忍一忍，或許也擔心娟好收不住勢頭會對女孩動手，便向前邁了一步，伸手攔一攔那女孩，讓她站到他身後。這動作雖輕微，於娟好卻無疑錐心之刺。

有那麼一瞬，櫃檯裡的杜麗安幾乎以爲自己聽到了娟好的磨牙之聲。而娟好只是嚥了口唾液，然後便口不擇言地甩了一串串髒話。「狗男女！」杜麗安聽見娟好這麼喊。「你護她呀！你護著這白痴呀！她嫩，她下面馨香！你護她她就讓你摸，讓你抓，讓你屌！」

杜麗安霍地站起來，但遲了，她沒聽到聲音，而潮洲佬確實已經掮了娟好一個耳光。「死癲雞！」潮洲佬一聲咆哮，震天價響。

杜麗安趕過去時，潮洲佬仍然護在女孩面前，右掌高舉，擺了個隨時準備再給她一下的姿態。娟好愣在那裡，左邊臉頰還眞紅了一片。她環顧周圍的人，目光在杜麗安的臉上停留了一下，再轉到潮洲佬那裡時，鼻頭微微抽搐，忽然歇斯底里地大聲哭號起來。「你們都去死吧！」她嚷著撲上前去，也不曉得是要打潮洲佬呢，抑或要摑他身後的女孩，反正身邊伸過來七手八腳，及時把她攔住了。

這時候茶室外有好些人在探頭探腦，有好事的路人，也有遲疑著是否該走進來的客人。杜麗安知道再不遏止，這場鐵公雞便沒法收場。她走到娟好跟前，抓住她那平舉起來直指光頭佬的手臂，像拉扳手似的，硬硬給扳下來。「鬧夠了，娟好姊。你說平樂居還做不做生意？」她盯著娟好的臉，眼睛在那平板的長臉上定格了好幾秒鐘，然後上面的面容慢慢皺縮，五官都扭成一堆了，像一塊掉進火裡的塑料。娟好似乎在哭，但無論如何擠不出眼淚，她握緊杜麗安的手，乾巴巴地嗚咽起來。

杜麗安見過娟好流淚，卻沒見過她這般乾嚎。「你累了，回家休息吧。」杜麗安把她從人群中拉出去，一直領到後面的廚房。

「我看你快瘋了！」她使勁捏一捏娟好的手掌。「你鬧！這裡做不做生意只是一下午的事，你還做不做人是一輩子的事！」

娟好聽見這話，臉上的表情又皺成一團，兩顆碩大的淚珠才終於瓜熟蒂落似地擠出眼眶，從眼角滾落到下巴。她抽一抽鼻子，哭聲似沒那麼乾旱了。「連你也不幫我！阿麗，你不幫我！」她咬牙切齒，齒縫間迸出碎裂的嘶叫，說著還握緊拳頭猛捶自己的胸膛。杜麗安看她可真用力，那扁平的胸腔發出「咚咚咚」的鼓音。她啐了一口，趕緊捉住她捶胸的手。

「發神經嗎？你以為你在折磨別人，其實是在為難自己。」她拍拍娟好的手背。「娟好姊，我會不幫你嗎？我這不就在幫你嗎？我們認識多少年了？你說？」

這問句讓娟好啞然。心裡是在數算著的，以前杜麗安坐在戲院那白鴿籠模樣的售票檯裡，她則在大門口賣糖果零食，那時陳金海常藉著買香口膠荷蘭水來說兩句調戲的話，誰也無法預料以後她會給陳金海生了個女兒。而今女兒二八年華了不是？她與杜麗安已近二十年的姊妹了。

憶起舊事舊情，娟好額頭上糾結起來的皺紋與緊扣著的兩眉才緩緩舒解。那眉倒像個閥門，這下她的眼淚終於吧嗒吧嗒落下，臉上迅即涕淚漣洏。「阿麗，你要幫我，一定要！」這哭也像腳癬，娟好豁出去了，簡直像小女孩撒嬌，兩手拉扯著自己的衣襬，哭得聲淚俱下。

杜麗安就近拿了一卷衛生紙，拉下一大把來遞給她。「回家吧，過幾天再回來。」

娟好回去時眼睛紅腫，因爲聲嘶力竭地哭了大半個鐘頭，走路已覺得有點腳輕頭重。因爲怕與其他人照面，她從後門走出去，也沒過來與杜麗安打招呼。杜麗安坐在櫃檯那裡，用眼角的餘光留意著爛口婆和其他兩個探頭探腦的婦人。她們興奮得很，一整個下午都傍在一塊，小聲談大聲笑。潮洲佬拉長了臉繼續做生意，那幫攤的女孩倒像個沒事的人，無事可做時便拉了把椅子坐在攤子附近，如往常一樣低下頭來專注地彈指甲。她年老的表姨媽偶爾對她說兩句話，偶爾也過去潮洲佬那裡，與他低聲交談。

爛口婆與另外兩個長舌婦眉飛色舞，一致斜著眼往潮洲佬那裡看。杜麗安看見娟好從後門離開的背影，廚房裡負責沖茶的師傅與幫手在交頭接耳。她嘆了口氣，心裡想娟好眞不該這麼頭低低的走出去，那以後還怎麼能昂起頭走進來？

＊

那天晚上赴宴，鋼波穿上杜麗安替他準備好的行頭。西褲襯衫，加一條新皮帶，身光頸靚，整齊得讓他自己也看不慣。杜麗安燙了髮，頭上波紋盪漾，穿著那一襲綠葉牡丹，佩金戴玉，十足的貴婦人。劉蓮那樣矜持也不由得看傻了眼，直說好看好看。杜麗安不怕被人說她彩鳳隨鴉，但她可是怎麼也不肯坐上鋼波那輛老鐵甲。於是鋼波開著她的汽車，帶上要給莊爺的一幅百壽刺繡圖和一尊玉佛，多少有點心情緊張地出門去了。

路沒多長，杜麗安有一搭沒一搭地扯了些平樂居與娟好的事。鋼波顯然沒聽進去，收音機開了關，關了又開；一會兒開窗，一會又說要開冷氣。杜麗安看他一額碎珠，汗水從後腦流到項背。她抽了幾張紙巾，動手替他拭去後頸的汗水。

「你也見過大風大浪了，怎麼還會慌失失。」

鋼波咕噥著應了聲。杜麗安的手那麼溫柔，讓他有點不習慣，覺得脖子梗了，彷彿杜麗安手裡拿的不是紙巾而是剃刀。他說，謝謝。這話說得硬繃繃，杜麗安聽了才感覺到兩人之間的生疏，她假裝沒聽見，搖下車窗扔掉紙巾，風馬牛不相及地說：「眞快，莊爺八十歲了。」

那壽宴的排場果然很大。禮堂是重新修繕過的，嗅著還有一股新漆的味道。舞台兩側垂下兩幅壽聯，左邊是「鶴鹿同春春常在，松柏長青綠葱葱。漫漫歲月隨流水，福壽雙全樂融融」，右邊應以「天增歲月人增壽，福滿乾坤富滿門。喜慶八十壽誕日，夕陽高照滿堂紅」。紅幅金字，字也寫得鐵畫銀勾，十分氣派。大門前迎客的是莊爺的兒子媳婦，哪一個不是老江湖呢？見到鋼波也依然大大方方，握手握得厚實，笑容早已深深雕刻在臉上。

人家大方得體，卻是鋼波心裡惶然，看見莊家的人便不由得拘謹起來，脖頸自然往領子裡縮，臉上的表情僵硬，連走路的姿態都不自然了，看著像是矮了幾分。杜麗安伸手挽住他的臂彎，半攙扶半挾持地領著他與莊家人一一打招呼，進入禮堂後再徑直走向主家席，把他押送到老人家跟前。

莊爺那時正坐在席上，被幾個賓客圍著，人們無非都在噓寒問暖。老人家中風後療養得當，加上放手大伯公會以後，操心事少了，又日日被補品藥材給養著，臉上光彩四溢，氣色很好。儘管嘴巴歪了是個遺憾，但白髮如銀，目光也還清澈。他一眼看見鋼波與杜麗安，先喊起來，誒！阿波，阿麗，你們來了！

鋼波聽見這一聲親切的招呼，心頭一熱，便禁不住激動起來。他走前去，彎下腰來握住莊爺的手。莊爺與他寒暄了幾句，問起他漁村那邊的情況。歪嘴巴的莊爺說話不太清晰，他聽著聽著得稍微屈膝，身子趨前，兩顆頭顱幾乎碰在一起。那一刻杜麗安感覺悲涼，鼻尖泛酸。她以前曾幾次見他們如此面授機宜，而今已是兩個白頭人了。鋼波特別顯老，而且氣色萎靡，兩人看上去彷彿同代人。唉，好幾十年的情分。

鋼波到底與莊爺掛著誼父子的名義，他與杜麗安被安排坐在主家席附近，同桌的有莊家的兩個遠親，幾個早已收山的老兄弟及他們的家眷。一桌子故人老者，時髦靚麗的杜麗安置身其中顯得格格不入。男人們固然不愁話題，幾個土里土氣的老太太也物以類聚，與杜麗安點頭招呼過後，很快把她撂在一旁，樂呵呵地談她們的兒孫經與泰國購物經驗。杜麗安臉上堆了個柔軟的笑顏，面向那幾個話題愈來愈瑣碎的老婦人，目光卻繞過她們，好奇地觀望周圍的賓客，也留意著門口那裡走進來的男男女女。

這一晚來了許多商賈名流，杜麗安還認出來好些來頭不小的議員政要，都是在報章和電視上見過的臉。莊家人迎上去，杜麗安便看見人們手上燦燦的綠玉黃鑽，聽到政客們震耳的笑聲。杜麗安覺得這眞像電影裡的豪華場面，衣香鬢影，許多看似熟悉卻與觀者毫不相干的演員。她想起以前在大華戲院工作時，她喜歡鑽空檔，等開映後燈光全熄了，便偷偷坐到無人買票的空席上。娟好也和她一起看過許多免費電影，只是娟好愛看唱黃梅調的古裝戲，她卻特別喜歡看粵語時裝片；娟好喜歡老演苦情戲的趙雷和樂蒂，她喜歡謝賢和呂奇。

那時的謝賢看著很正派，呂奇則稍微眉尖額窄，多少有點邪氣。偶爾銀幕上有他們的臉部特寫，好大的一張俊臉逼在鏡頭前。杜麗安會臉紅心跳，在電影院這巨大的黑箱子裡感到自己被發現了，他們正在逼視她。

因爲打開了回憶的黑箱子，杜麗安幾乎沒發現在一群魚貫進入禮堂的男女中，有一張她絕不想錯失的臉。她原來只用眼角的餘光瞄了一下，進來的人衣著普通，就像一批資歷不淺的教書匠或同一個辦公樓的文員。她幾乎沒察覺自己看到他了，那是個高高瘦瘦的男人，莊家老二在跟他打招呼。杜麗安的目光繞過他，轉而打量站在後面的兩個女人。這時候她的大腦才靈光一閃，霍地記起剛才那一眼來。他在那一眼裡面呢，這身影，這臉，這人！

杜麗安把焦距調好，衆裡尋他，而他已轉過身，與幾個同伴一起走到禮堂右側的席位上。那桌子靠近大門了，會被安排坐到那兒，可知與莊家的關係不怎麼親近。杜麗安只來得及看見他的側影，瘦高個兒，在快坐滿人的桌椅之間穿行。但僅僅這側影也就夠了，杜麗安憑這一眼便可以確認，他是他，他不是葉望生。

是你。是你。

那一整個晚上，杜麗安總裝著不經意地往那一角偷瞄了一眼又一眼。他坐的座位幾乎背向她了，但每看一眼，這遙遠的身影便多清晰了一分。坐他兩側的是與他一起走進來的兩個女人，因爲他經常轉過臉去，與右邊的人有說有笑，有一次還彎下腰去替她撿起掉在地上的筷子，又喊了服務員給她換過一對新的，如此殷勤，杜麗安便忍不住也盯著那女人看。那女人的個子與相貌都長得中規中矩，斯斯文文的齊耳短髮，勉強算得上清秀吧。

但杜麗安發覺她的目光一直在盤住他。而她自己何嘗不是呢？現在她看清楚了，才發現原來他與哥哥望生並不如她過去所想像的那麼相似。他們終究是兩個人。可她畢竟與他睽違十餘年了，這些年接觸他的哥哥，便一直想像著他也大抵那模樣。她原以爲他們兩兄弟有著極其相似的眉目和笑容，又一樣這般身高，可事實卻不是那樣的，這十幾年間，歲月把他們沖刷成不一樣的人了。比起望生，眼前這人瘦一些，膚色深一些，精幹一些，笑容更誠懇些。葉望生吊兒郎當，像個城市人，身上透著股公子味；他那則是乾乾淨淨的書卷氣，還有點小鎮人的草根氣息。

他們兄弟倆的事，她似乎在葉望生那裡聽說的比較多。望生偶爾不經意提起，她也偶爾裝著不經意地打聽。這是一對比「遠親」更生分一些的孿生兄弟，他們的父親參加共產黨，抗過日，沒等上兄弟倆出生便逃進深山裡打游擊了。望生說他小時候從未見過父親，但蓮生明明記得父親曾經在某些夜裡潛回家中，母親爲此把熟睡中孿生兄弟以及他們的兩個姊姊逐一搖醒，讓他們與父親相見。蓮生記得父親曾經一手一個，把他與望生夾在腋下。他們因爲害怕，也因爲不情願離開溫暖的睡夢，兩人不約而同地嚶聲哭起來。

那一定是發生在五歲以前的事。望生說他五歲時，已經被交託給伯父一家撫養。伯父家裡已有一兒一女，他怕多生是非枝節，讓望生也把他喊作爸爸，卻把生母改稱「嬸嬸」。而對蓮生家裡，伯父雖偶有接濟，卻不得不刻意保持距離。從那以後他們兩兄弟便分開長大，住的同鎭不同村，也不在同一所學校念書，一年裡只有農曆新年和清明給祖輩掃墓時匆匆見面。

那樣他們便對彼此感到陌生了。因爲長得太相似，倒讓他們感到害怕。「小時候看見他，總覺得很奇怪，像看見另一個自己；一個我不太喜歡的自己。」望生是這麼說的。那時杜麗安枕在他的臂上，他說著親吻她的額頭。杜麗安微笑，忍不住看了一眼掛在旅館房中的鏡子。這鏡子照見過多少人呢？她想起以前蓮生的說法，他說「看見他，像看見一個從鏡裡逃出來的人。」

大人們似乎怕兩個孩子會忘了他們曾經是那樣親密無間的兄弟，因而每一回新年聚首，總會刻意安排他們穿著一式兩份的衣服鞋襪。這讓兩個小男孩感覺更詭異和不自然，無論大人們怎麼「撮合」，他們都不喜歡與對方一起玩耍或並排坐在一塊，而會各自捧著一杯沙士汽水，吃著薯粉餅或炸蜂窩，隔得遠遠地打量彼此。直至長成少年後，他們對彼此已不再感到新奇。儘管在親友的眼中，他們的長相仍然相似得叫人難以辨識，可他們自己卻已經很清楚其中的巨大差異。

「即使穿著同樣的衣服，我再也不覺得這人與我有多相似了。」望生站在她的身後，撫摸她的頭髮，把手指伸入烏黑的波浪中。

在蓮生的回憶中，伯父家的環境可比他們家好多了。「我哥特別伶牙俐齒，伯父母都很寵他，給他好吃的，好玩的。」

那時她與蓮生在公園裡的人工湖畔，看著他投了顆小石子到湖心，那湖面上的風景渙散開來，變得十分模糊。「他不像我，從小我媽就喊我木頭。」說著，他轉過臉來，露出一口好牙齒。杜麗安幾乎以爲他要吻她，而他卻只是把一隻手掌疊在她的手背上。她張開手指，讓他的手指順順當當地滑入，如鎖舌伸入鎖孔。

以後杜麗安想起這情景，才隱約解讀出這動作的涵意。蓮生是說，我沒有好吃的好玩的，可是我有你。可當時杜麗安一心一意享受著這份親熱，她仍然以爲他會吻她，他卻沒有。

「木頭！」杜麗安嘆了一口氣。

上中學時，望生跟隨養父母舉家搬到外埠，以後見面的機會更少了。他記得那天早上在簡陋的小鎮火車站，母親帶著蓮生和他的兩個姊姊一起來送行，還拿了一袋子自己果園裡採下來的楊桃和番石榴，硬硬塞到他手中。望生說，那時在他的心裡，這個膚色黧黑、手上長滿老繭的婦婦，確實只是一個不常往來的親戚。

來送行的人不少，他的「姊姊」們態度倒還親切，而「弟弟」則始終沉默地站在人群的邊緣。他上了火車以後，透過車窗看向送行的人們。每一個人都在朝車裡的人揮別，車廂裡的人也紛紛舉手致意。他發現「弟弟」是人群中唯一沒有舉起手來的人；連那些被大人抱在懷中的幼童，也因爲受到指示而憨憨地擺擺小手，他的弟弟卻仍然背著手站在邊上，頭微微昂起，有點神氣，像學校裡背著手站崗的巡察員。

望生自然是揮了手的。那揮手並無特定對象，純粹是在向小鎮揮別。他的「嬸嬸」戴著草帽，身上穿的是平日到果園工作的花布衫，與姊姊們站在一群土里土氣的小鎮居民裡，他們的臉都固定在那裡，只有許多泛白的手掌在擺動。火車便慢慢開駛了，那是望生第一次乘火車。

以後母親病逝，望生與小鎮那邊更是疏於聯繫。他記得自己回小鎮去給「嬸嬸」守夜，到了靈堂後，養父母著他也披麻戴孝，與姊姊弟弟並排坐在地上。他有點不情願，卻找不到拒絕的理由。於是他與蓮生一起給躺在棺柩裡的女人擔花買水，跟在道士身後轉了無數圈子。

那以後他們各自謀生，望生的養父母也相繼亡故。因爲養父母死前把遺產都留給「親生兒女」，望生與那名義上的哥哥姊姊生了齟齬，幾乎反目成仇，與親生弟弟更是斷了音訊。

杜麗安注意到他們都沒有提起「父親」的去向，她也從未想過要去追問。倒是聽望生說，他們的母親入殮時，家人拿她的一些隨身物品陪葬，裡面有一張紅色身分證。「紅登記，那也算是她的結婚證書了。」

至於弟弟的情況，望生鮮少聞問。能知道的，都是在一些場合上巧遇小鎮的鄉親，由他們轉述。他知道蓮生曾經是勞工黨的中堅分子，經常組織大集會，參與許多示威和訴求，也經常出入拘留所。據聞有一段時期被關押在木蔻山。

「木蔻山。」杜麗安輕輕唸了一遍。這地名很陌生，聽著像戲裡的蓬萊，非常遙遠。

「嗯，一個小島，專門拘禁政治犯。以前那裡是關痲瘋病人的地方。我以為他會死在裡面。」望生轉身，拿起他放在床頭的手表。「八點了。」

杜麗安應了一聲，從那一床愈陷愈深的軟墊裡爬起來。「我該回去了。」她說。

人們說「血濃於水」，看來並不是眞的。杜麗安以前總聽人們把孿生兄弟姊妹的關係說得十分玄妙，似乎他們在冥冥中也共享著一條命，一樣的命運。像這邊一個摔傷頭，那邊一個也會出點事的「巧合」，望生說在他與弟弟之間也曾發生過。但他以為那毋寧出於大人們的一廂情願，他們老擔心他與蓮生會忘了彼此的關係，因而總會有意無意地誇大這些小巧合的離奇性，藉以告誡他們：你們要彼此相愛。

現在杜麗安相信了，他是他，望生是望生。現在說這是一對孿生兄弟，說他們曾經在母親的肚子裡有過十個月的竊竊私語，人們或許還會半信半疑。杜麗安凝望遠處那大半個背影，思緒在無數個錯錯落落的葉蓮生與葉望生之間兜兜轉轉，像在十幾年的歲月裡往返來回。十餘年其實十分匆忙，卻讓人感覺恍若前世，恍惚今塵。

杜麗安把目光收回來，身邊有人碰了碰她的手肘。她轉過臉去，一張蒼老的男性的面孔出現在她眼前。是鋼波嗎？鋼波已經是個老頭了。那一刻杜麗安的世界湛寂得像在水裡，她看見鋼波的嘴巴在動，配合著臉上輕微的表情變化，可她接收不到他的聲音，便覺得他似是在唸一句召魂的咒語。

「聽這首歌，你最喜歡了。」

杜麗安霍然回過神。像是剛才她在流變的時光波道中，失去了接收「此刻」的能力。她眨一眨眼，宴會廳裡的聲音才像水閘打開似的，嘩啦啦奔湧入她的大腦。今晚主家請了兩所獨中的華樂隊和慈善社的歌舞團來助興，連著唱了好些大鑼大鼓的折子戲，老人家們聽得如痴如醉。不知什麼時候的事，台上朝代已改，換了個穿猩紅旗袍的女人柳腰款款，唱的是時代曲〈萬水千山總是情〉。

聚散也有天注定，不怨天不怨命，但求有山水共作證。

杜麗安不禁莞爾。汪明荃不也過時了嗎？現在大家都聽壞女孩梅豔芳。

她原以爲宴會結束以前，台上終會有人唱兩支梅豔芳的名曲。可是慈善社的唱將顯然年歲偏大，能唱的時代曲已到了極限。直至甜點上桌，台上的歌只到得了羅文與徐小鳳。

人們用過甜點後紛紛離席。杜麗安看見葉蓮生與幾個同桌的人站起來準備離開。右邊那女人起身較慢，他在她身邊站著等了一會兒，並且在她起來時，伸手托一托她的手肘。杜麗安倒一直坐在席上，心裡茫茫，始終弄不清楚自己是否希望他回過頭來，至少看她一眼，當作一次重逢。記得上一回見他也只得這麼一團身影，可望不可及，他在樹下摸一摸阿細的頭，然後抱著厚厚的大書愈行愈遠，再也沒有回顧。

就那樣吧。

也好。

那一晚回家後，夢裡空空，她竟然睡得極好，只是睡夢中感覺到喉舌間淡淡的苦。也許是筵席上喝了點藍帶色酒吧，過後便帶著微醺，臉上掛著一抹苦笑入夢。鋼波卻沒怎麼喝，一是身體五癆七傷，那胃已禁受不起烈酒煎灼；二是眼神不好，宴會後還得開車回家，怕喝了酒會出事。昔日老兄弟自然都明白，只是莊爺的三個兒子代父親沿桌敬酒時，那老三到底說了兩句挖苦的話，「我爸能活到八十可真不容易啊，波哥你說，你該喝敬酒呢還是喝罰酒？」鋼波不防有此一問，老臉霍地漲紅，他咬了咬牙，抓起桌上的酒瓶往自己杯中斟酒。「我自罰三杯！」

杜麗安當然不會讓他喝。她把鋼波手裡的大半瓶藍帶拿過去，給自己斟。「鋼波要開車，我來代他喝。可我是女人家，就只喝一杯行吧？」說時手中仍傾著酒瓶一直往杯裡倒，眼看有大半杯了。「怎樣？這麼半杯夠麼？還要不要添滿？」在座的人面面相覷，莊家老大老二連忙制止，兩人老練地說了幾句打圓場的話，馬上便領著他們的弟弟轉到另一桌繼續敬酒去了。

回去的路上，她與鋼波都毫無談興，也都沒有扭開收音機。車裡冷寂，杜麗安凝視著儀表板上的一對小擺飾以及車前迎面而來的長衢，不知怎地想起火車廂中的少年葉望生，以及火車外頭許多如鐘擺般晃動不休的手掌。她忽然感到睏倦極了。

＊

那一晚以後，杜麗安再見到葉望生，竟然沒了以前那沸騰的愛與欲求。事實上，她已經有好長一段日子沒想起他了。年底時大家各忙各的，即便偶有念想，她也清楚知道在那些模糊畫面中出現的人並不是他，而是他的弟弟蓮生。蓮生已經與他的同伴們有說有笑地走了，沒有回頭，也不揮別。

葉望生再次出現在平樂居的櫃檯前，那天是冬至了，茶室要提早兩個小時打烊。叩叩。他以手上的指環叩一叩櫃面。杜麗安從一堆帳單中抬起頭來，這臉還是熟悉的，也依然自滿而略帶輕佻，看人總是毫不避忌地直視著對方的眼睛。他是他，他不是蓮生。爲此她終於在這熟悉的臉上發現了早該發現的陌生。

那日是冬至，劉蓮在家裡準備煮湯圓。杜麗安本說好回去幫忙，但那天下午她還是到五月花去赴約了。這人可不像蓮生那麼容易打發，他在意他所該得的，他也知道該怎麼榨取。

杜麗安依然把身體交給他，由得他弄亂她的頭髮；他就喜歡那樣，歡愛中弄得人變成瘋狗。他似乎察知了她的心事，便分外賣力，在小旅館的房中一次一次解開她，讓她喊，想要掏出她的靈魂。但她的靈魂不在那裡了。杜麗安張開她狂歡的肉身迎入這男人，葉望生緩緩挺進，快要整個人鑽入她的身體。「望生……」她呻吟，眼角溢出淚水。望生。

我在。我在。

那是這一年冬至的慶典，兩副肉體的盛宴。他們相濡以沫，杜麗安想像自己的陰戶如岸上呼吸的魚唇，色即是空空即是色。直至兩人都困乏了，在彼此的夢裡枕著對方的臂膀沉沉睡去。杜麗安在凌亂的夢中看見葉望生，她怎麼會夢見他呢？她懷疑他們的頭顱靠得太貼近了，以至自己錯入葉望生的夢裡。她說對不起，然後轉過身想要開門離去。但牆上並沒有門，只有許多鑲了華麗框子的長鏡。每一面鏡子裡有一團朦朧的人影，像一襲掛在鏡中飄揚的衣衫。她卻知道那是蓮生。

杜麗安醒來，房裡一片漆黑。她花了些時間去記憶剛才的夢境與辨認眼前這黑暗的內容。同一樓的某間房裡有一張床在吃力地承歡，嘎吱嘎吱的響，還有葉望生的鼾聲也都在提示她，這裡是五月花。葉望生會在夢中看見什麼呢？她在暗中苦笑，然後坐起來，裝在小腹內的精液倒灌，從兩片陰唇之間汩汩流下，落在五月花的床被上。她把身體坐直，讓它們全部傾出，讓億萬隻投奔她的精蟲離開她曾經獻出的大地。然後她起床，拉下許多衛生紙細細揩抹下體。

葉望生也醒來過，他睜開眼，看見床前晃動著一具發光的女身。他似乎以爲是夢，卻沒來得及辨認，又被流沙般的夢境重新吸進去。待他眞的醒來時，杜麗安的車子已快要開進住家院子裡了。她渾身黏膩，許多髮絲黏在後頸上，衣衫透著一股腐朽不潔的氣味。劉蓮已經把做湯圓的麵團搓好，糖水也煮開了，廚房裡洋溢著斑蘭葉甜蜜的芬芳。杜麗安對劉蓮說，你等我，我得先洗個澡。

葉望生坐在床上，亮了床頭的小檯燈。他看見了杜麗安留在床上的褐色牛皮紙信封。杜麗安知道他們之間不需要任何客套的語言了，說什麼都太虛僞太矯情。葉望生也覺得那樣最好，他傾出信封裡的一疊鈔票，就著小檯燈黯啞的光暈，坐在床上認眞數了一遍。後來他把鈔票又裝進信封裡，才看見信封外寫著「再見」。

眞意外，像電影結束時的字幕。

晚餐十分豐盛，杜麗安也特別飢餓，吃了兩碗飯，睡前又嚥下一大碗湯圓當宵夜。鋼波則急著擺弄他下午才剛買回來的卡拉ＯＫ伴唱機。杜麗安與劉蓮本來也興致勃勃，只是鋼波對電器一竅不通，那套龐然大物加亂七八糟的幾條電線看來非常複雜，結果弄了一晚上也無法把它成功接上電視機，最後連錄影機也不能操作了，以至租來的錄影帶也看不了。杜麗安與劉蓮都有點不高興，可看見鋼波一臉焦灼滿身大汗，她們知道怨也沒用催也無益，吃過宵夜後胡亂看了點電視節目，三人連打哈欠，冬至不就過去了嗎？

杜麗安上樓前還說了明天會叫電器鋪的人過來把伴唱機弄好，第二天早上她卻讓樓下傳來的歌聲吵醒。鋼波握住麥克風高唱〈大地恩情〉，唱得荒腔走板，臉上的神色卻洋洋得意。杜麗安後來跳上汽車趕去平樂居，腦海裡不知怎麼老浮現著電視上那些逐漸變色的歌詞字幕。河水彎又彎，冷言說憂患……人於天地中，似螻蟻千萬……夢裡依稀滿地青翠，但我鬢上已斑斑。

她想，蓮生一定會喜歡這首歌。這種與土地及故鄉有關的歌詞，這種澎湃的曲子，男人的歌，關正傑那被時光淘洗過的乾乾淨淨的聲音。

而她呢？她明明很久以前就看過這連續劇聽過這首歌了，偶爾也會無端端哼上兩句，卻怎麼要到今天看見卡拉ＯＫ字幕，目睹那些文字一個接一個變色，她才逐漸開竅，彷彿天啓，一個字一個字地明白了這歌的蘊涵。

因爲這樣，杜麗安聯想起那一本大書。她記不起那書的名字，但她想，如果今天再讓她讀那一本厚厚的青皮小說，也許她就能讀得下去了。

2.

長這麼大了，你一直認爲黑夜比白晝漫長。兒時你躺在漆黑的房中傾聽母親與其他妓女一起走下樓的聲音，她們在入夜後得穿上緊身衣和露出半截臀部的超短裙，踩著夜市場買來的廉價高跟鞋，一起到下面的樓道口等待嫖客。她們像守在一張網上的幾隻雌蜘蛛，有時候會爲了爭奪上門的客人而爭鬧，過幾天又因爲一支香菸的恩惠而歸好。母親最常給別人香菸，叫她們喊的時候別太賣力，「拜託，那小瓜明早還要上學。」

母親會那樣「工作」至黎明，天亮以前提著她的高跟鞋，赤足回到房裡。你總在假寐，總讓她以爲你一夜睡得很香。

母親死去的那一晚固然是最難熬的，以後每一個等待瑪納的夜晚也不好過。現在這樣，你不知道自己想不想她來，亦不確定她來不來，這於你是最極致的煎熬了。你根本無法入睡，只好坐在床上讀《告別的年代》或胡亂寫下日記。有時候倦極而眠，在夢鄉裡你也只像個岸上的孩子把腳伸入靜水中，稍微有點風吹草動便能使你驚起。

瑪納？是瑪納嗎？

瑪納沒來。已經好幾個晚上了。你在筆記本裡寫「我想**她**，但我不想見**他**。」但她甚至沒有到你的夢裡。夢是一灘映照不了現實的靜水，水上只得你自己的影像。於是你想像水面上的人影是J，你們彼此凝視，並記起葉望生在小說中對杜麗安說：「他們千方百計將我們兩個安置在一塊兒，但我們特別不自在，也特別看不慣對方。」

夢到後來，連J也不在了。夢中只有一道高高聳起的螺旋梯，你坐在中段，覺得梯子眞高，上下兩頭皆不見盡處。而你像攀上魔藤卻兩頭不到岸的傑克，忽然感到心虛了。你在夢中等了許久仍不見任何人經過，四顧何茫茫，一股巨大而深邃的空無感讓你驚恐，於是你抓住生鏽的梯子扶手放聲哭喊。

你忘了你喊的是誰。瑪納？媽媽？夢中無人回應。

有人亮燈，蟬聲與亮光滲入你的夢境。你睜開眼，301號房依舊局促而凌亂，細叔正站在書桌那邊，把一包騰煙的魚片粥倒進一個鋼製的大杯子裡。他說你感冒了，在發燒。說著他去開窗，蹲在床畔替你點了蚊香。你爬起床來食粥，聽他吟吟哦哦。「說不定是黑斑蚊症，明早再不退燒得去看醫生。」他把你的房間隨便整理了一下，拿走了散落在地板上的待洗衣褲。走之前他不忘提醒你：「替你調了鬧鐘，藥和水都在床頭，半夜自己起來吃藥吧。」

半夜你被鬧鐘的聲音驚醒。頭很痛，像腦殼裡面住了一窩忙碌的黃蜂。嗡嗡嗡。你把放在床頭的藥吃了，喝水時嗆了一下，狠狠地狂咳起來，又不慎絆倒了擱在那裡的半杯殘粥。鋼杯摔落到地板上，杯裡濃稠的冷粥灑了一地，還有一些蒼白而漸漸發腥的魚片。

細叔沒敲門，他把門稍微推開。「沒事吧？」他站在門外，聲音從門罅傳進來。

你搖搖頭。「只是被水嗆到了。」

「哦，那休息吧。打翻了的東西等天亮再收拾。」他輕輕把門帶上。

這一夜特別漫長，你被捲進一床悶被似的夢裡，在晦澀的夢境守住一具無面目的臥屍。那屍體本就是一幅無休止並且殘缺的拼圖，你跪坐著拼湊它，為此急得汗如雨下，大腦內的黃蜂也於蟬鳴中徹夜聳動，在你的腦裡鑽出無數祕密通道。細叔似乎進來好幾次了，也可能並沒有進來，只是把門推開一條細縫，站在門後靜靜觀望。每次你聽到門開時的咿呀聲響，便勉力把眼睛睜開一條細縫。眼垢愈來愈多，你覺得自己正以眼睛裡的眼睛在注視世界。房裡亮著燈，門外的走道十分幽暗，來人不動。

你不確定後來闔上的是門抑或你的眼皮，你被夢纏住了，它像一卷繃帶，將你裹成木乃伊，又像一隻蛾蛹。它們都是一樣的，關於生命與靈魂的保存，關於再生的期盼，關於往事泡在記憶裡封存，關於孤獨的完整，關於另一個自己的存在與契合，關於來日將與人世相擁。

夢把絲吐盡，待你又睜開眼，已是翌日中午。房裡熱得像一個火爐，彷彿太陽就躲在天花板與屋頂之間。在韶子的小說裡，那空間該有個閣樓。你移動眼球，發現細叔正站在床前。他兩手叉在後腰，像在看一具展覽中的木乃伊或一套金縷衣。他喊你，喊你的名字，然後等你從夢的深淵裡傳來回音。

但你聽不慣自己的名字，那聽起來像是在喊一個住在你身體裡的陌生人。等你想起該回應時，才發覺聲帶硬化，喉嚨變成一條過度受熱後失去彈性的橡膠管。你只能咳嗽，那咳嗽十分費勁，肺像一副乾癟的氣泵，你甚至沒有力氣去壓擠它。

下一次醒來，已辨不出時日。細叔坐在床前打盹，嘴巴洞開，頭在脖頸上微微搖晃，像那種頭項用彈簧做成的擺飾品。人們喜歡將這種小玩意放在車子裡，汽車開動時它們會因爲引擎的震動或路上的顛簸而一直晃悠著腦袋。但你竟沒發覺細叔已這般蒼老了，黧黑的臉上布滿灰白色的鬍根，像撒在褐色麵包上的糖粉。

你想活著總是好的，一覺睡醒便可以在人世重逢。

在你昏睡的時候，房裡已收拾整齊，幾乎窗明几淨，地上的魚片粥沒留下半點殘跡。那一本大書原來放在枕邊，如今已放桌上了。你轉動眼球，覺得陽光曾經進來施行過一番消毒，房裡的空氣似乎沒那麼潮濕了，而且隱約有一股殺蟲藥的味道。你的那些衣物已經洗好了，都摺疊整齊放在衣箱上，那一件肯德基的制服明顯洗熨過，連同帽子一起掛在門板上，驟眼看去眞像一個垂下頭懺悔的男孩。

細叔被夢中的什麼絆了一下，他打了個機伶後醒來，睡眼惺忪，臉上是一副恍然悟覺「活著眞好」的表情。「你醒來了。」他眨巴著眼睛說。

你們都醒來了。

躺在病榻上的數日，細叔每天至少跑進來兩趟，給你打包清粥和麵食，也帶上一些水果和鐵盒裝的疏打餅。那看起來像是探病時帶的東西，你看見那鐵盒疏打餅便會聯想起小時候在電影院裡吃的彩色糖果，它們沾滿糖粉，裝在一個像胭脂盒子的扁圓形鐵盒子內。那是只有在電影院才能買到的零食，而母親帶你到電影院的次數實在屈指可數，因而你總以爲它十分矜貴。倒是戲院門外大路上有兩個賣燙肉串的流動攤子，每次你生病發燒，一貫的痾嘔肚疼，母親帶你到附近的何馮葉藥房，看了病以後步行回去五月花，你總會眼饞地緊盯著攤子上的肉和海鮮串。母親平日是不可能遂你所願的，但這時候她總會於心不忍，她瞪你一眼，推一推你的背，「去挑吧，只准吃三串。」

你喜歡吃魚丸和蕹菜魷魚鬚，母親會忍不住吃上兩串鮮蚶。那些蚶血淋淋的，腥味奇重，放到沸騰的開水中稍燙，拿上來便成了灰白中略呈醬紫的屍色。母親說女人吃這個好，滋陰補血。

也許就在你養病的這幾日，瑪納走了。真奇怪，以前你不察覺她住進來，而今你卻清楚意識到她已經離開。也許是你感覺到五月花居然比過去更幽寂一些，安靜得連蚊蟲，譬如蜘蛛和壁虎，都已棄絕了這地方。瑪納把她自己的氣味都帶走了，市政廳的人到五月花來大肆噴了驅蚊霧，她的房間裡只飄盪著一股接近煤油的殺蟲劑的氣味。你趴在地板上看，床底下的鞋子與大行李袋都已不在，這讓你感到難過，如同心臟被剮了一下，竟刨出了裡頭掩埋的一個窟窿。

這樣好嗎？這樣不辭而別，瑪納就讓自己隱入眾人，像一顆水珠融入海中。

這樣不好。你坐在地板上抱膝而哭，因你知道瑪納並非不告而別，她到過301號房了，她把房間整理乾淨，打開窗，讓陽光與風爲房間施洗，驅散房裡的病菌。她替你把晾乾的衣物摺疊好，還熨燙了那件肯德基制服。最後她坐在你平日坐的椅子上，翻了翻那本大書，又拿了你插在筆筒裡的紅色墨水筆，在小說前面的空白頁上寫下一句話：

你們要彼此相愛，像我愛你們一樣；這就是我的命令。

她不會回來了。她抬起兩腿，抱著雙膝，把下巴擱在膝蓋上，一直在凝視你。你明明在睡夢中感知她的存在，也知道那一刻她的目光有多麼溫柔和悲傷，而你卻沒有睜開眼睛的勇氣。你仍然不知道該怎樣面對你想像中的尷尬與難堪，而且你有預感一旦你張開雙目，瑪納就要對你說話了。男聲的瑪納，低音的瑪納。

就是同一天的事吧？你假寐不寤，以至眞的睡著了。那天傍晚細叔開車，把瑪納載到長途巴士站。儘管有點倉猝，細叔還是在路上停了停車，幫襯路邊攤買了兩份包餃，一份給瑪納，一份帶回來給你。你在夢中循著叉燒包的香氣重入人世，睜開眼時，瑪納已經一個人在漫漫的路上。

好些年後你坐在往北直駛的長途巴士上，不可遏止地想起那一刻的瑪納。車上急於嫖娼的男人或一些特意來獵奇的外國人也許會調戲她，有人遞上香菸企圖搭訕。誰會坐在她身邊呢？在她倦了忍不住打盹的時候，她的頭會歪向哪一邊？

但你終究比你自己想像的平靜，也很快適應了心裡的空洞被刨掘出來以後更深一層的孤獨。床墊下仍然有著死亡的凹槽；夢裡要麼無人，要麼擠滿了不相識的面孔。倒是細叔一直在夢見你的母親。「自你生病的第一天起，你媽每晚都給我托夢。」他說。

在細叔的夢裡，母親變得很年輕，穿七〇年代時興的短裙。「簡直像那張瓷照裡的她，我幾乎以爲那是我失散了許多年的妹妹，我以前就跟她說過了，那照片裡的人眞像我妹妹。但她堅持說她不是我妹妹，而是你媽。爲此她還賭氣轉過身去，十問九不應，像是在抽泣。」

爲了撫平夢中的不安，細叔瞞著你去找了術者問米。那得來回開上整百公里的車，回來後他向你「轉述」母親通過靈媒說的話，囑你照顧自己。「她說你要是考上大學了，就去念大學吧。」

你和細叔都知道那靈媒是假的，這怎麼聽也不像是母親的語言。你知道這一切都是假的，靈媒在虛擬你的母親，細叔也在編撰母親的囑咐。你甚至懷疑連問米這件事也是假的，細叔很可能只是在茶室中閱報得來靈感，便兜了個大圈，拐著彎告訴你：「別擔心，細叔會幫你。」

你明白細叔的意思。那時你們都站在五月花二樓的樓梯上，細叔點了根菸，還提到了有人要買下五月花，打算把它裝修成咖啡座。你點了點頭，但其實還不能意會賣掉五月花意味著什麼。你說細叔我要去上班了，再不走便趕不上車。說著你轉身往樓下跑，卻又突然在樓梯拐角那裡停住。你轉過頭來，仰望那正隱沒在陰鬱處的薄影。「細叔。」你小聲喊。

細叔聞聲，從暗影內舉步而出，像從半透明的影像攸而轉爲實體。

「什麼事？」他露出一口黃牙齒。

「瑪納呢？她不回來了嗎？」你抬起頭，自覺像孩童似的，一張祈禱者的臉。

＊

那是以後的事情。你有一個小說必須寫下來。以後你會拿這個小說去參賽，出乎意料之外的得了個首獎。在開往泰國的長途巴士上，你像一個拮据的撲滿，被午夜的路途搖出許多零碎的夢。你夢見瑪納，並且在夢中告訴她得獎的事。她在你的夢中依然美如艾蜜莉，也依然憂傷且笑而不語。

在你以後的小說裡，瑪納的母親是一個名叫藍雅的泰國女孩。「藍雅・西里。」細叔在小說裡艱難地唸出這發音古怪的姓名。

藍雅個子矮，略胖，有個微塌的鼻子。離開男人的那一天，她的眼袋浮腫，臉上還有瘀痕。晚上她涕泗縱橫地哭號著說不能再跟他過下去了，第二天黎明前便離開了他們同居的小房子。男人那時很年輕，貪睡，也因爲射精後的生理反應與嗎啡的作用，他雖夢見藍雅偷偷離去，卻一直沒有認眞地從睡夢中掙脫。醒來時已是當天下午，男人發現藍雅翻箱倒篋，把房子裡所有的錢都拿走了，沒留下一枚硬幣。男人找到了一包快熟麵和一個雞蛋，他吃的時候才想起自己昨天與藍雅又幹了一架，藍雅摀著腫起來的臉說不行了，過不下去了。她說她要回去打胎，但他們只得三幾十元，這點錢怎麼夠？

所以她後來說她在家鄉生了個男孩，男人一點也不懷疑。男孩名叫安攀，從母姓。他可從未見過這兒子，但是最後一次從監獄出來以後，家鄉的父母都已離世，妹妹也失了音訊，他忽然才發現親緣的可貴，於是開始腳踏實地，工作後斷斷續續地給她們母子匯了些錢。直至後來藍雅癌症病危，他迢迢趕到泰國探望，在醫院裡見著少年安攀，那已是「瑪納」的半成品。

那一次從泰國回來後不久，藍雅在她老家的高腳樓裡病故。安攀則輾轉去到海濱城市的酒廊裡工作。有一天男人接到「瑪納」從邊境打來的電話，說她正在南下的路上。

「我要多掙點錢，我年底要回去再動一次手術。」

瑪納從前門走進五月花。那時301號房的床上正躺著一個垂死的病婦，男人領著瑪納進去打招呼。瑪納猜想這個膝蓋長腫瘤的女人必定是男人的妻子，或至少是情人吧。那是你的母親，她早聽細叔提起過瑪納這孩子了。她把瑪納喊到床邊，溫柔地握住她的手。遠方孤兒的手，瘦削而堅韌的手；手指很長，骨節突出。

「你長得眞漂亮。」母親緩緩睜開她的眼中之眼，右手輕撫那掌中之掌。「眞的，瑪納，你眞漂亮！」

瑪納十分欣喜。301號房裡的病婦是她到這異鄉所遇到的最親切的人了。這病容已有點猙獰的婦人讓她記起自己的母親藍雅・西里，因此當你的母親問她「孩子，你身上帶著香菸嗎？」，她毫不猶豫地把身上的香菸全掏出來，給了這和藹的病婦。

瑪納在五月花住了半年。用後門出入是她提出來的建議。細叔因爲找不到舊鎖的鑰匙，便讓人換了新的鎖頭。她像一隻輕巧的貓在五月花自出自入，而且因爲她總是晝伏夜出，常常連細叔也不確定她是否存在。她住的房間就與細叔隔了一道薄牆，有時候他會聽到那房裡傳出一些聲息，譬如把鼻子埋在毛巾裡打噴嚏，或是輕微得如同幽魂在嘆息的哼唱之聲。

301號房是她常去的地方。她聽你的母親在床上喃喃自語，陪她一起抽菸。母親讓她把床底下的行李箱拉出來，打開它，如數家珍似地對她細說裡面每一樣物件的來由。瑪納記得那裡面有大大小小幾個塑料材質的獎盃，還有你小學時參加數學比賽與作文比賽得的獎狀，兩本刊登了你的作文的校刊，畢業照中小小的你的面容。「我的兒子。」母親在五十人的合照中指認你，她拿食指撫摸你的臉，她的指甲都要比相中人的臉龐稍大。

除了這些，那箱子裡還有幾件她平日不怎麼穿的衣物及一雙夾趾拖鞋。她總是像準備好了隨時要走人，而如果她眞的離開五月花，似乎還會把那些破銅爛鐵似的東西也帶上。如今它們都還在，獎盃上的金漆已然斑駁褪色，那些獎狀受潮後泛起褐黃色的斑點。你倒是對箱底的一件熒熒發光的藍裙子印象特別深刻。母親似乎提到過那是以前一個姊妹的遺物，而它顯然是母親最鍾愛的衣裳，只有在你小學六年級的畢業禮上，她隆而重之地穿過一回，特地去看你上台領學業優秀獎。

母親斷氣的那一晚，細叔把她的死訊告訴瑪納。「樓上的阿姨剛死了。」瑪納抿了抿嘴唇，後來她從布包裡掏出一盒香菸，說是給你母親買的。細叔接過去。「我會交給她。」他說。

離開的人都不再回來了，五月花終究只是個驛站。奇怪的是自你從病中康復以後，慢慢發現了記憶中五月花正逐漸褪去。那些在牆旮旯繁衍了一代又一代的蜘蛛以及在陰影中培養了生生世世的蚊蚋被一舉殲滅，空氣中的咖哩羊肉味，榴槤味，尼古丁，還有瑪納身上的香水味，都已被煤油般略微嗆鼻的味道覆蓋。就連301號房那一管播放蟬鳴的日光燈，也在某天電線短路跳掣時突然寂滅，以後燈不亮了，蟬也不唱，彷彿養在燈管裡那一隻頌經超渡亡魂的生物，業已功德圓滿。以無明滅，境界隨滅；以因緣俱滅，心相皆盡，名得涅槃。

細叔從別的房間卸下一支燈管來給你換上。因清理了燈管上的積塵，它亮得極爲爽快，房裡光猛得像是可以把流連的亡魂驅散。你坐在燈下讀書寫作，心裡的地窖與閣樓，還有那裡面你尋不著的寶藏與眞相，因爲虛無，終免不了慢慢地逐一淡去。

你依然安靜。肯德基裡的工作依然機械化，鴨舌帽的暗影遮蔽了人們的表情。你聽到日升日落之間，光陰走動時的齒輪之聲。那聲音像白蟻蛀食木頭一樣緊密而隱晦，讓你雖看不見，卻仍然察知了日子內裡的空洞。五月花的蚊子重新滋長，但燈管裡的蟬確已圓寂。你知道什麼是「萬籟俱寂」了。在睡夢裡，你聽到時間一整個晚上於靜寂中碎步疾走，白蟻從地板鑽入你的床架，開始在蝕食一張床的記憶。

沒過多久，雨季就來了。下雨的晚上，飛蟻如蝗。這些小生靈彷彿於幽暗中憑空出生，一出生便迫不及待地撲撲衝入亮燈的房裡啄食燈光。你在鋪天蓋地的蟻潮中，唯一可做的便是熄燈，再鑽入被褥中就寢。水蟻在暗中頓失所依，便像集體自殺似的撞上窗玻璃，試圖撲向窗外的月光。

明明下著雨。月光卻亮得像個彌天大謊。
母親的亡魂不曾入夢，瑪納也不會來了。

3.

你在一部中篇小說裡遇上韶子。韶子是這部小說的女主人公，一個小說家。你們在一家人很多也十分吵雜的小酒館裡相遇，那裡是很多詩人與小說家喜歡去的地方，大家在那裡喝酒抽菸打屁，或者像政客那樣煞有介事地控訴著文壇的爭鬥與寂寞，以及宣揚自己的文學理想。

你與韶子都知道那是個小說裡才能有的地方。「因爲這世上本沒有那麼多詩人和小說家。」她說。你記得這是韶子的小說中出現過的對話。「我知道你是誰了。」你給她點了一杯啤酒。

「哦？那我是誰呢？」她舉杯，將自己手上的小半杯啤酒一飲而盡。「我也很想知道。」

「昨夜我與女巫對話[1]。」你湊前去，把酒精味的答案輕輕吹入她的耳朵。

1 〈昨夜我與女巫對話〉爲詩人刻舟的得獎長詩，寫在韶子故後。

當晚你們在小說的場景裡做愛，那是在某個時代的五月花裡某個房間的雙人床上，落月滿窗台，可你們總亮著一盞檯燈。那土褐色的燈罩蒙著積塵，光被圈禁在裡頭，徒留小小一薄片圓形的亮光在床頭上。這使得五月花看來十分陳舊，你覺得你們像是在一棟明日就要被拆掉的危樓上交歡。你問韶子這是夢嗎？我們在我們都曾寫過的旅館裡做愛。

韶子沒有回答。她會以爲你是詩人刻舟嗎？韶子會知道她就是韶子嗎？那小說也沒交代清楚，作者倒是把你們的性愛過程寫得鉅細靡遺，以致後來有人評論這小說頗受渡邊淳一名著《失樂園》的影響。這些評論於你們當然毫無意義，它不影響你們的性趣。你們瘋狂地幹了兩場，之後趴在床上談起《告別的年代》裡的一些人和事，你坦白告訴她，你終究沒把這本大書讀完。

韶子轉頭盯著你的眼睛。「我們在談的，不是你正在寫的新作嗎？」

你有過一剎那的錯愕。你仔細推敲，懷疑你們說的也許不是同一本書，但你旋即想通了，你遇上的是寫《告別的年代》以前的韶子。

「不，寫完了。」你說。「在書完結以前，小說已經結束了。」

這一部寫韶子的小說，第四人無緣得見，也就沒有機會批評了。他自然也被作者寫進小說裡，只是因爲擔心其後人會以法律追究，小說作者機智地把第四人拆開來分解成四個角色。其中一人此刻正在蹲在你們的房門外，企圖竊聽你與韶子的談話。當然他關心的只是韶子，有好幾次他甚至想衝進房裡向韶子告發你；告訴她，你剽竊了她的每一篇小說，把《告別的年代》裡提到的每一部韶子著作，以你自己的文字寫了一遍，把那些虛構的小說「兌現」，並且厚顏無恥地公然署名發表，或甚至投去參賽。

你知道第四人在外頭。他已經跟蹤你一段時日了，自從你初試啼聲，在本地最暢銷華文報的文藝副刊發表了〈左岸人手記〉以後，他很快便盯上了你。韶子似乎忘卻了自己是那些小說的原作者，而這世上彷彿只有你與第四人了解這些作品的出處，也似乎唯有你倆讀過《告別的年代》。你在想，這些日子他一定到處在尋找那一本綠皮大書，好舉證揭發你的抄襲行爲。事情當然沒有那麼容易，他這才發現連《告別的年代》也僅僅是一部構想之書，一部從輕灰中幻化的長篇鉅著，在你們分別讀過以後，它再化作塵埃，被風吹散。

後來這一部中篇小說裡的第四人，因多次舉報你未遂，只有陷入在憤恨與怒火之中。當然，他的痛苦裡未嘗沒有嫉妒的成分。小說中的另一位第四人是一位懂心理學的催眠師，他負責醫治那跟蹤者，也曾與你坐下來談論過病人的情況。是他告訴你，他的病人正日以繼夜地默寫一部幻想中的長篇小說。

「他說要阻止你繼續抄襲韶子的作品，唯一的辦法是搶先你一步，把《告別的年代》寫出來。」

那時候跟蹤者已瀕臨瘋癲了。在他的想像中，自己所默寫的這一部《告別的年代》不啻是阻止你抄襲的策略，同時也是唯一證物的還原與重現。你託催眠師轉告他，他這做法無疑是在捏造證據。催眠師認同你的看法，然而病人屢勸不聽，你們最後不得不合作起來，一起阻撓《告別的年代》的誕生。

其餘兩位「第四人」是小說裡受理此「案」的一名警員，以及後來在法庭上爲跟蹤者辯護（那時他以誣衊與製造僞證的罪名被起訴）的律師。這小說如斯荒誕，庭審現場亂作一團，最後得由催眠師出動，讓法官與被告都相信此案並不存在。

韶子一直坐著旁聽。你看見她那蒙娜麗莎般神祕莫測的微笑，便知道她準備把這一切寫成小說。

那小說結束之前，你到小酒館去尋韶子，並在那裡碰見了四個第四人坐在一起喝酒，互相揶揄調侃。韶子不在，你離開酒館去找你們都寫過的旅館，五月花。那是個滿月之夜，你發現天上掛的還是原來的老月亮，而這城中所有的五月花都已被拆除。

第十一章

1.

華蒂的大兒子買了一幢位於河畔的二手新村屋，半磚半木，附送一條二手看家犬。那屋子雖略嫌破舊，卻相當寬敞，有華蒂的容身之處。自從老爸死後，杜麗安看在那一點霧水情分上，讓華蒂長住舊居那裡，如此快八年了，每月只象徵式收二三十元房租。華蒂也算知情識趣，把那房子照料得整潔企理，逢初一十五打掃神檯，每天還給杜家祖宗上香。杜麗安不無感激，便讓華蒂把她想要的幾件舊家具帶走，另外還贈了她一條916金手鍊。

華蒂把金鍊攥在手心，臉上眉開眼笑。她已經當了四個大眼小娃兒的奶奶，新的一代出生，舊的一代便不得不老。她原來濃密的頭髮已然稀疏，又鬆脫了一個門牙，還添了手抖的毛病，讓杜麗安看得心酸，也有心驚。

華蒂搬走以後，那舊居一時半刻還眞不知該如何處理。杜麗安最苦惱的還是供在神檯上的杜門堂上歷代祖先，爲此她特意打電話與阿細商量。其時阿細剛在都門買下房子，正準備來年結婚。杜麗安著他將祖先神位請過去立命安身，阿細卻像有難言之隱，扭擰了半日才道明苦衷，說未婚妻全家信耶穌，斷斷接受不了在家裡供神拜佛。

杜麗安聽得臉都沉了，在電話裡狠狠數落了弟弟。「神佛？那是祖先！祖先是自家人！」她說他涼薄，不孝，無義，又爲自己訴了些苦；愈說愈覺得委屈和忿然，怎麼這弟弟永遠都不懂事。阿細小聲回了兩句，她覺得頂心頂肺，憤而掛斷電話。之後愈想愈氣，眼淚竟吧嗒吧嗒落下。

那一年事情眞多。流年吧，總覺得世道不太好。有一陣每天打開報紙都是中國的新聞，全版黑底白字，畫頁也多，巨幅圖片裡黑鴉鴉的擠滿學生，後來還出現軍人和坦克，看得人心驚肉跳。那時杜麗安心裡總疑慮著中國有多遠呢？會不會有一天坦克就開過來了？聽老人家說以前日本軍隊騎腳車也能蹬到南洋來，而中國聽著很近，這害她連著幾個晚上做了些黑白片似的夢，血都是黑色的，不紅。

再有莊家老么大年初一沒在家過年，卻在百餘里外的北方島埠跳樓自殺。這死，種種說法都有，嗑藥，賭債，尋仇，撞邪，還讓坊間的獵奇小報拿來大作文章。而不管怎樣，莊爺老來喪子，白頭人送黑頭人，據說傷心得一度喘不過氣，當場暈厥，救活過來以後腦筋一直不靈光，都不太認得人了。鋼波偕杜麗安到莊家走過幾回，老人家臉色晦暝，目光翳翳，見誰都張口結舌而已，看似沒了活下去的意志。

鋼波見狀，心裡自然極其難過，每到莊家一回，便對杜麗安說他有預感誼父將不久於人世。杜麗安沒去揭穿這「預感」有多荒謬，按陰曆算，莊爺都八十四了。誰不曉得他時日無多？她聽說那些做喪葬生意的都在覬覦莊家這張單字，可以預見莊爺哪天兩腳一伸，那排場肯定比他的八十壽宴擺得更闊氣。

她也知道鋼波對莊爺的悲憫裡有自傷之情。他自己六十有幾了，漁村那邊的老二家剛丟了個地中海貧血症的兒子，誰說不也是白頭人送黑頭人呢？聽劉蓮說，她二哥總認定老婆是這怪地中海病的始作俑者，夫婦倆三天一吵五天一鬧，搞得砸鍋擲煲雞飛狗走，家裡活像地獄。

「等著瞧吧，這話你麗姨我說的，你二哥要在外面找女人了。」杜麗安冷笑。

平樂居經營了十幾年，如今勉強算個老字號。這幾年街場有不少店鋪都改成了茶室，競爭激烈。儘管錫埠剛宣布陞格為市，但市區人口沒見增加，茶室生意僧多粥少，求存不易。幸好平樂居十餘年打下的口碑不錯，來往的熟客也多，難得生意沒怎麼受影響。店裡的老夥計都安在，唯獨娟好沒做下去了。

這事杜麗安想起不由得感慨，心裡覺得怪怪的，說不出什麼滋味來。前兩年矮瓜臉國中畢業後，粗著膽子跟人合夥跑夜市，每天晚上到不同的地方擺賣女人服飾，生意居然做得不錯，很快一開二，她自己撐得起一個攤子。那女孩平日冷口冷臉，又女生男相，本來並不討喜，可聽說只要攤子一擺開，她就像過了虎度門上場演戲，馬上變了個伶牙俐齒的人，尤其面對女人嘴巴特別使得開，回頭客便多。娟好本來只在週末晚上去幫攤，後來見利潤好，索性辭去茶室的工作，退還糕點小攤，和女兒一起闖夜市。

杜麗安未作挽留。一是無話，姊妹一場，唯有祝福而已；二是她也曉得娟好當時心裡有股怨氣，恨她這老闆娘最終沒「幫她」收回潮洲佬的薄餅攤，也不與她聯手對付豬腸粉檔的幫攤女孩。那幾個長駐平樂居的三姑六婆記性可好得很，而且她們特別憎惡娟好，偏生娟好敏感多疑脾氣大，每有一言不合時，自然形成三英戰呂布之勢。娟好總討不了好，之後不免自憐自傷，又恨杜麗安獨善其身，便分外自覺孤苦；心中積怨日深，離開終是難免的事。

那時候潮洲佬已付了三千元禮金，把女孩從豬腸粉檔娶了過來。娟好辭工的時候，新嫁娘的肚子都漲起來了，她整日與人家兩口子碰面，別說有多尷尬。剛巧那陣子潮洲佬買字花中了二獎，喜不自勝，對誰都直說自己「連中三元」，把這年輕妻子當寶貝似的，對她呵護備至。娟好看著心裡夠難受了，那甲乙丙幾個連成一氣的長舌婦，猶喜歡落井下石，這邊猛誇新嫁娘腳頭好，帶財旺丁；那邊又拚命渲染人家的恩愛，刻意把潮洲佬戲稱作「二十四孝老公」。

這些事，杜麗安心裡清楚，但她管不了。她能做的是出言小責那幾個婦人，叫她們處事別忘形，說話別太放肆。但她畢竟無權阻止別人幸災樂禍，即便她也明白，娟好在平樂居之所以人緣不好，未必不是因爲別人都把她當「老闆娘的心腹」看待，且她未嘗不以此自喜，才會有後來落下話柄被人猛揭瘡疤的遭遇。

既然話多無益，杜麗安把帳算好，該給的糧餉一分不少，另外還給她一個大紅包。都到這份上了，娟好也不與她客套，好歹她在平樂居夥計中，也算個元老了，於公於私她都沒少出力；這紅包，她受得起。杜麗安本來還想找一天要私下請她和矮瓜臉到酒樓吃一頓像樣的，娟好卻不稀罕這場「戲」，要不推說忙，便說身體不適，走後便再沒回平樂居來，杜麗安這承諾便一直兌現不了。

娟好這一去，杜麗安不由得感懷。兩人相識二十多年了，原以爲這叫金蘭姊妹呢，但工辭了姊妹情誼竟也所剩無幾，彼此都看穿了就那麼一點賓主關係，這情分還能像帳目一樣結算清楚，然後一筆勾銷。而這其中究竟發生過什麼事呢？杜麗安始終說不出個所以然，她知道娟好也未必能道明白。反正落下了芥蒂，總有一日會撐出裂縫來，而今唏噓已無補。聚散離合的事，她以爲自己看得開，只是娟好到底不在了，身邊眞少了個可以說話的人，就連爛口婆與她的同夥們也略感這太平日子過得無聊，杜麗安自然倍感寂寥了。

說起來，那是屬於年輕女孩的一年吧。潮洲佬的嫩老婆過上好日子了，矮瓜臉也算大展鴻圖，其他人都被寂寞與平庸的生活所煎熬。家裡還有一個劉蓮呢，三十二歲的老姑娘，生活無聊得緊。葉望生草草結束了這裡的生意，說是與新的合夥人到南方大埠搞沙石生產了。杜麗安以爲她該跟著去，那一年TVB有一套不怎麼樣的《花月佳期》，她故意讓劉蓮租回來，提醒她不能再蹉跎了。可劉蓮死纏無效，最終只爭得葉望生丟下一個承諾吧，她便守住這些棉花糖般不經事的空話，乖乖待在這邊，每天放工後以連續劇打發歲月。

生活看似平靜，但杜麗安察覺劉蓮的消沉，不由得替她發慌。回想自己在劉蓮這年紀時，已經在平樂居當家做老闆娘了，而劉蓮至今仍是個飽不了餓不死的車衣女工。聽說那成衣廠這兩年風雨飄搖，還發生過大耳窿押著少東上門討債的事，工人們誰有出路的都不願久留，連老闆的兒媳婦也到外頭自立門戶去了，倒是劉蓮害怕面對一切改變，仍然守住老東家，故作平靜地過一日算一日。杜麗安眞把她當姊妹，提醒她，這世上並非任何人任何事都值得從一而終。

其實那時她該想到所謂平靜生活是個虛僞的理想，總有什麼事情在醞釀中。她早該想到劉蓮這死腦筋和屎蚶一樣密密實實的嘴巴，最終會把她自己逼上絕路。或許她已經意識到了，《花月佳期》

早已劇終，葉望生去如黃鶴，三個多月不見人影，似乎也沒來電話。這種情況之下，劉蓮的平靜本是不尋常的事，那平靜是個凶兆，只不過杜麗安有點意懶，也貪圖這百無聊賴後因麻木而生的平靜。待她不得不問時，方知道事情比她想像的更嚴重一些，劉蓮踏上的絕路快要走到頭了。

葉望生說要創業，把劉蓮的那一點點儲蓄「借」去了，這事絲毫不出杜麗安的意料；葉望生始亂終棄，走了就不再回來，這情況杜麗安也不無預感。「只是……這該怎麼辦？」她在劉蓮身邊坐下，替她揉一揉背。那時劉蓮剛衝進浴室裡，吐了滿腔苦水，以至涕淚與嚎哭都給擠出來了。杜麗安聽到劉蓮胃裡翻江倒海的聲音。這蹊蹺她自然懂的，古往今來多少戲，她不知看過多少遍了。

劉蓮知道杜麗安在浴室門外等著，她哭過以後，便在裡面苦苦耗了一陣。杜麗安一聲不響，直等到她咬著唇打開門。劉蓮看見她便明白了前無去路，事情再也瞞不住了。她像犯大錯後被逮住似的，揪住自己的兩隻手肘，怯生生地，站也不是，走也不是。杜麗安沒想好該說什麼，唯有逼視她，把她看得垂下眼簾，眼皮如一層薄膜，底下的眼珠與目光一起顫動。她仍然看著她，看她這張臉蒼白得猶如骨瓷，只有下唇被牙齒咬出了半圈血色。

翌日她帶她到城市偏隅的診所。登記窗裡的老護士把一個原來裝雞精的小玻璃罐遞給她們。「你們哪一個要驗孕？」杜麗安瞪那老女人一眼，把罐子拿下來。後來同一個護士打開另一扇門，站在門洞裡喊劉蓮的名字。杜麗安陪著她一同入內。醫生倒不老，可十分熟練，問明詳細後馬上推算出來，說腹中的孩子快有四個月了。

「四個月的胎兒有多大呢？」杜麗安關切地問。

那醫生拿拳頭比了比。「比這個大，開始長指甲，也長毛髮了。」

劉蓮始終低著頭，這時候抬起眼來看了一下。比男人的拳頭還要大的一塊腹中肉，這多麼驚心，如若是一個肉瘤，恐怕也得將人撐死；何況這團肉裡還有生命，有思想，有命運。劉蓮像是忽然醒覺事情有多可怕，也明白它還將更嚴重，她愣在那裡，感覺到眼皮不住跳動，似是她的身體所包裹的某個人正劇烈顫慄。

從看診室裡出來，又是同一個護士在拿藥的窗口裡喊她，喊她那馬來語拼音的名字，聽來像「留——戀——」。杜麗安搶前去占住那窗口，還主動打開手提包付了錢。劉蓮明白她的意思，她總想替她掩飾，讓人錯覺她才是兩人之中的事主。

到了車上，劉蓮把抓在手裡的幾張紅鈔票塞給杜麗安，她說，麗姨，這是你墊的錢。杜麗安一貫要推，但看見她咬緊牙齦，雖眼簾低垂，可目光牢牢盯住某處，手上使的也是眞力氣，遂明白她的堅定，便不與她爭持。

那是個陰鬱的上午，欲雨未雨，空氣十分濕重，雲層都厚厚地堆疊在屋頂上，像積壓在杜麗安與劉蓮心裡的事情。兩人坐在語言的空曠中，只覺說什麼都不著邊際。途中碰上長長的送葬隊伍，也不知故者是誰，但場面浩大，想來是個教育界名人吧，竟來了幾個騎重型摩托的交通警察和兩個學校的銅樂隊。穿著漂亮制服的銅樂隊女孩吹笛打鼓，跟在殯車後操步越過十字路口。杜麗安的汽車被迫讓道，她們停在那裡，看著那些女孩的短裙和長靴，肩上的金色穗帶與襟上的紅色繩結，感覺像青春年華以慢鏡頭播映，在雨前的陰霾與死亡的氛圍中，喧騰而緩慢地走過去了。

「看來選錯路了，這路不好走啊。」杜麗安說。

劉蓮或許聽出弦外之音，就連本無言外之意的杜麗安自己也推敲出來了，這讓她們都不知如何是好。送殯長隊如一列慢駛的火車開過，奏得有點參差的樂音晃晃蕩蕩地漸飄漸遠，交警開著巨大的摩托追上去。她們兩人都沒察覺前面的交通燈已然轉綠，排在後面的兩三輛汽車猛地一起響起車笛——

路是走錯了，前面一關還一關，全亮著紅燈，或豎著「此路不通」的告示。但總不能就此停在原地，闖也得闖過去的啊。可正如杜麗安所預料的，劉蓮能做的唯有拚了命撥打那個無人接聽的電話而已。那怎能算個法子呢？劉蓮一拖再拖，心虛地處處迴避著杜麗安那探詢的目光。她連向來賴以忘憂的連續劇也不看了；每天早早熄了燈爬上床，似乎抱著某種信念，以爲一覺睡醒過來，明朝葉望生就會出現在門前。

但葉望生終究是個夢裡人，你不能把他放在現實的日光下，他連陽光的重量都承載不了，他會蒸發。你怎麼會痴心妄想，想到用一條小生命去拴住這個男人呢？你倒加速了他的消失，你像白日過猛的陽光一樣，驚嚇他，他只有逃竄了。

劉蓮躲進夢裡也避不開杜麗安的詰問。事實上那夢如電梯箱般窄小，升升落落而無路可去，她也只有杜麗安一個可容傾訴的人了。杜麗安自己也感到詫異，夢中的自己竟情眞意切，乾瞪眼，空著急，說話說得聲淚俱下。這些人這些事本來與她毫不相干，換以前她會說這是「他們劉家的事」。而劉蓮與她非親非故，母女不是母女，姊妹不是姊妹，朋友不是朋友；自她把帳結清，與葉望生了斷一切瓜葛以後，她與劉蓮便連冤家也不是了。

說起來，杜麗安尚且記得她對劉蓮還有過心生牴觸的時候。現在回想自然明白那些不過是芝蔴綠豆般的小事，但想起來仍覺得事情鮮活著，連細節都清清楚楚。那時看見劉蓮穿著剛做好的水藍色連身裙出門，她還有點眼熱。「旋個身讓麗姨看看！」她說著輕輕一推劉蓮的胳膊，劉蓮便如一枚硬幣似的原點打了兩圈，那闊擺八幅裙，如一湖清泉盪起圈圈漣漪。「好看嗎？」劉蓮紅著臉虛聲問。

杜麗安伸手輕揉那發光的、柔軟的料子，真的像舀起一掌泉水。她嘴上誇人家好看，眼睛禁不住密密地往裙緣的針腳細細察看。「好啊，阿蓮你留了一手，這做工真細！」杜麗安嬌笑著放下掌中湛藍的清泉，但放不下心裡的疙瘩，以後七八個月，她都不願意讓劉蓮替她改衣服了，那時候總覺得這女孩心眼不好，這心結不知擱多久了才慢慢消弭，或許也是因爲劉蓮察知有異，抓了個機會毛遂自薦，替她做了件好看的單裙，才打破僵局。

這些心思牽牽絆絆，也複雜，也有計算，卻再與葉望生無關。杜麗安還是光顧過外面的兩家裁縫店後，爲了修改衣服的事與人家生了點不歡，回頭才察覺劉蓮的好用處。再說家裡那台勝家縫紉機不也算一筆投資麼？如斯賭氣最終吃虧的還是自己。杜麗安愈想愈覺得好笑，那一襲發亮的湖水藍裙子劉蓮只穿過一兩次，她見她提著裙襬笑矜矜地坐上葉望生的汽車。而讓她鬧心的竟是裙子；是裙子！是她買來送她的布料，卻不是車裡的男人。

都這樣，她與葉望生，她與娟好，甚至當年與蓮生吧，她以爲欲斷則斷，那是好來好去了。

可劉蓮與她不同，劉蓮生下來就死心眼，對自己鍾愛的人與物事忠貞到底。那是平庸與貧困者的通病，就一襲藍裙子成了她的榮耀，差點沒把它當成嫁衣了。葉望生在她心裡必然也這分量，那麼漂亮醒目的男人，她恨不得能把他像衣服那樣收藏在衣櫃裡。偏偏裙子是劉蓮自己量身訂製的裙子，杜麗安再眼紅也明白得之無益，而葉望生卻是那麼一個老天爺爲所有女人量身訂製的男人。

要愛情嗎給愛情，要月光嗎給月光，要風得風要雨得雨。他滿足每一個女人淺薄卻不斷膨脹的虛榮心，讓她們都感覺如魚得水，卻又不可避免地愈來愈愚昧愈來愈自卑。他在女人的身體裡種下癮頭，肉癮或心癮，種在她們身心最柔弱潮濕之處。那都是泥濘之地，最後只落下無數被踐踏蹂躪的痕跡。

杜麗安也託人打聽葉望生的下落。那是一隻狡兔，眞要藏起來誰也逮不住他，倒順勢刨掘了他的好些劣跡與韻事。那些女子與劉蓮的命運大同小異，一個是遠鎭上的寡母，一個是都門某新村的電髮妹。杜麗安一點也不感意外，她完全可以想像葉望生南下北上所停留過的地方，都至少有一個爲他傾盡所有而人財兩空的苦命女人。這些女人怎麼可能從未曾意識到葉望生正在國境某處複製她們的命運呢？她們也會像劉蓮那樣，聽到這些事情便目瞪口呆，激動得直打哆嗦嗎？

她沒說下去了。她眞怕這樣會讓劉蓮動胎氣，而且她確信劉蓮即便沒聽說過這些事，心裡其實早已隱約猜知。這是愚蠢的極致，非因無知，而是自覺地放任自己的無知。

猶如不知死活的燈蛾，荒唐地撲向日光燈管裡的冷火。燒不死，卻折翼斷肢，遍體鱗傷。

這道理簡單不過了，水滿了自然會溢出，劉蓮的身裁再纖細，肚子該隆起來時總還是擋不住的。杜麗安替她著急，她把該說的都說了。「那多出來的骨肉不長我身上，路你得自己揀。」她們同時睨一眼那微微鼓起的小腹。「這不是十個月的事，這是一輩子的事。」

要是在以前，當鋼波還是鼎鼎大名的大伯公會建德堂堂主的時候，這事或許會有另一種了結的方法。葉望生會被鋼波與他的馬仔們狠狠揍一頓，再逼著他認帳，把大腹便便的劉蓮娶回家裡。劉蓮所求無非如此，倒是杜麗安心裡要唸阿彌陀佛，那不過是另一條死路；只是死的過程稍微拖沓，也更漫長，有更多痛楚。

而今她們已別無選擇。她把劉蓮再帶到醫生那裡，醫生要劉蓮脫衣檢查，這回她再無法掩飾或頂替。杜麗安退到一隅，覺得劉蓮骨瘦如柴，目光茫然，挺著鼓脹的肚子，看來像一個浸過漂白水的埃塞俄比亞饑民。醫生替她詳細檢查後，說已經太遲了，一切已成定局。

「遲？」劉蓮聽了這宣判才如夢初醒。她惶惑地細細咀嚼「遲」這個字的意義，又把遇溺者般的目光投給杜麗安。彷彿她一直以為，只要孩子尚未瓜熟蒂落，她都可以像摘瓜果似的隨時把腹中塊肉摘除。

「太危險了，裡面的胎這麼大，成形了。」醫生說。「你不怕死，我可怕丟了這執照。」

那天她們到了三家婦科診所，得到相同的回覆。此路不通。劉蓮幾乎虛脫，在醫生面前搗著臉哭了起來。她已經意識到事情的後果有多嚴重，車衣廠裡有一兩個經驗老到的婦人似乎已看出端倪，她們老調笑著說劉蓮髮尾枯黃，臉頰浮腫，怎麼看怎麼像孕婦。婦人們說時目光閃爍，言詞有推斷的意味。這令劉蓮慌亂起來，她嚴重失眠，要不則在充斥了哭聲與腥氣的惡夢中驚醒。她甚至不敢出門，每天戰戰兢兢，害怕回到廠裡暴露自己。

電話成了她的救命稻草，每日放工回來，她不斷撥打葉望生留給她的電話號，而那電話一如他的允諾，始終無人回應。劉蓮猶不心死，甚至半夜也會想到起床去打電話，直至遠端終於成了空號，再也不能接通。

電話錄音的質量很差，馬來女聲說得斷斷續續。「你撥打的電……話號碼……已被……停止服……務。」劉蓮放下話筒。她懷疑這錄音是葉望生的計謀，假的！杜麗安留意著她，看她坐在那裡大半個小時，一直神經質地揪扯自己的裙裾，像是要把那上面的黃花一瓣一瓣撕毀。

那天夜裡劉蓮起來洗頭，在浴室裡搗鼓了很久，出來時遇上正好起床解手的鋼波。鋼波看見她一頭滴著水的濕髮，面容慘淡，還微微打著哆嗦，像晾在夜風中的一件濕衣裳，一個溺死者的新鬼魂。他吼起來，「你他媽的神經病了，深更半夜洗頭！」彼時杜麗安躺在床上，只聽見鋼波的聲音，感覺像他一個人在外面的小廳裡演獨角戲。劉蓮用一貫的沉默和退卻吞嚥別人的咆哮，髮梢的水珠墜落到柚木地板上，杜麗安聽見她輕輕闔上房門。

第二天早上，劉蓮頭暈發冷，說不去工廠了。杜麗安看她蜷縮在被子裡，臉色透青，嘴唇發白，額頭也確實探出點熱度來。「誰讓你半夜洗頭呢？冷水澡啊？」回到平樂居後，杜麗安感覺渾身不自在，劉蓮那被窩中的臉老在她的腦中浮現，瘦臉上的眼睛如兩枚塑料做的黑鈕扣，毫無光彩。她愈想去捕捉那眼睛裡的訊息，便愈覺得心跳不整，像有一條壁虎爬上她的背脊。中午時她打了通電話回家裡，無人接聽；她又打去劉蓮工作的車衣廠，廠裡人說劉蓮人沒來也不曾告假。她覺得不對勁，當下驅車回家。其時鋼波的老鐵甲已不在院子裡，家中靜蠅蠅，連鄰家的兩頭看門犬也不吠，只是用陰鷙的眼睛盯著她看，簡直有一種不祥的味道。杜麗安走上樓，逕自去敲劉蓮的房門。

「阿蓮，你好些了嗎？」

房裡無人答應。杜麗安試著拉下門把，發現那門後面插上了門栓。她不由得緊張起來，便張聲叫喊，阿蓮阿蓮！

房裡無人答應。

杜麗安使勁拍門，再踹上兩腳。門板很堅實，倒是房子轟隆隆地響，有一種地動山搖，天要坍塌的恐慌。躲在房中的劉蓮顯然經不得這驚嚇，她有點失措，過了好一會才怯聲回應。「我沒事。麗姨，我沒事。」

「開門！」杜麗安聽見那病懨懨的聲音，不知怎麼一股怒氣從心臟直衝上腦袋，她感到噁心極了，弱者的聲音，恐嚇者的聲音，無能的悲情的聲音。

「我說，開門！」

她知道劉蓮不敢不開門。她若有這膽量和勇氣，此時必然已爽快地死去。果然劉蓮不痛不癢地將門打開了一道縫隙，還想匿藏在門後。杜麗安卻已在房門打開的一瞬，瞥見她身上那榮耀般的水藍色裙子。她兩手一推，把門狠狠撞開，再捉住劉蓮的手腕，猛地把她從房裡揪出來，就像忽然從湖裡掀起一傘湖水。

「你想死對吧？我會不知道嗎？」杜麗安氣急敗壞，心臟噗嗵噗嗵地承擔她的焦慮。她的手心冰寒，而劉蓮的手腕在發燙。劉蓮竟還微笑，彷彿在說「我能怎樣呢？」她眞痛恨這張臉，這痴呆的神情，黑鈕扣般的眼睛陷進眼窟窿裡了，以致這臉看來像披了一張過厚而缺乏彈性的橡膠面具。像無力抗拒命運，被頑童剮去眼珠的椰菜娃娃。

這張臉讓人難過。杜麗安想要詰問她，但面對這幾乎像化妝師在屍體上畫好的表情，她只能長長地抽了口涼氣。「沒用的，阿蓮。」她仍然抓緊劉蓮的一隻手腕，仍然注視著那深邃的眼洞，憂傷霍然如浪潮來襲，她自己禁不住落淚，莫名其妙地率先哭了起來。「這樣死了，除了你老媽，還有誰會爲你哭？」

那個下午，杜麗安與劉蓮抱頭痛哭。劉蓮自然囤了一籮筐無處發洩的愁苦，杜麗安卻實在想不出什麼傷心事來，不知哪來那麼多的淚水，彷彿身體某處有一口泉。而這哭泣似乎全和情感與精神無關，僅僅是肉身的傷悲。她想起性愛，葉望生給她的似乎效果雷同，而肉身何以如此悲傷與不滿？她亦說不清楚。兩人抱著哭累了，衣襟上全是對方的涕淚。杜麗安覺得酣暢淋漓，她去洗把臉，換了件衣衫，感到神清氣爽。劉蓮卻還呆坐在原地，臉上的淚痕已乾，眼洞裡仍然漾著水光。

晚上她們睡在一間房裡。那天鋼波通宵賴在會館裡搓麻將，杜麗安不讓劉蓮一個人胡思亂想，堅持要她過來同床而眠。兩人和衣躺在一張大床上，都感到十分拘謹。杜麗安扭開了床畔的收音機，熄了檯燈，在漆黑中收聽晚間的廣播節目。這時分電台選播的音樂總是特別輕柔，夕陽之歌，似水流年，如蛇形的蚊香在對蚊蚋唸誦一卷長長的咒語。主持人低沉醇厚的嗓音如同呢喃，誘人入夢。杜麗安便著魔似的，溫順地閉上雙眼。她在夢裡看見劉蓮，她們都擱淺在夢的沙岸上，像兩尾急著要完成人形，卻又渴望游回海裡的人魚。

月光在潮汐中撒落無數銀色膠片，海面傳來梅豔芳的歌聲，用鼻音吟唱流年似水。

杜麗安翻了個身。房裡的黑暗被月光與外面的路燈稀釋，劉蓮還睜開著眼睛，臉很單薄，有一種透明感，眼洞卻深，像兩口井盛著夜空的倒影。

杜麗安下意識地伸手觸撫她的臉，想要尋找月光檢測不了的淚水。「這麼大的人了，除了我媽，我真沒和別的女人同過床。」她說，手指在那臉上游移，終於在鼻翼的峽谷裡找到她所預感的河流。她想要拭去那些淚，卻意外激起劉蓮身體內的活泉。

「我也一樣。」劉蓮哽咽著說，淚汩汩而下。杜麗安挪動身體，靠近她，把她的頭臉攬在懷中，讓她聽那身體裡琤琤如水的音樂。

……我的心又似小木船，遠景不見，但仍向著前。

杜麗安輕撫她的背，喉腔裡隨著音樂哼歌，像在哄一個嚶嚶哭泣的孩子入眠。音樂和月光裡湧起許多事，房間成了個小宇宙。當時天地還是一片混沌，這房裡的月光透著一股石灰的味道。她與男人的身體汗涔涔，黏著許多塵沙與木屑，他們的喘息裡有對方的氣味。望生。我在；望生。我在。如今她擁抱著他的另一個女人，撫慰他留下的一片荒土。啊不，這女體內懷著他的種，那孩子正緊緊地握住小小的拳頭，臉上有皺成紙團似的表情。抗議！抗議！

……誰在命裡主宰我。每天掙扎，人海裡面。

杜麗安眞想掰開那紙團，把它攤平，看看那孩子的長相。他會是另一個小小的葉望生嗎？現在那孩子與她靠得那麼近，隔著兩張肚皮，杜麗安幾乎以爲自己能感知他了，醫生說孩子已經成形，他有了自己的意志嗎？如果有，他一定不願意接受命運指派他去承擔的孽障；他依附著這母體，但不會喜歡這樣軟弱怯懦的母親。杜麗安以強壯的手扳正劉蓮的哭臉，她無比興奮，目光火燒火燎，直視著劉蓮那不住往裡退縮的眼睛。「聽好，我有個想法。」她壓低聲量，幾乎像耳語，彷彿要說出一個祕密。

……留下只有思念，一串串永遠纏。浩翰煙波裡，我懷念，懷念往年。

*

數日後，劉蓮到工廠辭工，支了餘糧，收拾行李離開大屋。她對鋼波說這邊的工廠做不下去了，她與兩個女友一起到南方邊城去打工。鋼波聽到「南方」，以爲她去會合葉望生，便沒多問，只囑她給漁村那邊的老媽交代去處與聯繫方法。杜麗安看他一派悠遊，父女間的聚散離合就如此等閒，跟以前丟了石鼓仔可是兩回事。劉蓮提著那麼碩大沉重的一個行李箱，他看到了也沒問要怎麼去車站。劉蓮或已習慣，杜麗安卻心中有氣，出門時狠狠瞪了鋼波一眼，給了他一個他所不能理解的鄙夷眼光。

杜麗安開車送劉蓮，兩女合力把行李箱弄上車，那箱子眞重，就像裡面裝著另一個懷胎的女體。她們的汽車卻沒往巴士總站開去，杜麗安把車子停在舊居樓下，兩人再拖拖拉拉地把行李箱搬上樓。那房子有一段時日空置了，屋子裡靜得連划火柴的聲響都細緻分明。杜麗安不知怎地甫進門想到的第一件事便是打理神檯，於是神龕上的油燈重新點燃，上下四個煤油杯各自吐出一條虛弱的火舌。杜麗安合掌拜了拜，杜門堂上歷代祖先睜開他們古老的眼睛。

「你每天替麗姨打掃一下神檯，燒燒香。」杜麗安回過身來，一把抓起劉蓮的手，將火柴和一串鑰匙放到她掌中。

「屋子裡缺了的東西我會補上。電視，錄影機，還有你的針車。」

劉蓮沒有回應，只是怔怔地注視著手中那三支陌生的鑰匙。看情形像是她仍未拿定主意，又像是她正抓破頭皮要想清楚這串鑰匙的意涵與象徵，彷彿她看見的仍然是當年擱在碗中的幾塊肉。杜麗安握住她的手，幫她屈指抓緊那一串鑰匙。

「安心住下來吧。其他的事，我來想辦法。」杜麗安說。她知道劉蓮無法掙脫，事情只能這樣子了，這是命運最後一次通融，給她開放了這條活路。她再拍拍劉蓮的手背，而劉蓮始終一聲不吭，僅僅虛弱地點了點頭；自從踏入這舊樓，她就像是個沒有台詞的演員。

杜麗安到廚房煮了開水，走的時候，她謹慎地拉上鐵閘，親手把掛在門耳朵的大鎖頭扣上。劉蓮無動於衷，正失神地坐在自己的行李箱上。杜麗安透過鐵閘看了她一眼，這前景，這景深，讓杜麗安覺得劉蓮像個孤獨的女囚，這一瞬間有個地名突然在她腦中浮現，如同一座孤島自海中升起。木蔻山。因陌生而遙遠，猶如蓬萊。

她伸出一隻手臂穿過鐵閘，把裡面的一層木門悄悄拉上。如此小心翼翼，像在鎖上一個機密重重的保險箱。

2.

你的父親是我的丈夫；
你的男人是我的情人；
你的兒子將是我的兒子；
你的祕密會是我倆的祕密。

你看見杜麗安化作洪滂淹沒了那孕婦的容身之處，只留給她一個行李箱，讓她在水上漂浮。你看見劉蓮那無辜而愚昧的八〇年代的臉。她以爲自己所占據的是一座小島，爾後懷疑那不過是一塊礁石，又漸漸發現那其實只是一個行李箱。她已無處可去，即便她明白自己的立足之處無非是一副刀俎，她也只能坐在肉腥之中隨波逐流而已。

祕密之獸緊蹙眉頭，在她的腹中長出了指甲與毛髮。她要在舊樓裡，在別人家的歷代祖先圍觀與監視之下，將這膨脹的祕密生下來。你看見那舊房子有多幽黯，剛誕下的嬰兒放聲號啕，震得神檯上的火光如蛇信伸縮。

那一天會考成績放榜，店裡請假的同事特別多。你沒有拿假，主任甚至要求你加班，從上午一直工作至午夜打烊。那晚黑傑克仍然自動請纓載你回家，只是經過上次的事後，他已不敢再飛車耍雜技似地戲弄你了。倒是你自己感到那一晚無比鬱悶，主動提議去兜風吧。

已經兩週滴雨未下，那天夜裡空氣乾燥，日間被曝曬過的柏油路，像被輾平後曬乾了的黑色巨蟒的屍體，在夜涼中悄悄散熱。黑傑克的摩托沿著路中間反光的虛線行駛，愈行愈快，虛線已不成虛線，後來便開上了高速公路。那裡的車道寬敞，他的摩托像開上賽車道，似乎會自動加速飛馳。你沒有抗議，眼睛盯著座前那指示時速的螢光長針。你們已遠遠超速了。摩托逆風而行，它排放的聲音，咆哮與顫抖，全被風呑進長長的咽喉裡。你抬眼盯緊你們的前路，每一個大拐彎都像一個高高豎起的死亡的預告，但這不如想像中的可怕。當時你以爲自己逐漸厭世，以後你想起此景，在小說裡寫下了幾行詩句——

我不確定，死
是對靈魂徹底的放逐，抑或
終極的逮捕

你的鎮定讓黑傑克訝異。他載著你在近乎空寂的高速公路上追獵死亡的影子，行駛了少說也有二十公里路吧，他才沿著路的弧度順勢拐回城裡。摩托開上一道高架天橋，那天橋建得超乎你想像的高，以致你生起一種淩空的、不踏實的存在感。「這是什麼地方？」你在那橋的海拔最高點上發問。那是這世界上絕無僅有的一點，那經緯與高度交錯會合的一點，你在那裡看見遠處一個放光的巨物，其狀如古代的青銅酒杯；對，爵。

夜幕深厚，地上的燈火與天上的星星已所剩無幾，唯獨那巨爵金光閃閃，看來多麼像個幻象。你問黑傑克那是什麼，他從倒後鏡裡瞥了一眼，似乎沒看見你所看見的景象，又或者他沒發現那裡有什麼物事值得大驚小怪。「什麼？」他反問你。

「剛才那個發光的大缸。」你反手指向身後。

「缸？」黑傑克沒有回頭看。他沉思了一會。「那個不噴水的噴水池嗎？」

「噴水池？你說那是個噴水池？」你扭過身去看，卻赫然失去了那巨爵的蹤影。

「是啊，老一輩的把它叫做夜光杯。」

你禁不住再轉身，黑夜的帷幕一重一重落下，那無水之杯確實已經不在視野裡了。但它的形象仍然殘存在你的腦海，那多叫人興奮。夜光杯，底下是瘋子的浴池。它將虛構的世界與眞實連結起來，像是扣在《告別的年代》與你的眞實世界之間的一個黃銅巨鎖。你無可自抑地在後來的路上繼續對它進行想像，像在兩面鏡子的相互反照中找出一個獨立於某個層次與界面的影像，它在那裡，是一幅把未來預先畫好的肖像。

你追問那夜光杯所在地，黑傑克聳聳肩。「總覺得只有晚上才能看見它，而且只能遠觀，太靠近它了反而認不出它來。」

你明白他的意思，他從未靠近過那龐然巨物，他把它形容得像海市蜃樓，神祇張貼在夜牆上的海報。「似乎它在另一岸。你明白嗎？對岸。」

你們卻都知道橋下無河無海，是一片聳立著不少岩山的內陸土地。下面的房舍看來像「大富翁」遊戲中的塑料小屋，被遊戲的參與者密集而整齊地排列在道路兩側。那高架橋如是把你們輸送到平地上。

「簡直像是回到人間。」你說。

這一晚的境遇和其中的印象一直存於你的記憶深處，乃至後來在你歸還了《告別的年代》一書的好些年以後，仍覺得〈左岸人手記〉是你的作品。你確曾見過那樣的噴水池，也見過類似狂人的推腳車流浪漢，你具備足夠的潛質和理由去書寫那樣的一個小說，寫一個終年在夜光杯噴水池下搓澡泡浴的瘋漢。以後黑傑克可以爲你作證，「關於那一晚的事……」他把眼睛瞇成兩條細縫，回憶起他給過你的提示——它似乎在另一岸，對岸。

＊

黑傑克把摩托開到五月花門前，你把頭盔除下來還給他。他接過頭盔，以戲謔的語調說，不來一個吻別嗎？你不加理睬，逕自走上五腳基去打開五月花樓道口的閘門。黑傑克哈哈大笑，像剛以粗言穢語調戲過人妖小姐似的，忽然加速，狂嘯著奔馳而去。

閘門推開後，你發現裡面靠牆停放著一輛搭上鎖鏈的摩托。那是一輛本田90，半新不舊，車牌號碼十分陌生。這意味著今晚有一個摩托騎士在這兒投宿，這在五月花是久不曾有的事。這幾年間，瑪納是唯一的外來留宿者。你不期然想起她，而你雖明知不可能，卻還是忍不住在二樓停下腳步，歪著頭凝視走廊中段的204號房。

自從瑪納離開以後，這裡的許多房間都流落得徒具「一扇門」的意義了。204號房更是其中的禁忌之室，它在你的意識中被封存起來，鎖上了，讓它變成一幅繪在板上的圖畫。而今晚，那摩托車主會住在這房裡嗎？你躡足走到門前，地板盡量壓抑它們的呻吟予以配合。你在那裡站了一會兒，除了自己的呼吸，再感覺不到任何聲息。如果房裡眞有瑪納，你想像她也和你一樣，與你分站兩邊，凝視同一道門的兩個背影。

那一刻你眞希望瑪納就在門後頭。你逼切想告訴她，關於夜光杯在夜景裡浮現的事。然而瑪納不在。你安靜地回到自己的房裡，坐在床上；禪坐似的，因爲適才在街上傾空了煩悶而如今讓更多的憂傷湧入。直至入寐以前，瑪納這魔障般的名字如水漫溢，包容你，把你淹沒。你潛入夢裡去尋她，而她不在那裡。

第二天清晨，細叔在你漱洗時走到門前，問你待會兒是否到學校去領成績單，還提出可以開車載你一程。你含著滿口牙膏泡沫點點頭，又緊接著搖搖頭。他明白你的意思。「拿了成績，沒別的事就早點回來吧。我跟樓下幾個人說了，今晚一起吃頓飯。」他說。聲音嘶啞，咽喉有痰，聽起來結結巴巴，又像肺已損壞。

「樓下幾個人」指的是碩果僅存的兩個老嫗與一個老門房。除了兩個相依爲命的老妓女以外，你們平日各自打理吃食，只有年底尾牙時大夥兒才會聚餐。細叔安排的這頓晚飯讓你感覺今天這日子非同尋常，難道只因爲會考成績放榜嗎？儘管你深信自己的成績不俗，可還是覺得那樣過於隆重其事。不知怎麼你突然想起樓道口的摩托，它還靜靜地停放在那裡，多少表明了那身分不詳的車主還呆在五月花。你觸摸摩托坐墊，在想，能放到樓道口這裡，它很可能屬於某個細叔所熟悉的人，今天的晚餐，「他」會不會也出現？

由於是放榜第二日，高峰期已過，學校的教員辦事處不再擠滿回來領成績的畢業生與各報派來採訪的記者。你靜悄悄走進去，拿了成績單以後，再安靜地沿著辦公室外印滿樹影與光斑的小徑踽踽行去。辦事處的女書記給你遞上成績單後，一直在身後目送你。她稍微挪低鼻梁上的近視眼鏡，瞇上眼，似乎因你的安靜與孤僻而依稀認出你，卻怎麼也想不起你的名字。

過後你到遠郊的岩洞裡探望母親。沒帶香燭，也無鮮花，你攤開成績單對瓷照上笑態嫣然的女人唸了一遍。她如往昔一般歡喜，從小學時就那樣，她喜歡你把成績冊上的分數一一唸給她聽，有時候也唸獎狀上的嘉獎言辭，然後拿手輕撫你的頭頂或頸背。她會伏在桌子上小心翼翼地在成績冊上簽名。她總是十分用力，畢恭畢敬，像幼稚園裡初學寫字的學生，那名字寫得歪歪斜斜。

你說過她的，這輩子反反覆覆就寫這名字，卻始終沒寫好。

「嘁！就你厲害了。」她乾瞪你一眼，幾乎像嬌嗔。

下午細叔打通你的手機催促你回去，聲音急切。「不管成績怎樣，起碼該打個電話回來啊。」可他的關切讓你感到難以適應，而他似乎也因爲你的遲疑很快自覺不妥，於是你們都靜默下來想化解這一份生硬。但這靜默本身是另一份更難化解的尷尬，你們都期望手中的電話有靈，能自動蹦出下一句話來。

「你在上班嗎？」細叔壓沉嗓門，嘗試把聲音放輕。

「今天休假，沒上班。」你抬起頭，盯著瓷照上笑著嘉許你的女人。「在我媽這兒。」

這回答十分怪異，聽起來像是母親並未離世，只是某日遷出了五月花，有了另一個住處。但細叔似乎能夠接受這說法，他應了一聲。「那你直接回來，我們去吃飯吧！大家都在等你呢。」

晚飯吃的是泰國餐，五月花所有人都到齊。兩個相互扶持的老妓女穿著式樣和圖紋都非常相似的寬鬆襯衫與大褲衩，老門房把家裡的稚齡孫兒也帶來了。那飯館生意不錯，小店裡響徹了衆人之聲。碰杯。大笑。老阿姨們不知節制的叫囂。孩子們近乎恐慌的哭鬧。人們的溢美之辭。想當年想當年想當年。碩大的石斑魚頭在滾燙的咖哩湯汁裡雪雪呼痛。

你被灌了幾杯啤酒，懷疑自己有點醉意，否則你不會覺得那麼快樂，同時又那麼憂愁。細叔在飯桌上宣布了五月花結業，店鋪即將脫售的消息。除了你與老門房的孫兒以外，其他人都已預先知道了這事。也許因爲酒精的作用，你對這消息沒有太大的反應，反而一直覺得面肌上醞釀著一股愈來愈輕狂的笑意。待那飯局完了以後，你爲了某位老妓女尚未說完的一個笑話，不可自抑地捧腹大笑，最終還伏在飯桌上，顚出了幾顆眼淚。

飯館與五月花只隔了兩條街，飯後你們一起行路回去。細叔攙扶著動作有點過大，也開始有點語焉不詳的你，老門房半路離隊，說要與孫兒抄小徑回家。兩個老妓女在最後一個拐角處遇見兩個拉了籐椅坐在五腳基上搖蒲扇納涼的牌友，話匣子打開了她們便捨不得走，都蹲下來，在那裡談天說地。細叔與你結伴走完最後的一小段路，但彼此都不言語，直至走到五月花的樓道門前，你打了個嗝，問他：「這是誰的摩托呢？」

「朋友沒錢還我，拿它來抵債。」細叔推開閘門，推一推摩托的車把。「半新不舊了，你將就著用吧。」

「我沒有駕照。」你覺得這不好笑，但臉上的肌肉愈來愈輕，臉頰逕自浮起了兩團笑影。

「能考上大學的人，考個駕照還不簡單嗎？」細叔看你上樓時腳步虛浮，便抓住你一隻手臂，仍然攙著你走。三樓有點太遠，你每登一步都覺得酒精像某種酸鹼，慢慢地讓你的腦漿凝結起來。你抽回手臂，繞過細叔的脖子勾著他的肩膊，像一對老朋友。你說細叔，細叔。

「什麼事？」

你轉過頭看著他，距離太近了，眼睛像無法聚焦，細叔顯出了好幾層影像，宛若無法凝聚的三魂七魄。你使勁甩一甩頭，把眼前逐層分開的疊影重新整合起來，像把一扇撲克牌疊成一疊。細叔的形象回復立體，他是你在這世上唯一的親人了。

「你有沒有見過電光槍？我媽給我買的電光槍？」你打了個酒嗝，細叔的影像渙然散開。

*

那是一支塑料材質的長槍，藍色而通體透明，有著不透明的、乳膠黃槍嘴與紅色扳機。啓動時，藍色的槍體裡有紅光連閃，像警車頂上會旋轉的警報燈一樣。母親看見它時，眼前一亮。她把它拿在手裡反反覆覆地看，不斷在想像你拿到這寶貝時會有多歡喜。「太帥了！你說呢？」她向站在身邊的細叔展示那一管槍，還幾次把它高舉，讓晌午的日光透過那藍色槍體，就像在檢查鑽石寶玉似的，看它是否完美無瑕。

細叔可以想像母親所想像的情景。你那時還小，她會用蘸了水的梳子替你把頭髮全往腦後梳，在你的臉頰頸項背脊和腋窩撲上大量爽身粉，再讓你穿上帥氣的格子襯衫與卡其短褲，讓你拿著那一支燙手的新玩意在五月花樓下的五腳基上飛奔。你會在樓道口附近游竄，蓄意射擊那些鬼鬼祟祟張望的男行人。他們看見你貓在濃蔭處作狀射擊，你看見他們穿了畫著射靶的彩色上衣，紅心在胸口正中。誰要敢再往前走，誰敢說「嘿，屌你老母！」你單眼瞄準他們的胸膛，扣下扳機！

每年你過生日，母親都不接客。她對摸上門來的男人謊稱自己來紅，再有誰欲用強或讓她「折衷行事」，她便昂起下巴「嘭」一聲門響。「回去屌你老母！」她在門後叫嚷。

你們在那樣的一日裡躲在房中吃蛋撻，上街買文具和故事書，母親也讓你到「叮叮場」玩電子遊戲。看門的猥瑣男人是母親的老主顧，他會放行，讓你鑽到那充斥了炮彈、斥喝與撞擊聲的晦暝巢穴中。你也不沉溺不久留，總有一個時段那遊戲機的屏幕上會閃現你的想像，看門的男人把手搭放在母親的腰上臀上大腿上。「砰！」

他悶哼一聲後倒下來，胸口溢出血漿。你習慣瞥一眼他倒地後搗著傷口一臉痛苦的表情。但前面總有源源不絕的敵人從各個巷口湧出，今日你的生日過去以後，就得等三百六十多個明日才能再有這一天。

「你媽把它買下來了。」細叔記得你的母親當時表現得比孩童更興奮，她說你的生日快到了，說著炫耀似的在他面前晃動那一支槍。

細叔凝視她臉上得意的神情，以及那槍管上反射的藍色陽光。

你在聽。想像她的得意。母親把電光槍抱在懷裡，不時端詳它，並想像你的雀躍。你拿它去射殺每一個擰母親大腿和手臂的男人，起碼那閃動的紅光可以警告他們，讓他們知道，你在。

你在。

三樓還眞的太遠了。你在二樓的房間醒來。那已是黎明時分，外面的路燈與曙光從某個斜角透了些進來。微光，影子拖曳的方向，百葉窗的缺頁與兩個不同顏色也不同材質的床頭小櫃，還有那曾經插過非洲菊的綠色汽水瓶，讓你認出這是瑪納住過的204號房。回教堂的晨禱依稀可聞，你想起瑪納以往總會在這時辰起床，從301號房悄悄溜走。她回到這裡，躺到這床上，多奇妙，像在迷宮似的夢裡推開一扇門，竄入別人的夢中，天亮前再原路返回自己孤絕的夢境之中。

但此刻你覺得這房間十分溫暖，這裡與人間比較接近。微光，薄影，一長卷聽了多年仍不解其義的禱辭蛇一般穿過窗的缺口，細叔在隔壁房的床上翻身，咳嗽；肺如空去的蜂巢，痰在喉裡乾化，咳出了蚊香的氣味。這些都讓人眷戀，你再度闔上眼，幾乎以爲自己可以夢見瑪納過往的夢了。

就這樣了，母親與瑪納都已不在五月花，你與細叔也將離開。一切都已塵埃落定，其他的都是些發生在黎明與清晨之間似眞似幻的事。

那些事，無非都是一扇一扇門。你停在一扇奇異的紅色門前，它在曠野裡，既無牆，也無門把。你佇立在那裡既不拍門也不叫喊，只是像個聲音的採集者，靜靜地聆聽門另一邊傳來的各種人間聲息。有一輛超載的校車經過，鐵罐子似的，濺出了孩童與少年的叫囂；晨跑者的膠底鞋踏在柏油路上發出整潔的聲響，鳥雀吱吱喳喳在爭食宿醉者昨夜留在路邊的嘔吐物。

門被推開了，外面天光濛濛。你用力眨一眨那乾澀的眼睛，看見細叔站在門外。他一臉驚異，問你怎麼會在這房間。「昨晚不是把你送到三樓了嗎？你一頭栽到床上。」

你揉一揉眼睛，再環目四顧，半晌仍然弄不清楚自己的所在。這很可能是另一個夢，或者是夢的另一個階層。在現實與夢境之間，天堂與地獄之間，閣樓與地窖之間，就像二樓與三樓一樣，只相差一個階層。你覺得頭昏腦脹，混沌中如天地初開，有兩行詩如氣泡冒起。

不要害怕去愛
愛只是個侏儒，卻有高大的影子

「你夢遊了。是不是？」細叔跨進房內，叉著腰，看你如看一副千年的金鏤玉衣。

3.

這兩行詩句出現在〈昨日遺書〉裡。我說的是你在人生晚期寫的一個短篇小說〈昨日遺書〉。那時你的眼睛已不大管用，只能強憑回憶透過來的餘光去寫一些短小的東西。於是你早年寫的一些未曾發表的詩便派上用場，這兩句詩你甚至不曾筆記下來，但它在你的內心深處，微弱的記憶之光反照過來，馬上便投射出這詩的影像。

〈昨日遺書〉是你後來漫長的寫作生涯中，糅合了最多詩句的一個小說作品。那些詩句大多青澀，評論者大力誇獎你**成功模擬年輕詩人的心態和語言**[1]，殊不知那全是你在引用自己年輕時代的創作。爲此你決定在離世前把過往的筆記本全部燒燬，「不給那些自以爲是的評論家留下線索。」你那麼說[2]。

比起你一生中的其他作品，〈昨日遺書〉的書寫無疑來得難度更高一些。除了因爲你的眼睛蒙翳，難以閱讀，還必須依靠一個助手替你以電腦打字以外，更重要的是因爲大書《告別的年代》提供的有關〈昨日遺書〉的訊息實在太少。你只知道那是報社在未知情的情況底下所發表的韶子遺

1　摘自〈文藝廣場〉制作之「斯土特輯」之三——〈夢與書與黎明——淺析〈昨日遺書〉的小說語言與修辭手法〉。

2　見你的傳記《記憶所恩賜的人》，作家本人身故後，由其晚年時的助手所撰。

作，且作品以「遺書」命名，在韶子身故的消息傳開以後，這作品自然引起高度關注，讀者們也莫不將之當爲作者本人的「遺書」看待。然而書中所提就僅此而已，偶有訊息也過於模糊，根本不足以讓你將作品「復原」。

你在第四人的論述中找到「夢遊症」這個關鍵詞，並隱約感知那小說的內容有關愛情，寫作與夢遊。

相對於這作品應有的市場分量，第四人對它表現出一種不成比例也不合常理的疏忽與冷淡。在他的「韶子著作排行榜」上，〈昨日遺書〉是排名最後的作品，他也不諱言自己給這作品評價非常低，甚至「感到非常失望」。根據第四人的解讀，這作品充滿病態而極盡媚俗，甚至令他一度懷疑韶子有意從嚴肅文學作者轉型爲通俗讀物作家[3]。

由於當時的本土文壇正沉浸在「痛失韶子」的哀思中，第四人如此負面的評價與強烈的措辭自然引起讀者劇烈反彈，也有人馬上回書反駁，痛斥其非[4]。大書裡有好幾段紀錄式的文字記載了這場小風波，主題都側重於對第四人的鞭笞，以及對「嚴肅與通俗」的論爭辯駁，倒與〈昨日遺書〉的小說文本毫不相干了。

第四人並沒有反駁這些文人同行的評論。事實上，在獲知韶子的死訊以後，第四人當時深受打擊，不僅身體飽受中風癱瘓的折磨，情緒上也沉溺在巨大的悲痛與自憐中。從那時起他變得鬱鬱寡歡，終日伏案，長書不起，再也提不起興致與任何人較勁。

〈昨日遺書〉在你心中始終是空曠的一處，它只給了你一個關鍵詞與少許提示，其餘的卻是無數的空白與可能。晚年時你坐在向南的窗前，在感受上蒼恩許的生命最後的亮光時，忽然於湮昧的往事中看到了你也曾經歷過的情愛，詩與夢遊。你閉上眼，對身邊的助手說：「你準備一下，我要寫下一篇小說了。」

3 見〈明日的媚行者——關於韶子的〈昨日遺書〉〉。第四人在文中表示：「作者（韶子）在這小說中極力向推理小說靠攏，全文集結了愛情，詩與幻夢等各種流行因素，包括摻入某種以假亂眞的手段，故意引導讀者將作品與作者其人連結起來，以做出各種想像與猜疑。此外，小說中的故事情節過於曲折，大大暴露了作者譁衆取寵的意向。無論就用心或技巧，兩者皆不高明，稱作『媚俗』亦不爲過。」

4 當時發表文章反駁第四人的，包括作家、學者、心理學家與文化研究者。他們一般認爲第四人給予〈昨日遺書〉的評價過低，措詞過激，且由於作者已死，此舉屬「鞭屍」行爲，在道德上「不仁不義」，也有藉韶子之死以自我炒作的嫌疑。

第十二章

1.

漁村那邊有個親戚說，他在都門見過石鼓仔。說的人其實不太有把握，但他見到的確是一個當街搶手提包被人群呼喝著押到警局的癮君子。聽到這消息的那一天，鋼波就在廳裡頹然倒下，聲響極大，像風雨中被雷電轟然擊倒的一棵老樹。

那時鋼波年老昏聵，一身全是壞臟器，幾年間大大瘦了下來。因許多年飲食無度以及生活諸多惡習性，早年檢測出來的糖尿病日趨嚴重，逐漸損及其他臟腑；一對腰子已完全衰竭，併發尿毒症，得每週去透析三回。血從他的身體輸入機器內過濾了再回到體內，四小時像一大周天，之後續命數日，又得回去重來一遍。這可是富貴病，杜麗安託人找了家印度教組織屬下的貧病洗腎中心，謊報收入後，得到一個優惠赤貧病人的透析名額。可長期透析加上藥物，費用仍十分可觀。

這筆費用杜麗安自然是不願負擔的。她替鋼波到洗腎中心報名以前，已經與鋼波攤牌，把話全說在前頭。鋼波顯然也別無選擇，唯有把名下的一間排屋賣掉，換回五萬多元現鈔，希望能慢慢耗過殘生。

原以爲殘生溫溫吞吞，徐徐飄盪著可至涯岸，卻沒想到一個驚雷便幾乎讓鋼波撐不住了。那時杜麗安讓孩子坐在腿上，不過是晚飯前的閒話家常，一邊拿塑料做的玩具車逗著孩子玩樂，一邊說起那疑似石鼓仔的人搶劫被毆的消息，沒留意到鋼波聽得臉都僵了。他悶聲不響地坐了一會兒，再拄著手杖從懶人椅的帆布兜裡掙扎著站起來，慢慢往飯廳那裡走去。行到電視機前，就在傍晚的馬來語新聞播報員面前，他毫無預兆也無任何提示地，如一堵地陷之牆霍然坍塌。

那時孩子的保姆正坐在鋪了雲石的地面上處理一堆剛從院裡收回來的尿布。她被突然撲倒在尿布上的鋼波嚇得跳了起來，哎喲喲哎喲喲地亂喊。杜麗安懷中的孩子爲這聲勢所驚，呆了半晌，再扔了手中的玩具車哇哇大哭。杜麗安也慌了神，她與保姆手忙腳亂地空忙了一陣，最終得喚來鄰居幫忙，才總算把鋼波弄進醫院的急救室。

那時候，杜麗安確實有個預感，以爲鋼波過不了這一關。

劉蓮那天夜裡接到杜麗安的電話。當時她在石象鎮，住在大街上一間雜貨鋪樓上的店屋內。店主在樓下喊她，她停下縫紉機，手上抱著孩子腳下夾著人字拖吧嗒吧嗒跑下樓來接電話。杜麗安聽到電話筒裡傳來劉蓮虛弱的、不確定的聲音。「哈囉。」她仍然像以往那樣，總是在害怕著某些可知與未知的變數。特別是在離開了漁村也離開了錫埠以後，她對電話鈴聲生起一種莫名的恐懼，覺得它有一種催促的急迫的意味，總像裡面寄託了一些讓人不得不應對的噩耗。

杜麗安聽到她的聲音，因爲不適應時空的距離與人事的飄盪變化，她有點語窒。那沉默很短，卻因對方的沉默而被拉長了。杜麗安聽到遠端有孩童呀呀的稚音，她清了清喉嚨，「阿蓮，是我啊，麗姨。」

翌日早晨，劉蓮把孩子交代給共租一室的女房客，坐了三程巴士輾轉來到醫院。她腦裡總是空茫茫的，有點記不起來自己之前最後一次看見父親時，他的外貌和形態。那應該是孩子出生以前的事，她離開大屋，在跨進杜麗安的汽車前，曾經朝屋裡看了一眼。那時鋼波正俯身在調那一台卡拉OK伴唱機，腦門濯濯，她沒來得及記住他有多蒼老。從那以後她便再沒見過父親了，新年時她回漁村老家待了兩天，老媽一遍兩遍複述，你老爸好幾年沒回來囉。那蒼老的鄉音從無牙的口腔裡播出，飄散在洋溢著魚腥與鹹蝦味的漁村上空，海水在屋前輕輕打拍子。

杜麗安從平樂居過來，看見劉蓮坐在病床前。舊恤衫破牛仔褲，眼袋浮青，人蒼白得不像話，懷裡抱著一個裝了物事的塑料袋，怔怔地盯著床上的鋼波。鋼波是真老了，肺中吐出腐穢氣，皮膚浮現許多老人斑，人看起來像一個過大的發霉的皮囊兜著一副粗糙乾化的骨架，加上插在手上和透入鼻腔的幾條幼細塑料管，這老，還真駭人。

「他一身病痛，我知道他沒多少時日，但沒想過有一天會親眼看他倒下來。」杜麗安站在劉蓮身後，高角度，覺得平躺在眼前的人真的離死不遠。她可從來沒參與見證過這種事，親人之死。蘇記去得快，雞蛋一般大的榴槤種子卡在喉中，喉結似的，被發現時身軀僵冷；老爸嚥下最後一口氣時她也不在場。而今這人算是結髮二十一年的丈夫，雖說後面十年關係變質，兩人分房，但二十一載啊，縱使只是同屋共住，如此朝夕相處；去者日遠，生者日親，莫不也成家人了。

何況杜麗安心裡明白，她與鋼波之間早沒了夫妻情分可言，但「恩義」總是在的，且這不容辜負，比「情」更難抹煞；也無帳可算，便計不明細，難以還清。他畢竟曾是棵巨木，爲她擋風遮雨，讓她有立腳處可以逐步攀高。這事情鋼波從未說破，杜麗安卻銘記了。於是後來十年，她像以前對待老爸那樣由得他苟安侈縱，心裡想讓他這般終老，也不算虧待了他。

雖說想法如此，但鋼波驟然倒下的一幕，還是讓杜麗安十分驚擾，一夜難眠，終又憶起多年未曾想起的過往種種；十年修同船，百年修共枕，怎不特別難過。

所以劉蓮回過身時，看到杜麗安臉上的神情竟有點悽楚。杜麗安著劉蓮打電話通知漁村那邊，她自己也聯絡了在都門的弟弟，一個勁要把大家都叫到這床前。她總想著鋼波會這樣死去，如此未嘗不好，一了百了。

阿細偕妻子海倫驅車趕到，看見萎蔫在床的鋼波，心裡不無唏噓。去年他娶妻，在都門酒樓擺的宴席，鋼波還與杜麗安一起坐在主家席上。同席的還有芳姨與阿細少年時的師傅華仔叔。姊姊杜麗安領養的孩子那時剛滿週歲，她要了一張幼兒坐的高腳椅，把孩子放到小小的護欄裡。那孩子特別好動，大眼睛眨呀眨，總想轉過身打量四周，偶爾抓起氣泵似的塑料小鎚敲打他的椅子，砵砵砵，無時無刻不想吸引旁人的注目。相對於杜麗安身邊這孩子的生動活潑，坐另一邊的鋼波面容如槁木死灰，坐姿傾頹，宴會中他踽踽去了趟廁所，回來時一隻褲管濕了。阿細想起老爸去世時大概也這年紀，風濕腿腫，行動也這般艱難。他忽然感到悲酸，宴會散後他親去扶鋼波上車，關上車門時還附帶一句「波哥保重」，這連杜麗安都感到意外，與鋼波雙雙睨了他一眼。

杜麗安這兩年過得愜意，也因爲有子萬事足；她心廣體胖，臉上總是笑盈盈的，比過去任何時候都顯得更富態。她已經不在意身上長肉了，畢竟已四十六七歲，她倒覺得如今這體形配些翠綠或蔥白的玉器好看得很。就連芳姨在宴會上也忍不住偷偷端詳她，還對阿細說，你姊長得眞貴氣，像豪門太太。

大家都愈活愈好，壯年了。阿細經芳姨穿針引線，娶了個不諳華文，被杜麗安謔稱作「半唐番」的女教師，在都門落地生根。再說芳姨一家已辦妥手續，馬上要舉家移民到澳洲，都門酒樓快要頂讓給新東家。阿細仍然當大廚，還合了一份大股。那裡面也有杜麗安參的暗股，當作她給弟弟的支持。姊夫鋼波坐在這些盛世人群中，益發顯出他的衰老、凋零與不合時宜。阿細不由得想起當年那渾身肌肉，羅刹一般面容的建德堂堂主。這讓他覺得不忍，也就想要寬待他，像善待這世上所有日暮途窮的老人。

而今阿細已在病房裡聞到一種死亡的氣息了，儘管空氣消了毒，但昏迷中的鋼波眉頭緊皺，似乎聽到了死神的耳語。不久後漁村那邊的人來到，杜麗安與他們打了個照面便託詞要到平樂居處理事情，匆匆離開。劉蓮追了出去，兩人在門外小聲說話，肢體上推推搡搡的，阿細看見她把手中的塑料袋塞到杜麗安懷裡。

杜麗安把袋口張開，看到裡面裝的是一個顏色鮮豔，造型相當精緻的塑料小風車。

「想到他們生日快到了，我買了一對，讓他們各有一個。」劉蓮說了咬了咬下唇，兩手還摁著那袋子，深怕杜麗安會把它推過來。「那孩子，我都沒給他買過什麼。」

杜麗安確實想要決絕些，但她避不開劉蓮那一雙懇切的眼睛，也感受到那手上的力量和意志。

「我這裡會少得了這些東西嗎？你以爲麗姨會虧待他？」她嘆了一口氣，把東西拿下來。「阿蓮，那是我的兒子了。」

這些話，阿細自然是聽不到的。杜麗安轉身走了，劉蓮便回到房裡，一直魂不守舍地看著病床上的父親。漁村那裡來的是得支著鋁架子行路的老婦人，兩個兒子媳婦與一對少年。每個人都神色凝重地盯著鋼波，彷彿大家都有點期待他會在這時候斷氣。說起來原來誰也不曾見證過別人離世的一瞬，即便是那蒼老得猶如人瑞似的漁村老媼，說起她已過世的父母兄弟，也都說自己當時不在場。可那樣站了二、三十分鐘後，鋼波眉結一解，竟睜開眼來。

劉蓮和海倫同時發現，都忍不住大口抽氣，喊了一聲聽不見的「啊」。訪客們馬上都聚攏到床前，十張或緊張或關切的臉圍著鋼波。他的眼球緩緩轉動，轉了一圈後，視線停在劉蓮臉上。「你哥呢，他沒有來？」

病房裡也唯有劉蓮明白了鋼波話中所指。她當即失聲悲哭，只是使勁搖頭。

但總有人說石鼓仔沒死，還活著。總有人說在這裡或那裡見過容貌與石鼓仔極爲相似的人。那被遇見過的人總是個潦倒的白粉仔，或者是個神智失常的流浪漢；有人說他曾在警局和監獄裡受到虐待，有人說他在都門某風月區裡當過一陣皮條客。鋼波剛在一個無比冗長的夢中看見少年時候的石鼓仔，他在某個鏞黃色景致的小鎭裡，正在大街上的一個書報社前蹲著看連環圖。他看得津津有味，直至鋼波行到他跟前，灰色的人影覆蓋了他和他的公仔書。石鼓仔抬起頭來，像是幹壞事被逮住似的，突然跳起來拚命狂奔。那夢的後來是無休止的追逐，幾乎每拐一個彎石鼓仔就會變了另一個樣，有時候是個滿臉鬍子，像個印度行僧模樣的精瘦漢子，有時候是個手上拿著風筝並不住叫囂的頑童。鋼波叫喊甚至哀求石鼓仔停下來，等一等他，可對方回過頭來朝地上吐了一口痰，鋼波踩著那濃痰時腳下打滑，狠狠摔了一跤，那道路霍地變成斜坡，他便從坡上滾下去。

鋼波就這麼活過來了。杜麗安在電話裡聽說，只感到愕然。生死與夢，這種事情玄乎其玄，有點傳說的味道。當天平樂居沒打烊她便趕過去，去到醫院時上午到來的訪客都已離去，她本以爲劉蓮還待在那兒，可坐在床畔的卻是一個生面孔的中年婦人，身後還站著一對少年男女。

病房裡十分沉靜，床上的鋼波似乎正在沉睡中。杜麗安走上前去，「你們是？」

她確定自己從未見過這幾個人。他們看著像母親與一對子女，那婦人與背後的少女面黃顴高，眉目近似；那男孩則結實粗壯，單眼皮寬鼻翼，眉毛長得煞氣騰騰。看見這少年的面相，杜麗安不免愕然，而那婦人也顯然有些慌張。她回了杜麗安一個點頭，幾乎沒打招呼便急著拉扯身邊的少年男女匆匆離開。

陌生婦人的窘態讓杜麗安心裡的疑團像個汽球似地攸然膨脹，她禁不住張口喊住他們：「誒！你們！」可那婦人牽著少女的手急步走了出去，只有跟在她身後的少年回頭看了一眼。這一瞥足矣，杜麗安在那眼神裡看到一個大男孩的躁動，對成人世界的不屑，對她這種中年婦人的不耐煩。這神色配上那相貌，還有這年紀，活脫脫是當年初到錫埠來的石鼓仔。

杜麗安頓時感到手腳冰冷，像是有人往她的心房塞了一大塊冰。那寒意從她的心裡急速融入血液內，有那麼一瞬，她的眼睛連接不上眼前的世界，腦子裡咔嚓咔嚓咔嚓，像鎂光燈連閃，只看得見一片空白。杜麗安感到暈眩，她扶住病床的床尾，張開肺葉使勁呼吸，讓氣流沖入身體，世界才由淺入深，緩緩回到她眼前。

病房還是那病房，鋼波仍然閉著眼躺在床上，夢或許還是之前那追逐兒子的夢；吊在輸液架上的藥水仍點點滴滴，空間裡單調地響著某種電子儀器的聲音，聽著猶如耳鳴。那陌生婦人與少年男女倒是走了，杜麗安抬眼，看見劉蓮拿著一個暖水瓶站在門前。

「他們是什麼人？」杜麗安聽見自己的聲音，有一種鐵石的質感。「那女人是誰？」

*

那幾年鋼波三天兩頭拎著奶粉，許多漂亮的童裝和玩具出門，說是帶給漁村那邊的孫兒。杜麗安也留意到那些塑料袋裡偶爾會有一兩瓶廊酒，那是給產婦進補的好東西。劉蓮剛產下孩子時，她也曾把兩瓶廊酒帶到舊居那裡，囑咐月婆伺候她每天喝兩小杯。杜麗安翻來覆去地想，總想不明白自己當時怎麼不對那一瓶接一瓶的廊酒生疑。她是該懷疑的，鋼波何來如此體貼？他縱然殷勤也不可能對兒媳婦用心。那時候鋼波還在位上，威風八面，一直瞧不起老家那些土里土氣的村婦，在杜麗安面前總把兩個兒媳稱作「鄉下人」。

那一夜杜麗安坐在病房內，半刻沒闔眼，腦海裡反反覆覆翻湧著那幾年的事。劉蓮說漁村那邊早已知悉這女人與兩個孩子的存在，那是個在甲板小鎮上賣涼茶的婦人，年輕時幫著父親擺檔賣涼茶，鎮上的人們喊她「孖辮女」。她跟了鋼波後翌年便生下兒子，鋼波就那時給她在小鎮菜市附近買了一間雙層店屋，樓下是涼茶鋪，樓上是住家。涼茶鋪生意慘淡，後來也賣豆漿涼粉，以後再增設兩個粉麵檔，生意依然半死不活，慢慢變成一般茶室了。原來巧眉秀目氣質可人的孖辮女，不知什麼時候變成了個愁眉苦臉的大嬸，平日話也不多，對兒女卻是特別嘮叨。

甲板小鎮坐落錫埠與漁村之間，那時鋼波對孖辮女與新生的兒子特別殷勤，白天常常在那裡度過。孖辮女在樓下賣涼茶，他就在樓上看顧孩子。那可是他的親生兒子呢，如今他卻總嫌杜麗安領回來的孩子擾人，也嫌他一個男孩不該長得如此俊美，因此平日總是不願意親近「他們的」孩子。杜麗安追溯平樂居的年歲，大概與甲板鎮上的兒子年齡相若，那麼說當年拿錢資助漁村的兩個兒子辦養魚場根本就是個謊言。杜麗安心房裡的那一塊冰融不盡，冷水都汩汩流進血管裡。她怔怔地看著沉睡中的男人，他仍然眉頭緊蹙，鼻孔透著塑膠管子，面容嚴肅，彷彿睡夢中仍撇著嘴拒絕交代。

「好啊，鋼波。你行！」想起男人那三天待在甲板鎮的店屋裡，回來後還從背後環臂抱她，而她用溫熱的淚水與微涼的雙手回應。杜麗安幾乎以爲那些就是自己要的——一個男人，一聲道歉，只要再添個孩子便成一個家了。

＊

從此鋼波就是個死人了。杜麗安沒有告訴他，她在醫院的那一夜裡，已經在心裡把他殺死了好幾遍。她幾次想著要拔掉那些透入他身體內的輸送管，以成全他的逃避，讓他在醒不來的夢裡與心愛的兒子重聚。第二天清晨她離開病房的時候，在電梯的不鏽鋼門上看見自己雙目滿布血絲，神色憔悴，形態扭曲。外面的晨曦照得她眼睛發疼，她伸手擋了擋陽光，有那麼一瞬，覺得自己像從地洞裡辛苦爬出，劫後餘生。

鋼波那天下午再醒來，病房裡一片靜謐，原來在身邊的人全已離去。他在夢中仍喚不住不斷在變換形象的人們，沒想到夢以外的世界也已經變天。那時他的床上薄薄地鋪了一方斜照的陽光，他安靜地凝視著外頭的風拂弄這光影；因爲視力不好，便覺得那薄紗似的陽光裡有水紋盪漾。

接下來的數日，劉蓮和漁村那邊的長子長媳來過，杜麗安竟沒有再出現了。鋼波雖時睡時醒，卻也察覺其中不妥。出院那一日杜麗安也沒來，只結清了醫院的帳單，留下地址鑰匙，對漁村那邊的人交代說，大屋中所有屬於鋼波的東西都已移到另一處。「他要嘛可以回老家，要嘛可以去甲板，要是實在捨不得這裡，我給他留一間老房子。」

爲這事，漁村那邊兩個兒子與杜麗安起了些衝突，可鐵了心的杜麗安無人能撼倒，在糾纏了一週以後，兩個老老實實的漁村人實在想不出計策，唯有妥協。由於鋼波得長期洗腎透析，已斷不能離開錫埠，他們只好開著鋼波的老鐵甲，把老父送到杜麗安指定的地址。那房子倒也好找，何況鋼波還認得路。那是杜麗安的故居，很多年以前他不就坐在這輛馬賽地裡，後面跟著七輛車子，一路按響車笛，張揚無比地直奔那兒去迎娶新娘嗎？

兩個兒子把鋼波扶上樓，將他置於那無人之居，衆人的故夢中。鋼波看見屋裡的神檯已然清空，上面放著他自己買的那一套卡拉ＯＫ伴唱機，龐大而古老，像從廢車裡卸下來一副舊引擎。那一刻他眞明白了杜麗安的恨與意志，於是他顫巍巍地走到電視前，一屁股坐到他所鍾愛的懶人椅裡。那帆布兜早已負荷過他，掂過了他的重量；上面留有他熟悉的自己的體味。他躺在那兒，幾乎不想醒來了。

老二看了他一會，老大出去買了些麵包、煉奶、美祿、餅乾和快熟麵，替他把開水裝入暖水瓶裡，下午便一起回去漁村了。那是個週末呢，外面風搖樹，光影騷亂，時有飛車族呼嘯著從樓下疾駛而過，沒想到傍晚時一群憂傷的雲野游到錫埠上空，便淅瀝瀝地下起一場徹夜不休的長命雨。

那以後杜麗安眞沒再見過鋼波了。有時候她坐在平樂居的櫃檯裡，會看見類似的老人拄著籐製的手杖在街上走過，有時候她也會看見與鋼波那輛老鐵甲相似的車子以極慢的車速在街上行駛，有時候她會聽到一些關於鋼波的消息，譬如說甲板那母與女曾經到這裡來照顧過他一陣，學校開學後她們又回到小鎭去了。

來說消息的人是娟好，她喜歡在杜麗安人生的暗淡時期中出現，但杜麗安卻始終沒表現出她所預期的自憐與憤慨。杜麗安無論說起什麼都只是淡然笑笑，似乎毫不在意，又像成竹在胸，大概是因爲半副心神都給了懷中的孩子。那男孩長得白白胖胖，容貌俊秀。他喜歡伏在母親壯碩的胸脯上含吮自己的拇指，清澄的大眼睛眨呀眨，總以一種近乎洞悉與嘲弄的目光看著人們。

「這孩子桃花眼呢，」娟好說。「將來不曉得要讓多少女子傷心。」

「會嗎？」杜麗安笑盈盈地把孩子高舉。「會嗎？」她再詢問一遍。

倘若會，那也是很久以後的事了。

2.

小說快結尾時，作者用相當多的筆墨寫了杜麗安做的一個南柯之夢。那一夢塡寫了整整二十三頁，說穿了像整部小說的回放與續寫。杜麗安去過劉蓮的葬禮後，回到大屋裡睡了一場午覺。那一覺似乎睡了好久，夢中晝夜更迭，書頁翻飛，懷抱大書的年輕男子站在窗下，連孩子都已經在夢裡長大。她明知是夢，也覺其虛幻，卻因爲裡面的物事與情境美好，使得她不願醒來。待終於夢醒，窗外的天色隱晦，今夕何夕，晨昏難測。本來躺在她身邊的孩子已經走下樓去，由保姆陪著在擺弄他的許多玩具。

你讀到這二十多頁的夢，才感覺到了這本大書的虛空。小說裡的人們逐一離開或死去，錫埠的人口愈來愈稠密，故事本身卻唯有愈漸凋零而已。夢的書寫在書中占了那麼大的空間，彷彿那是小說人物生命中無可迴避的一面大鏡。現實與夢像人生的晝夜；又或者如門，你無從知曉哪一面是正，哪一面是反。

劉蓮之死在小說裡處理得輕描淡寫，事實上，在讀到這接近結尾的一部分時，你有一種詭異的幻覺，總覺得這一本大書像被嚴重蠹蝕過似的，拿在手裡再不覺得如過去那麼沉重。你翻動書頁，所有文字都還在那裡……或者說，每一頁都仍然塡滿了文字。它們排列工整，也依然在散發著淡淡的，介於苦與甜之間難以辨清的一種油墨味道，感覺就像昨日才剛在印刷廠出爐的一本新書。

讀過這本大書以後，你對這城市生出了一種說不明白的眷戀。你開始留意那些被時代開發後又逐漸爲時代所遺忘的巷弄，也總會在巴士上注視著那些快要被淘汰的老建築。你覺得你是認識它們的，就像你認得五月花裡的一面牆或牆上的某個塗鴉一樣，它們如亙古的月亮般見證了祖先與你的生死興衰，如今在自身的末世中與你冷然相望。

小說中杜麗安的故居以及劉蓮於石象鎮的住處，在這城市的舊區顯然還留著不少。那都是些快被廢置的戰前店屋，樓下總開著一家光線不足，來往者寥落的老店；樓上可以居住的空間則已無用，木窗門多已破爛不堪，檐下有無數燕子銜泥而巢，牠們這一季來下一季去，年年如是。你會想像那窗裡如果有人，唯有無家可歸的癮君子了。

比起這些老建築，五月花或許會有不一樣的命運。細叔告訴你，它的下一個歸屬打算花鉅款將建築物翻新，把它改造成懷舊風情的咖啡館。你可以想像它以後的濃妝豔抹，外牆髹上檸檬黃色的油漆，朱木欄杆，大門前會有個加建的新式遮陽篷，許多穿著時髦的年輕男女坐在鋁架籐編、質地輕盈但手工粗糙的椅子上，一邊喝咖啡，一邊凝視著牆上褐黃色系的老照片，想要從那些曝光過度的街景中認出自己祖輩的身影。

你與細叔花了兩週時間收拾五月花，在一個週末上午僱了一輛貨車連走三趟，把該拿走的東西都帶到新買的房子裡。那是一間住宅區裡的複式小排屋，有個小閣樓，細叔知道你心裡喜歡，沒打招呼便把它留給你了。房裡乾爽明亮，空氣裡還有各種建材混雜著的氣味；晚上有若隱若現的星星如螢火蟲在斜開的天窗上歇息。你枕著雙手凝視空中的深洞，母親，眼中之眼，淚光般閃爍的欣喜與悲傷。

你把母親遺下的行李箱放在床底下，那箱子裡依然保存著她所鍾愛的東西，全都陳舊殘缺，其中多有你的物件，物件裡頭的記憶卻只屬於母親，於你幾無意義。你也明白了母親永遠不會回來認領她的行李箱，那是她最後留給你的東西，身世，希冀與等待。

彷彿她還在，彷彿她將會回來。

便是在這明淨的閣樓裡，你把《告別的年代》讀完了。距離大學的報到日已經沒剩下幾天，你始終以爲末章那一闕夢的敘述過於冗長，讀那些連綿不絕的描寫讓你覺得像掉進一條不深不淺卻奔流湍急的長河。那河裡盛的是時光，流年，比水或空氣都更難以駕馭。夢是海洋，湖泊，河川；夢也許只是一個魚缸。

劉蓮死了。中秋節當天回漁村探望老母的路上，她買了兩個柚子與一盒月餅，單黃蓮蓉，淨豆沙，五仁，金腿各一，以及給小姪子買的金魚形彩紙燈籠，三盒五彩蠟燭，還有給母親買的風濕膏藥，兩手拎著擠上回鄉的巴士。車齡一大把的老巴士在高速公路上，以不尋常的速度飛馳，劉蓮被顛得有點頭疼，但她確實也在趕時間，想在傍晚乘搭返回石象鎮的巴士，回去與兒子一起過中秋。

那巴士後來在路上翻車，劉蓮從開著的窗口甩到公路上，當場斃命，手裡最後抓住的是一個看不出原形的破燈籠。因爲身上沒有帶著證件，她的屍體在中央醫院的太平間內停放了將近兩個月。後來漁村那邊的大哥與杜麗安一起到醫院去認領屍體，才掀開黑袋子，那漁家人便稀里嘩啦地放聲痛哭，杜麗安倒是一直挺住，她對那掀開袋子的印裔中年點點頭。是的，這是劉蓮，死時臉上猶有一種堅貞而無辜的表情。

忙完了當天的事情以後，杜麗安回到大屋，從保姆手裡接過她的兒子。晚上她哼歌哄孩子入睡，沒來由地落下眼淚。她甚至沒察覺自己想起了劉蓮，曾幾何時，因爲生命中共有的男人，她們像姊妹似的親近。劉蓮分娩時，她開車把她送到一個提前約好的接生所裡，在那兒陪伴她八個小時，直至兩個男孩一前一後相繼出世。接生婆把孩子倒懸著提起來，像拎起兩隻剛除毛放血的光雞。聽見他們響起第一聲哭號，她與她都激動得淚水直流，而又馬上相視一笑。

你想像她們的親密。劉蓮坐月子時，她們各抱著一個新生嬰兒分坐在一張籐架沙發的兩頭，從外地請來陪月的福建婆由始至終以爲她們是親姊妹。杜麗安知道這份親密中有一種共謀的意味，把她們連結在一起的，是一個藤蔓般糾纏著又結出了纍纍苦果的祕密，而她們已經無法辨明祕密本身的內容，只能共同分擔其中的甘苦。

可這共謀者之間的私密關係終究有所利害，眞正的祕密本不適宜共有，何況劉蓮還是一個特別脆弱的女子，杜麗安實在不喜歡將祕密掰開兩半，由她們兩人分別收藏。那一晚杜麗安正要離去，劉蓮追到門前囁囁嚅嚅地說「想要自己留一個孩子」，杜麗安心裡一沉，她幽幽嘆了一口氣。

「那你帶他走遠一些。」杜麗安軟硬兼施，百般勸說而無效，那是她走之前扔下的最後一番話。「讓你爸知道他把外孫當兒子養，這笑話太大了。我們誰丟得起這個臉？」

劉蓮的屍體經徹底冷凍後心肺骨髓皆已寒透，最終被運回漁村老家，在某山郊寺廟的焚化爐中燒成灰燼。杜麗安後來想起劉蓮帶走的兒子，那是祕密之鎖的另一把鑰匙，她便親自到石象鎮走了兩趟。可原先住在雜貨鋪樓上的三名女子已經搬走，並且以「送還給阿蓮老家」爲名，把劉蓮那三歲大的孩子與她的遺物都帶走了，樓下的雜貨鋪老闆娘及時以八十元收購了劉蓮的勝家縫紉機，附送針線與軟尺等物。

小說幾乎就這麼結束了，剩下的不外乎傳統而陳俗的收筆。你把書讀完以後，因爲感到疲倦而躺在床上小憩了一會。午後醒來，你把書中屬於你自己的那一頁撕下來，再騎著摩托去尋找這城中最古老的圖書館。還書的過程比你想像中的簡單，年紀年邁的管理員正聚精會神地看著電視上直播的羽毛球賽，他頭也沒抬，也沒查看書籍，擺了擺手示意你將書放到一旁的辦公桌上。

回家的路上，背包因爲沒有了一本大書而變得軟趴趴，感覺像馱著一個洩了氣的氣球，這輕，有點讓你悵然。你把摩托開到新開發的住宅區裡，那小區占地四百餘英畝，發展商按兩個式樣建了數百間完全相同的房子，它們像《百萬富翁》遊戲中的塑料小屋，因爲排列得過分擠逼整齊而看來有點滑稽。你穿行在兩排一模一樣的房子之間，傍晚時分陽光略鏽，各家的門窗都傳出來炒菜的鑊鏟聲與爆蒜油的香味。你把摩托的速度放慢，像騎腳車似的，開始以小時候玩對比圖片「找不同」的方式，以笨拙的排除法慢慢辨識你與細叔的家。

3.

關於《告別的年代》，眞要說起來，其實還有許多你沒有讀過的部分。然而那已是你去世若干年以後的事了。那一年業已有點沉寂的本土文壇出了一件大事，一位名不見經傳的文壇新秀以英文長篇鉅著在歐洲贏得文學大獎，不僅震撼本地文壇，甚至獲得了國家政府的高度關注。

這位一夜成名的作者爲華裔青年女性瑪麗安娜・杜，出生在首都一個良好富裕的家庭，從小接受純粹英巫語教育，故不諳華語，能說流利粵語。當時的首相特意安排與這位獲獎作者共進午餐，國內各報競相採訪，同一日刊登在所有日報的封面上。執政的各黨聯盟更把這事情當作一項偉大的功績，由教育部出面，明推暗送地宣揚該聯盟過去在這多元種族社會施行正確的教育政策，十年樹木百年樹人，今天才總算造就了眞正意義上的「國家級的世界性作家」。

瑪麗安娜的得獎作品爲其處女作，寫的是家族史題材，篇名「Adieu」，後來被外國的華文出版社翻譯成《告別的年月》與《辭別》，分別以簡繁體出版。作者在受訪時透露，她以自己的家族史爲基礎，加入考證與想像，完成了這部巨著（Magnum opus）。

在這部小說中，瑪麗安娜以一個喜氣洋洋的晚宴開場，書寫其祖父與「姑婆」[1]合夥辦的酒樓[2]在首都開張後不久，其祖母誕下長女，在該酒樓大排宴席慶祝彌月之喜。

小說很長，這不過只是一個開端。至於小說本身優秀與否，由於它已得到歐洲大獎的肯定，

---

1 原文grandaunt，在小說裡爲祖父之姊。在作者的記憶中，那是「把我們家族的祖先全供奉在她家裡」的一名女商人。

2 在原文裡，這酒樓的名字爲「Wui Hoi Grand Restaurant」，作者提到中文原名有匯流、聚合（clofluence）之意，簡繁體版譯者都將它譯作「匯海大酒家」。

本土文壇一直無人敢公開討論。至於*Adieu*後來在文壇掀起「華人文學」與「華文文學」的連場爭論，那又是另一番熱鬧了。好在那時你已死去，否則你必然會是另一個第四人。

後記／想像中的想像之書

直至小說寫完，我按鍵將它發送到出版社的郵箱，那以後我坐在書桌前凝視著電腦顯示器與顯示器背後的窗與窗外漸漸降落的暮色與暮色中漸漸顯影的月亮，其時我仍然在質疑自己何以立志要寫一部長篇小說。

何以我那麼處心積慮要寫一部長篇？

爲什麼？

我先把「虛榮心」排除。這是一尾河豚中的含毒部位，我一直在小心翼翼地避開它，盡一切努力將它從我的餘生中除淨。事實上我無法想像寫一部長篇小說究竟能給我帶來什麼，我甚至不確定這於我算不算一樁明智之舉。畢竟我心裡明白，作爲小說寫手，以我淺薄的人生閱歷與學養，以及我那缺乏自律與難以長期專注的個性，實在不適宜「長跑」，而強撐著勉力寫一個不像樣的作品，它帶給我的很可能是一個消化不了的遺憾，又可能是一個不容易被寫作同儕們遺忘的笑話。

但我仍然羞於啓齒地渴望著寫一部長篇。

二〇〇四年，我在香港浸會大學創辦的國際作家工作坊中初次與中國大陸的作家蔣韻女士及台灣的駱以軍相遇，在香港待了將近一個月。記得當時蔣韻把一個正在書寫中的小說帶在身邊，就在那一個月內完稿；工作坊的活動結束以後，她也誕下了她的新作，一個長篇。

而駱以軍，我還記得他在香港期間聽說了與他同年紀的董啓章其時正在寫著生平第一部長篇小說（後來知道是《自然史三部曲》中的第一部——《天工開物・栩栩如眞》），他爲此表現得相當焦慮，並且我也在那裡初次聽駱以軍透露了他亦有寫長篇小說的想法，卻苦於當時的生活環境所不允許。

那時我三十三歲，當小說寫手的資歷接近十年，寫的都是短篇和微型小說，且創作量不多。由於寫作路上多蒙幸運之神垂顧，我在馬華文壇攢了點聲名，在文壇備受禮待，也經常以「馬華作家」的名義和身分對外交流，可我對自己的寫作卻沒有任何期許與抱負。儘管當時我也「偷偷」在書寫長篇，但我抱著不太認眞甚至是無知的遊戲心態，而且尙沒有自覺與勇氣去質問自己書寫之目的。

所以那時我像個孩子，心裡充滿疑惑卻因爲害怕暴露自己的膚淺而不敢追問，怔怔地看著小說家大哥哥緊蹙的眉與焦慮的臉。

直至這兩年書寫《告別的年代》時我才明白，當年的我根本沒有能力寫出一部像樣的長篇作品。不啻因爲我的閱歷淺窄，無力對人生與所處的世界做出深度思考，也因爲我的寫作態度相對「業餘」，更像是一個偶爾塗鴉的文學愛好者。那樣的我去處理長篇，就像讓一個泥水匠去設計華廈宮殿，我連處理小說結構都感到無力，因而過去雖曾完成了兩個字數與篇幅意義上的「長篇小說」，都因爲覺其拙劣而不敢示衆，並多次萌生徹底銷毀它們的念頭。

現在，這兩部不成樣子的長篇已經被我從電腦硬盤中清除，我還謹慎地把U盤也檢查了一遍，確保不會再有一日遇上它們，被它們嘲弄。但我其實也明白這兩個簡陋的產物並未完全消失，因爲我在《告別的年代》裡讀到它們了，我在這小說裡看到它們龐大的身影以及它們戳在景深中的印記，我也看見了過去在我的小說中不斷出現的擺飾與命題：夢，閣樓，鏡子，父親，旅館，尋覓與遺失。

我只能是我自己了。背負著成長經驗中揮之不去的種種，老家的街道巷弄，那不能被新學的語言所覆蓋的鄉音，那些經多年書寫與宣洩後仍排遣不了的驚惶，恐嚇，陰霾與憂傷，它們從未消散，而都融進了我貼身相隨的影子裡。但認清自己的局限畢竟是一個寫手趨向成熟的必然過程，即便我無力突破，但我卻有了把握去直面自身的局限，並在書寫中逐步揭穿自己。

這小說便如此產生。我勇敢地拿出自己放置玩具的箱子，把裡面簡陋的玩具與物事一一掏出。這些物件毫不特殊，它們缺鼻子少眼睛，像我所有的記憶那樣殘缺不全。它們需要被闡釋與說明，否則它們在別人的眼中毫無意義，而我選擇了長篇小說，因爲那裡有足夠的空間讓它們說出各自的對白。

這是今天的我所能想到的寫長篇小說的唯一理由。它一點也不堂皇，也仍然缺乏一個眞正的小說家所該有的憂患與使命感。那只是一個收藏了太多舊玩意的破箱子，我過去總以爲自己把它存放在浩瀚南洋的某個定點上，而今我發現南洋已逐漸沉沒在更浩瀚的時代之中。於是我領回自己的箱子，把裡面的物事全拿出來晾曬在光處，而小說串聯它們，同時也解說它們；歲月留給我的遺物有多少，小說便有多長。

我對「好的長篇小說」沒有明確的概念，因而《告別的年代》完成以後，我自己對於如何評價它感到茫無頭緒。但我以爲這是一個「像樣的作品」，因它符合我對這小說原來的想像，猶似多少年來我已在自己的文字中隱約看見過它，如今我回頭在舊作品中尋找它的殘像，嘗試把這些碎片拼湊與黏合起來。它果然像我想像中的想像之書，打開它，有時光的聲音如一隻飛蛾穿古貫今地迴盪。

如果我不說，這世上所有嚴肅的小說家將不會知曉，我如此執著要完成一部符合想像的想像之書，眞正的初衷十分簡單，其實只是想要慢慢趨近這些我所不理解的作者，好看清楚並理解他們眼中的煩憂。

*

關於這小說的完成，而今思之我仍然感到「不寒而慄」。過程中兩度經歷了美尼爾綜合症（以眩暈爲主要症狀的內耳病，伴隨耳鳴與噁心嘔吐等狀況）復發，固然讓這作品分外有點嘔心瀝血的味道，而在這慣用催化技倆而急於收穫成果的時代，對於一個工餘寫作的寫手而言，它挑戰我的決心，考驗我的毅力，淬煉我的意志、自律與自信。

經過幾次增刪修改以後，這小說最終只寫了十六萬字。相比起那些以長篇書寫修行的文學苦行者與他們壯觀的鉅著，儘管我明白小說的品質分量不能以長度衡量，而該以廣度與深度去評定，我也記得托爾斯泰似乎說過「原諒我沒有時間把自己的作品寫得更短一些」那樣的話，但面對他們及他們的作品，我實在愧於將十餘萬字的小說稱作「長篇」。

書寫過程中最困擾我的事情，莫過於不斷面對我自己，一個「資深」的短篇小說甚至是微型小說寫手的審查與詰問，彷彿我每寫了一大段描述文字便得向自己交代其必要性。如此反覆爭辯要比書寫本身更勞神，我每次回頭重讀前面寫好的部分便忍不住要去改動它，爲此它總是不斷在游動和變形，遂也影響每一個改動部分的前前後後。爲了「眞正地」完成它，我最終唯有嚴格克制自己不再重讀，直至安裝了最後一個句號以後，無比心虛卻意志堅定地即時逃離小說現場。

我便如此交出了一個長篇。說來這像是我們這一代的小說寫手潛意識裡爲自己設定好的一場馬拉松。不啻因爲寫小說的日子長了累積的創作經驗豐富了，身邊便會有人提醒你該嘗試寫長篇，也是因爲時候到了但凡嚴肅的寫手總會對自己的寫作產生疑慮，便會想到以「寫長篇」來測驗自己對文學的忠誠，也希望藉此檢定自己的能力，以確認自己是個成熟的創作者。

無論如何，這小說完成以後我滿心感恩，也因爲如此，我以前所未有的認眞在寫這一篇後記。《告別的年代》寫作期間，我收到了許多文友的關懷與支持，其中最感人的是家鄉卓美福先生給予我的幫助。我與卓氏因一個短篇小說結緣，由於他的熱誠支持，讓我生起創作長篇小說的衝勁，也有了「非寫好不可」的決心，而他給我提供了一段短暫卻寧靜美好的木屋歲月，那回憶也已經成爲我人生中最珍貴的收藏之一。儘管當時寫的作品早已被我在心中處決，但它們實在已化成春泥，才會有《告別的年代》的醞釀與產生。

小說完成，作者已死。以後我也只能告別這作品，無力干預它的命運，但這小說帶給我好些笑中有淚的回憶，日後還將繼續成爲我的動力。譬如我所敬慕的駱以軍以善意的謊言婉轉地給予我鼓勵，譬如我所敬愛的胡金倫精神上一直對我不離不棄，譬如我所敬畏的黃錦樹答應爲這書寫序。其他的，還有英國的羅來恩先生爲我提供舒適的寫作環境，以及那些願意以「小粉絲」自居，不時給我送上兩句俏皮話以讓我振奮寫作的師妹師弟。

當然還有我的母親，感謝她在多年前那些泛著鏽色的午後，開著麗的呼聲聽林黛或葛蘭或白光唱的歌，讓趴在地上做功課而不支睡著了的我，一遍一遍地潛入了本不屬於我的年代。

附錄／

爲什麼要寫長篇小說？

——答黎紫書《告別的年代》

董啓章

黎紫書沒有問過我這個問題。至少沒有直接問過。但讀黎紫書的《告別的年代》，幾乎每一頁、每一行都聽到她在問這個問題——爲什麼要寫長篇？這個問題又同時分爲兩個：爲什麼要寫這部長篇？以及：爲什麼要寫長篇小說？黎紫書在小說的後記中說，寫長篇是「處心積慮」但同時又「羞於啓齒」的一回事。我十分明白這樣的心情。這絕不是出於不必要的謙虛，但也不是因爲自信不足。那更大程度上是時代的使然。我還要說得更直接嗎？其實大家都知道，長篇小說的時代已經過去。所以，上述的問題其實應該是：爲什麼還要寫長篇？

黎紫書的後記肯定是「處心積慮」的，她肯定把這個問題前前後後想過通透。她一步一步地提出了好幾個寫長篇的理由。由最表面的理由開始，六年前她因爲目睹小說家「大哥哥」駱以軍對寫長篇的焦慮（而這焦慮又跟我正在寫長篇有關），自己的寫作心態也慢慢地從遊戲變成認眞，開始產生「自覺和勇氣去質問自己書寫之目的」。由此而進入更深層的理由：「但認清自己的局限畢竟是一個寫手趨向成熟的必然過程，即便我無力突破，但我卻有了把握去直面自身的局限，並在書寫中逐步揭穿自己。」《告別的年代》這部關乎自身成長經驗的小說，便是因此而產生。這解答了「為什麼是這部」的問題。再下去便是「為什麼是長篇」的問題，她說：「因為那裡有足夠的空間讓它們（記憶的玩具箱子裡的事物）說出各自的對白。」黎紫書在這裡說：「這是今天的我所能想到的寫長篇小說的唯一理由。」也即是說，這是一個私人的理由。可是，因為「歲月留給我的遺物有多少，小說便有多長」。於是寫長篇，又同時出於客觀條件上的需要。

但事情顯然不是這麼簡單。黎紫書接著又說：「如果我不說，這世上所有的嚴肅小說家將不會知曉，我如此執著要完成一部符合想像的想像之書，眞正的初衷十分簡單，其實只是想要慢慢趨近這些我所不理解的作者，好看清楚並理解他們眼中的煩憂。」那麼，在剛才所說的「唯一理由」之外，原來還有其他理由，而且是更深層的理由。一個「如果我不說」，別人（不是普通的別人，而是「世上所有的嚴肅小說家」）就「不會知曉」的隱密動機。這個「十分簡單」的「初衷」其實一點也不簡單。它包含了自身要加入一個由「所有的嚴肅小說家」所組成的長篇小說作者共同體的意思，而這「慢慢趨近」的過程已經超越好奇而成為「執著」或決心，所要「看清楚並理解」的「煩憂」，已經不再只是「他們眼中」的煩憂，而是自己也感受到和分擔著的煩憂了。之所以寫長篇小說，是受到那種「煩憂」的吸引、觸動和感召，以至於把自己也投置其中，親身體驗和承受其苦楚。「我」加入了「他們」，「他們」也成為了「我」。藉此所有眞正意義的長篇小說作者也成為了「同代人」，而他們／我們之所以「煩憂」，也正正源於他們／我們所共處的這個時代。

但事情還不止於此。往後黎紫書再次回到「爲何寫長篇」的問題上去，說：「也是因爲時候到了但凡嚴肅的寫手總會對自己的寫作產生疑慮，便會想到以『寫長篇』來測驗自己對文學的忠誠，也希望藉此檢定自己的能力，以確認自己是個成熟的創作者。」關於個人能力的考驗，承接上面說的「趨近」和「理解」嚴肅小說作者，更進一步是檢定自己作爲其中一份子的資格，但這當中更重要的宣示，是「對文學的忠誠」。不難理解爲何寫長篇可以表現出「對文學的忠誠」，因爲當中所要求的時間、精力和專注度肯定是衆文類中之最高，而在今天文學逐漸式微的時代裡，寫長篇所投放的大量資源和得到的微薄回報最爲不成比例。有什麼比這樣吃力不討好的事情更能說明一個作者「對文學的忠誠」？（或愚忠？）但這也只是最爲膚淺的理解。事實上，我們是在怎樣的意義下「對文學忠誠」呢？而我們又爲何要「對文學忠誠」呢？而「對文學忠誠」的結果又是什麼呢？甚至是，「對文學忠誠」還有沒有可能呢？

我不會嘗試去解釋「對文學忠誠」的意思，正如我不想用上「承擔文學使命」、「守護文學精神」之類的堂而皇之的說法。到了我們這一代，這些似乎都成爲了「羞於啓齒」的事情。我們更願意扮演反叛者、挑戰者，或者至少是懷疑者、遊戲者、迷失者、沉淪者。這不是由於我們膽怯，或者欠缺抱負，而是因爲我們一開始就處身於堂皇之外，並且目睹了堂皇的失效。黎紫書、駱以軍和我，以及其他的一些同代作者，面對的其實是相同的問題，感覺到的其實是相同的焦慮。這些問題和隨之而來的焦慮，以一個鐵三角的形式結合在一起。我們也可以把這個鐵三角理解爲一個危機結構，其一端是「文學終結」，其二端是「經驗匱乏」，其三端是「邊緣文學」。雖然這個危機結構可以一分爲三，但其實是三位一體，互爲表裡的。

先談第三端「邊緣文學」。這也可以理解爲「少數文學」（minor literature）。在華語語系文學中，相對於中國大陸的中原文學而言，馬華文學、香港文學，甚至連台灣文學，也被置放於邊緣位置。當然，這種置放方式完全建基於一種可疑的相對性，而非內在的絕對性。這相對性又在各層級的個體之間產生區別作用，即相對於台灣文學，馬華文學又較邊緣，又或在台灣文學內部，也可能區分出中心和邊緣。駱以軍《西夏旅館》中的「脫漢入胡」主題，其「漢」與「胡」的相對意涵既指涉「大陸」與「台灣」，也指涉台灣內部的「本省」和「外省」，而且隨時有互換的可能，其脫走和游離的主體可謂被「多重邊緣化」或「多重少數化」。對黎紫書而言，因其對「邊緣」或「少數」的否認和反抗，馬華文學當中也有一種追求寫出「一本大書」（長篇鉅著）的意識。當然在黎紫書之前，前輩李永平和張貴興已經投入這樣的工程，當中似乎只有黃錦樹一直對「寫大書」的使命、或召喚、或誘惑表示拒絕。（但黃錦樹的中短篇其實都具備「大書」的氣魄和企圖心，讓人覺得全部也是爲一部將寫而未寫的「大書」而做的準備。）現在黎紫書後發先至，寫出了《告別的年代》這樣的一部「大書」（不是就字數而言，而是就立意而言），而又用了虛實互涉（或曰後設小說）的手法，讓書中人物都在追求、閱讀和合寫一部同樣稱爲《告別的年代》的「大書」，似乎就是把馬華文學的整個歷史，以《告別的年代》這部既屬虛構也屬實體的長篇小說建構起來，並加以承載。饒有意思的是，小說中多次提到，這部傳說中的《告別的年代》很可能被置放於圖書館一個偏僻的書架的「最低層」、「最靠牆」的位置。「那個角落最惹塵，也最容易被遺忘或忽略。」黎紫書所想像的馬華文學，不得不採取這樣的「邊緣」位置，以被忽略或遺忘但卻終有一日會被重新發現的姿態，以一部包羅萬有、虛實兼容的「大書」，去見證自身在時光中的存在和不滅。

第二端是所謂的「經驗匱乏」。「經驗匱乏」意識幾乎可以說是駱以軍的創作核心，既構成他作爲一個小說家的焦慮之源，但又同時是他說故事的巨大欲望和爆發力的原動裝置。然而，駱以軍用以填充「經驗匱乏」所造成的空洞的材料，並非夠格稱爲「經驗」的大時代大苦難大故事，而是無盡的齷齪、卑賤、荒唐和敗德的、似眞似假的、破碎不全的小故事。「經驗匱乏者」以無窮盡的垃圾堆填來擴大意義的黑洞，奇妙地把「匱乏」變成自己的資本，並從而對「經驗」的權威定義做出嘲諷。至於香港則長期被認爲是一個無歷史、無故事的城市，一個沒有主體經驗的「借來的地方」。香港本土作者歷來否認者有之，反駁者有之，最有趣的是陳冠中的將計就計，以中篇《什麼都沒有發生》來反諷這種「經驗匱乏」的評價。黎紫書面對寫長篇的考驗，也多次提到自己人生閱歷的淺薄，並強調《告別的年代》只是個人記憶的玩具箱的一次整理。雖然在經驗的問題上保持低調，《告別的年代》是一部不折不扣的對抗匱乏，拒絕遺忘的書。小說利用鏡像的形式，把有限的經驗通過重重反照而增生，形成豐厚的假象。源於個人體驗的小說膨大成族群的載體，以「年代」的姿態凝固馬華經驗的吉光片羽。那不但必須以長篇小說的形式才能實現，更加必須以這部長篇小說所採用的眞假互涉、多層對照的形式才能實現。無論是接受和承認「經驗匱乏」的狀態，甚至以此爲寫作的出發點，還是拒絕和否認，並以截然不同的「經驗定義」做回應，無可否認的是，「邊緣文學」被標籤爲大歷史／大故事之外的無經驗者。「經驗匱乏者」之所以汲汲於書寫長篇小說，並不是為了模仿「經驗豐富者」，企圖在大歷史／大故事的講述上等量齊觀，並且渴望得到對方的認可。相反，正因為長篇小說已經成為一種不合時宜的類型，它才成為「經驗匱乏者」和「邊緣文學」作者的不二之選。「經驗匱乏者」選擇長篇小說，不是因為它處於強勢，而是因為它處於弱勢。在如此特殊的情境下，長篇小說成為了弱勢者的文類，也展現了弱勢者的意志。因為條件的使然，強勢者寫長篇小說可謂輕而易舉，順理成章，相反弱勢者寫長篇卻要經歷種種磨難，克服種種障礙，包括自我詰問和懷疑。這樣寫出來的長篇，蘊含了時代的眞正深層意義，也即是面臨「文學終結」的危機，作家們（特別是小說家們）如何實現自己身為作家的眞正意義。這不但是「對文學忠誠」的問題，而更加是對文化、對世界做出承擔的問題。

如是者我們回到第一端「文學終結」。這既像危言聳聽，或者純屬杞人憂天，但同時又是陳腔濫調。文學消亡的論調至少已高唱了半個世紀。當然在不同的地區或文化裡，伴隨著消費性資本主義發展的先後，這論調的出現有或早或晚的時間差別，但到了今天，它幾乎已經是個全球化的普遍現象了。雖然在文學讀者數量的下降或文學出版業的衰落等方面有較為客觀的數據，說明文學沒落之說所言不虛，但就一般觀感而言，舊的作家和作品繼續可見，新的作家和作品也持續出現。年年還是有各種大小文學獎，去提醒我們文學還未死亡，或至少是死而不僵。事實上，我們身在其中的人，永遠沒法確知「文學終結」是否眞的正在發生。這將會是留待後世來總結的事情。但是，我們完全有理由而且有必要相信實有其事，並且具備與之相關的危機意識。而因為面對「文學終結」而產生的危機意識，正是以長篇小說書寫的問題為徵兆或標記。我在文首說「長篇小說的時代已經過去」，並不是指將來不會再有人書寫和閱讀長篇小說，也不是說將來不會再有好看或優秀的長篇小說。長篇小說作爲一種書寫類型很可能會繼續存在（雖然也難免會出現質和量的衰減），但卻慢慢地跟「文學」脫離關係，變成純粹的消費和娛樂產品。我的意思是，將來不會再出現具有眞正文學性的長篇小說，也即是會成爲經典的長篇小說。至少，這樣的機會微乎其微。這並不是因爲小說家的能力或見識大不如前（事實上由於小說這文類在其漫長發展中所累積的經驗，後世小說家在可動用的技藝和資源上比前代人更爲豐厚），而是因爲當代以至未來已不具備產生偉大長篇小說的條件。就算曹雪芹、托爾斯泰，或者普魯斯特生在今天，他們也不可能成爲他們曾經成爲的那樣的經典小說家，他們也不可能寫出他們曾經寫出的那樣的經典小說。他們能不能依然成爲一個小說家也成疑問。當然這種假設可能毫無意義。原因很簡單：時代已經不同了，文化條件也完全不同了。所以所謂「文學的終結」，並不是非常戲劇化的末日災難一樣的事情，而是悄悄地、不知不覺地發生的變化。它是一次無痛的死亡，而死者死後也不自知已死，反而跟活著沒有兩樣。也因此可以爭辯說，「文學的終結」就等於不存在，等於不會發生。然而，如果我們執意相信它正在發生，並且要抗拒這個趨勢，最具意義（但卻可能最不具效果）的方法，就是寫長篇小說，因爲長篇小說是與消費主義、媒體社會和網絡世界最相違背的文學和文化形式，也即是最不合時宜的形式。不過，非常悖論地，正由於長篇小說的不合時宜，寫長篇才能成爲最具時代性的一種舉動。同理，相信「文學終結」的降臨，懷著「文學必亡」的意識，可能才是延續文學生命的唯一方法。這是時代賦予我們的，獨特的負面辯證法。

有趣的是，最強烈地具備這個三而爲一的危機意識的，以華語語系的文學來說，是中國大陸以外的作家，也即是馬華、台灣和香港的作家，而又特別地是當中的小說家，而又更特別地是當中的中生代小說家。或更準確地說，是當中的還不肯定自己能否成爲眞正的長篇小說家的小說寫作者。縱使他們在小說創作方面其實已經經驗非淺，並且得到文學界的一定認可，但他們對長篇小說還是保持一種應試考生的緊張心情。對當代中國大陸的小說家而言，一不存在「邊緣」或「少數」的問題，二不必回應「經驗匱乏」的詰問（相反卻一直處於「經驗爆炸或氾濫」的狀況中），三也似乎沒有文學終結的意識。但這並不是說，內地作家能自外於文學同行的共同命運，因爲在缺乏危機意識之下，在商品化和消費主義通行無阻的超高速發展中，加上各種政治和文化因素，大陸可能會比其他華語地區更快地邁向「文學終結」。而「文學終結」意識的一個標誌，就是「寫長篇」的焦慮，以及對「長篇小說家」身分的患得患失。不過，因爲欠缺「邊緣性」和「經驗匱乏」這兩個條件，這個標誌很可能不會在大陸小說家當中出現，而大陸文學的終結也因此很可能會在毫無意識中悄悄降臨。

回到我們這些爲寫作長篇小說而焦慮的大陸以外的華語作者，對我們來說，「長篇小說家」這個身分並不是自然而然的，不是寫出了長篇小說就可以得到確認的，而是永遠無法和自身同一的。就算我們寫出了無論多少萬字的長篇小說，我們還是無法不自問：我算是一個長篇小說家嗎？我們被迫持續不斷但又徒勞無功地、永無止境地證明自己。事實上，「小說家」或「作家」這樣的稱呼，於我們已經變成了「羞於啓齒」的事情。我對於自稱或被稱爲「小說家」，永遠懷著莫以名狀的不自在感。那並不是由於缺乏自信，而更大程度是出於自我身分與世界狀況之間的錯位。那就像在王朝沒落或傾滅之後，依然配戴著某種貴族封侯的虛銜。在一般語言運用中，「小說家」或「作家」有時候只是一個中性的稱呼，但有時候卻含有更特殊的意義。這一點在中文的「家」字裡有更鮮明的表現，就像「藝術家」、「音樂家」、「畫家」等稱呼所標誌的一樣。（雖然英語裡的novelist、writer、artist、musician和painter等詞較爲中性，但這些稱呼也並非沒有經歷意義的分層和演變，只是比中文用法較難察覺而已。）在中文裡「家」和「匠」是有所區分和對比的。一個純粹的技藝操作者稱爲「匠」，而「家」則具備精神向度和藝術自覺，以及文化上的承傳。所謂「自成一家」，除了標記著取向或派別上的獨特性，也必須置放於一個穩固的文化範疇及其傳統之中，才能被充分理解。所以，所謂「小說家」（當初的「不入流者」）必須在「小說」或「文學」這個文化範疇和傳統中，才能找到自身的定位和意義。今天「小說家」這個身分和稱呼之所以被掏空，以至於無法被適然認同，原因在於「文學」這個文化範疇的消解，以及其傳統的失落。脫離了實質的時空架構，「小說家」無從定位，大家就只有退到含糊的中性位置去，自稱「寫者」、「寫手」、「作者」或等而下之的「文字工作者」了。這個位置也許並不眞的中性，但卻肯定缺乏意義，因爲當中包含的意義過於廣泛。無論你寫的是《西夏旅館》、純愛小說、修身祕笈、投資指南，還是娛樂八卦消息，你也是一個「作者」。文化的消解和傳統的失落，帶來的是價値的無差別化，也即是無價値化。這是今天的長篇小說家所必須接受的詛咒。而剛剛加入長篇小說家行列的黎紫書，卻以自己的第一部長篇小說《告別的年代》，向長篇小說所屬的「年代」做出「告別」。此中的反諷，無論作者是否有所意識，也是令人震驚的。

《告別的年代》是一本發問之書。它也嘗試提出答案，但答案總是多於一個，而且沒有終極對錯。重要的還是問題本身，也即是爲什麼要問這樣的問題，和爲什麼要這樣地問。請原諒我多此一答，因爲我確信黎紫書提的絕對不是一個多此一問的問題。相反，它是處於我們的時代，我們的文化危機的核心的問題。而最大的文化危機，莫過於危機感本身的喪失。失去了危機感，危機彷彿就得到消解，甚至看似從未發生。人類依然好好地活下去，享受著各種各樣的娛樂，並以爲這就是文化，瀏覽著各種各樣的故事、閒談和資訊，並以爲這就是文學。人類社會表面上還好好地運作，但是某些重要的東西已經不再存在，而且沒有人知道。世界看來跟從前沒有兩樣，但其實已經被悄悄替換了。所以我們堅持不要理所當然，堅持要邊寫邊問，以寫爲問，甚至以焦慮和不肯定爲代價。

那麼，爲什麼還要寫長篇呢？

我嘗試提出我個人的答案：這是因爲，作爲小說家，我們的工作就是以小說對抗匱乏，拒絕遺忘，建造持久而且具意義的世界。在文學類型中，長篇小說最接近一種世界模式。我們唯有利用長篇小說的形式，去抗衡或延緩世界的變質和分解，去阻止價值的消耗和偷換，去確認世界上還存在眞實的事物，或事物還具備眞實的存在，或世界還具備讓事物存在的眞實性。縱使我們知道長篇小說已經成爲一種不合時宜的文學形式，但是作爲長篇小說家，我們必須和時代加諸我們身上的命運戰鬥，就算我們知道，最終我們還是注定要失敗的。

當代名家·黎紫書作品集1

告別的年代

2023年8月二版 定價：新臺幣600元

著者 黎紫書
叢書主編 胡金倫
封面設計 蔡南昇

出版者 聯經出版事業股份有限公司
地址 新北市汐止區大同路一段369號1樓
叢書主編電話 (02)86925588轉5305
台北聯經書房 台北市新生南路三段94號
電話 (02)23620308
郵政劃撥帳戶第0100559-3號
郵撥電話 (02)23620308
印刷者 世和印製企業有限公司
總經銷 聯合發行股份有限公司
發行所 新北市新店區寶橋路235巷6弄6號2F
電話 (02)29178022

副總編輯 陳逸華
總編輯 涂豐恩
總經理 陳芝宇
社長 羅國俊
發行人 林載爵

行政院新聞局出版事業登記證局版臺業字第0130號

本書如有缺頁，破損，倒裝請寄回台北聯經書房更換。 ISBN 978-957-08-7044-2 (精裝)
聯經網址 http://www.linkingbooks.com.tw
電子信箱 e-mail:linking@udngroup.com

國家圖書館出版品預行編目資料

告別的年代/黎紫書著．二版．新北市．聯經．2023.08．
312面．14.8×21公分（當代名家・黎紫書作品集1）
ISBN　978-957-08-7044-2（精裝）
[2023年8月二版]

857.7　　112011896